銀河核へ　上

ベッキー・チェンバーズ

故郷を失った地球人類は、多様な種族が共存する銀河《G》共同体《C》に加盟を許され、弱小種族ながら繁栄を享受していた。宇宙船〈ウェイフェアラー〉は、超光速航行のためのワームホール、通称“トンネル”建設専門の作業船である。多種族混成の寄せ集め乗組員とつぎはぎだらけのこの中古船に、ＧＣ政府から突如舞い込んだ大仕事——銀河系中心部《コア》への新航路となる長距離トンネルを掘れ、というのだ！　かくして彼らは、未踏の宙域への長い長い航海に乗り出した。個人出版から熱狂的な人気を博し、ヒューゴー賞、クラーク賞候補となった傑作スペースオペラ！

登場人物

ローズマリー・ハーパー……〈ウェイフェアラー〉新人事務員。火星出身
シシックス……同パイロット。エイアンドリスク人
アシュビー・サントソ……同船長。離郷船団《エクソダス・フリート》出身
アーティス・コービン……同藻類学者。エンケラドゥス出身
キジー・シャオ……同機械技師。独立植民地出身
ジェンクス……同コンピュータ技師
ドクター・シェフ……同医師、調理担当。グラム人。現在は男性
オーハン……同ナビゲーター。シアナット・ペア
ラヴレイス（ラヴィー）……同AI
ペイ……貨物船の船長。イリュオン人
ペッパー……ポート・コリオルの技術《テック》用品店主
熊、ニブ、エンバー……衛星コオロギに住む改造屋《モッダー》三兄妹

銀河核へ　上

ベッキー・チェンバーズ
細　美　遙　子　訳

創元ＳＦ文庫

THE LONG WAY TO A SMALL, ANGRY PLANET

by

Becky Chambers

First published in Great Britain in 2015
by Hodder & Stoughton, a Hachette UK company

This book is published in Japan
by TOKYO SOGENSHA Co., Ltd.
Japanese translation published by arrangement with
Hodder & Stoughton, a division of Hachette UK Limited
through The English Agency (Japan) Ltd.

目次

わが家族、孵化《ふか》きょうだい、羽根きょうだいに捧ぐ

銀河核へ　上

地上より我等は立ち、
宙船《そらぶね》より我等は巣立ち、
星々にて望みを繫《つな》ぐ。
——離郷人《エクソダン》俚諺《りげん》

GC標準306年　128日　空輸中

ポッドのなかで目覚めたとき、三つのことが思い出された。ひとつめは、恒星間空間を旅している最中だということ。ふたつめは、これから新たな仕事につこうとしていること——その仕事でへまをしてはならないこと。三つめは、新しい身分証明ファイルを手に入れるために政府の役人に袖の下をつかませたこと。このどれも、別段耳新しいことではないが、目を覚ましたときに思い出してうれしいものではなかった。

本来ならまだ目覚めるはずではない——少なくともあと一日は——が、格安の手段を選ぶとこういうことになる。格安の輸送手段を使う、すなわち格安の燃料で飛ぶ格安のポッドにはいり、格安の薬剤《くすり》で眠らされるということだ。発進以来、何度もふっと目が覚めていた——わけがわからないまま意識を取りもどし、記憶がよみがえったかと思うとまた眠りの底に落ちていく。ポッドは真っ暗で、ナビゲーション・スクリーンの類はいっさいない。前回目覚めたときからどれだけの時間がたっているかも、どれだけの距離を航行したかもわからず、そもそも航行しているのかどうかすらよくわからない。そう考えると、不安になり、気分が悪くなった。

目が慣れて窓が見えるようになった。シャッターが下りており、たとえ外に光源があっても完全に遮断されている。だが、光源はいっさいないことを、彼女は知っていた。今は恒星間空間のただなかを進んでいるからだ。活気にあふれた惑星もなければ、航行レーンも、軌道船もない。まったくの虚無、彼女自身とときおり岩石が浮かんでいる以外は何もない、恐るべき虚空があるだけだ。

またしても副層《サブレイヤー》ジャンプにそなえてエンジンがうなりをあげた。薬剤の効き目が揺り返し、ふたたび彼女を落ち着かない眠りの底に引きずりこんでいく。薄れゆく意識のなかにふたたび浮かんできたのは、仕事のこと、数々のうそ、たくさんの金《クレジット》を口座に注ぎこませた役人のとりすました顔だった。あの額で足りたのだろうか。大丈夫なはずだ。きっと大丈夫。自分はまったく関与していない数々の過《あやま》ちのために、すでに大きすぎる代償を支払ってきたのだ。

目が閉じる。薬剤が効いてきた。ポッドは飛びつづけている——おそらく。

GC標準306年　129日　苦　情

宇宙での暮らしは静けさとは無縁だ。地上育ちどもはそんなことは思ってもいないだろうが。惑星の地表で育った者は、宇宙船内のカチカチブンブンという音に慣れるのにしばらくかかる。だがそれは機械の内部での暮らしとは切り離せない音なのだ。アシュビーにとって、これらの音は自分の心臓の鼓動と同じく当たり前のものだった。ベッドの上のエアフィルターのかすかな吐息で、そろそろ起きる時間だとわかる。船体の外殻にばらばらと岩石が当たったときは、無視していい小さな石なのか、やっかいを引き起こすものなのか、ちゃんとわかる。超光速通信機《アンシブル》の空電の量で、相手とどれぐらい離れているかも判断できた。そうした音は宇宙暮らしにつきものの、はるか隔てられた場所でいつ何が起きるかもわからない暮らしのBGMであり、生きるということがいかにもろくはかないものかを思い出させてくれる。だがその一方で、安全を意味してもいるのだ。音がなくなるということは、空気が循環していないということであり、エンジンがもはや動いておらず、人工重力ネットが消えてもはや足を床につけていられないということだ。無音というのは外の真空の属性だ。無音は死なのだ。

そのほかの物音もある。船自体がたてる音ではなく、船内で暮らしている人々のたてる音が。

移民船の果てしなく長い通路にいるときでさえ、近くの会話の反響や金属床を歩く足音や、壁に張りついて、見えないところにある回路を修理している技師がたてるかすかなゴンゴンという音が聞こえる。アシュビーの船、〈旅人《ウェイフェアラー》〉はじゅうぶんな広さではあるが、彼が育った移民船に比べるとちっぽけなものだ。〈ウェイフェアラー〉を買って乗員《クルー》をそろえたとき、彼ですら狭苦しい居住環境に慣れなければならなかった。だが、自分の周囲で人々が働いたり笑ったりけんかしたりしている音が絶えないのはほっとするものだった。宇宙空間は何もない場所で、宇宙暮らしのベテランもまばらに星が散っている船外の虚空に見とれ、自らのちっぽけさを実感して畏敬《いけい》の念に打たれることがままある。

アシュビーとしては、物音がするのは大歓迎だ。この宇宙にいるのが自分ひとりきりではないとわかって安心できるからだ――仕事のことを考えれば特にそうだ。ワームホールを建設するのは華々しい仕事というわけではない。銀河共同体《GC》のいたるところにのびている宙航路は、誰もがあって当然と思っているものだ。一般の人々はトンネルを掘ることを、ズボンや熱々の料理をつくるぐらいにしか考えていないだろうとアシュビーは思う。だが彼の仕事は、トンネルについて考える――それも熱烈に真剣に――必要があるのだ。トンネルについて長い時間じっくり考え、自分の船が糸のついた縫い針のように宇宙空間に飛びこんでは出るところを想像する……まあ、そんなことを考えていると、人はにぎやかな道連れを求めるのかもしれない。

オフィスでメックを飲みながらニュースフィードを読んでいたアシュビーは、特徴ある音を聞いてびくっとした。足音だ。コービンの足音。コービンの怒りに満ちた足音がまっすぐこの部屋に向かってくる。アシュビーはため息をつき、いらだちをぐっと飲みこんで船長の顔になった。顔から表情を消し、耳の穴をかっぽじる。コービンと話をするときはいつも心構えが必要だ。超然とした揺るぎない態度も必要だ。

アーティス・コービンにはふたつの顔がある。有能な藻類学者にして、完璧なひねくれ者という顔が。前者の顔は〈ウェイフェアラー〉のような長距離船にはなくてはならないものだ。燃料が茶色く変色するかしないかが、無事に宇宙港にたどりつくか漂流するかの分かれ目になりかねない。〈ウェイフェアラー〉の下層デッキのひとつの半分には藻タンクがぎっしりと並んでおり、そのすべてのタンクの養分組成や塩分濃度を偏執的な細心さで調整する必要がある。そしてここそが、コービンの社交性のなさが逆に強みになる領域だった。この男は日がな一日藻タンクに囲まれて、表示される数字を見てぶつぶつつぶやき、彼が〝最適条件〟と呼ぶものを追究して過ごすことが好きなのだ。アシュビーから見れば、どの条件も常にじゅうぶん最適のように思えるのだが、藻類に関してはコービンの邪魔をするつもりは毛頭ない。この船にコービンを乗せて以来、燃料費は一割も減っていたし、そもそもトンネル建造船で働こうという藻類学者などいるものではない。藻類の管理は短期宙航でも手がかかる。長期にわたってタンクの藻類を健全に保つには、細心の注意を払った緻密な管理だけでなく、体力や持久力も必要になる。コービンは人嫌いだが、仕事は大好きだ。そしてその仕事においては大変な腕ききだ。アシュビーにとって、その点でコービンは貴重きわまりない人材なのだ。そしてやっかいきわまりない頭痛の種でもある。

ドアが勢いよく開き、コービンが荒々しくはいってきた。ひたいに汗の玉が浮いているのはいつものことで、こめかみの白髪が濡れて光っていた。〈ウェイフェアラー〉は操縦士の体調維持のために暖かく保っておかなくてはならないのだが、コービンは初日からこの船の基調温度が気に入らないと言っていた。この船に乗って何年もたつのに、コービンの身体は頑として順応しないが、それは単なる意地はりのせいにも思える。

コービンの頬が染まったように赤いのは、癇癪《かんしゃく》のせいなのか、階段をのぼってきたせいなのか知る由もない。この真っ赤な頬に、アシュビーはいまだに慣れないでいた。現存している地球人のほとんどは、かつて太陽系から飛び出した離郷船団《エクソダス・フリート》の子孫だ。大半はアシュビーのように、船団のなかで生まれている。黒く縮れた髪と琥珀《こはく》色の肌は、巨大移民船のなかで何世代にもわたりいろんな人種が混じりあった結果だ。ほとんどの地球人は、宇宙生まれであれ植民地の生まれ育ちであれ、民族関係なしの混合離郷人《エクソダン》ということになる。

一方コービンはというと、まごうかたなき太陽系種だ。とはいえ、母星系の人々は最近の世代では離郷人と見分けがつかなくなってきている。地球人遺伝子がごった煮になっているおかげで、船団のなかでもときおり肌の色の薄い人間があらわれることはよく知られている。だが、コービンはピンク色そのものなのだ。彼の祖先はみな科学者で、エンケラドゥス（土星の第二衛星）のまわりをめぐる最初期の研究軌道船を建造した調査官たちだった。彼らは何百年も、エンケラドゥスの氷の海で繁殖しているバクテリアの研究に不眠不休でいそしんでいた。土星の上空に太陽がうっすらと拇印《ぼいん》のように見えるだけという環境で、研究者たちの色素は十年二十年と月日がたつごとにどんどん失われていった。その結末がコービン——変わり映えのしない単調な研究生活と太陽のない空に適応した、真っ白な肌に血が透けて見えるピンク色の男だ。

コービンはアシュビーのデスクにスクリブを放った。薄い長方形のパッドは靄《もや》のようなピクセルスクリーンをつっきって飛び、アシュビーの前に落ちた。アシュビーは手ぶりでピクセルスクリーンを消散させる指示を出した。宙に浮かんでいた種々のニュース見出しが溶解してにじみ、無数のピクセルが細かな羽虫の群れのように、デスクの左右にあるプロジェクター・ボックスに戻っていった。アシュビーはスクリブに目をやり、コービンに向かって両眉をぐいと上げてみせた。

「こいつは」と、コービンは骨ばった指でスクリブを指した。「何かの冗談なんだろうな」

「ちょっと待ってくれ」アシュビーは言った。「ジェンクスがまたあんたの記録を台無しにしたのか?」

コービンは顔をしかめて首を振った。アシュビーは前回ジェンクスがコービンのスクリブをハッキングして、藻類学者の精魂こめた研究データをジェンクス本人の生まれたままの姿の写真三百六十二枚に置き換えたときのことを思い出してしまい、スクリブをじっとにらんで笑いをこらえた。ジェンクスがGCの旗を掲げている一枚など傑作だった。あれはドラマティックな荘厳ささえ醸し出していた。

アシュビーはスクリブを取り上げ、スクリーン面を上に向けた。

宛名：アシュビー・サントソ船長〈ウェイフェアラー〉、GCトンネル建設免許番号　3
87－97456）

件名：ローズマリー・ハーパー（GC資格認証番号65－78－2）の身上書
そのファイルには覚えがあった。明日到着予定の新しい事務員の身上書だ。今ごろはおそらく窮屈な深睡眠ポッドのなかにストラップで縛りつけられ、長距離移動のために薬剤《くすり》で眠らされているだろう。

「どうしてこれをおれに見せるんだ？」アシュビーは訊いた。

「ほう、それじゃあんたはこれをちゃんと読んだってことだな」

「もちろんだ。あんたにもだいぶ前に、読んでおけと言ったはずだ。彼女が到着する前に心構えができるようにね」

コービンがいったい何を言おうとしているのか見当もつかなかったが、それはいつものことだ。コービンはまず文句を言う。説明はそのあとだ。

コービンの返答は、彼が口を開く前から予測できた。「そんな暇はなかったんだ」コービンには藻タンク部屋内での作業以外の用事を無視する癖があった。「いったい全体何を考えてるんだ、こんな子どもを乗船させるなんて？」

「ちゃんとした資格のある事務員が必要だと思ったんだ」

コービンですら、その点には異議を唱えることはできなかった。アシュビーのつくる書類は惨憺《さんたん》たるものでその提出はとんでもなく遅い。トンネル建造船が免許を保持するために事務員がどうしても必要というわけではないのだが、こんな書類しか出せないアシュビーに便宜を図ることはいっさいできないとGC運輸省のお偉方にはっきりと言われていた。乗員をひとり増やし、食べさせて給料を払うのは少なからぬ出費になるが、熟考したうえにシシックスにせっつかれて、誰か資格持ちの人物を送ってくれと運輸省に頼んだのだった。一度にふたつの仕事をしつづければ、業務に支障が出そうだったからだ。

　コービンは腕組みをして、ふんと鼻を鳴らした。「その娘と話をしたか？」

「一十日《テンディ》間前にアンシ《シ》ブ《ブ》ル・チャットで話したよ。なかなかよさそうな娘《こ》だったぞ」

「なかなかよさそうな娘だったぞ、か。そりゃあてにできそうだな」

　アシュビーは次の言葉はもっと慎重に選んだ。なんといっても相手はコービン、言葉を曲解する王者なのだ。「運輸省が審査したんだ。申し分ない有資格者だ」

「運輸省なんざくそくらえだ」コービンはふたたび指をスクリブに突きつけた。「その娘にゃ長距離航行の経験が皆無だ。見たかぎり、火星以外で暮らしたこともないぞ。しかも大学を出たばっかりで――」

　アシュビーは指を折って反論を数えた。そう来るなら、対応はこうだ。「彼女にはGC書式をあつかう資格がある。地上運輸会社でのインターン経験もある、ということはこっちが必要とする基本的技能を身につけてるってことだ。ハントゥ語に堪能《たんのう》で、ゼスチャーなんかもすべて身につけてる。つまり、おれたちに仕事を呼びこんでくれる可能性がありそうだ。それに専攻の異種間関係学の指導教授の推薦状も提出してる。何より大事なのは、ちょっとだけだが話してみていっしょに働いてもいいと思えたことだ」

「この娘はこれまでに宇宙暮らしをしたことはないんだぞ。おれたちは恒星間空間のただなかに出ていって、ブラインド・パンチをするんだ。そこに子どもなんかを連れていくっていうのか」

「彼女は子どもじゃない、ただ若いだけだ。誰にだって初仕事はあるんだ、コービン。あんただってどこかで初仕事を経験したはずだ」

「おれの初仕事がどんなだったか知ってるか？　親父の研究室で試料皿を全部こすり洗いすることだった。訓練した動物でもできる仕事だ。そういうものこそが初仕事にふさわしいってもんだ、だが――」コービンはつばを散らしてわめいた。「おれたちが何をやってるか、ちょっと思い出してくれるか？　あちこち飛びまわって、宇宙空間に穴を――文字どおりの穴を――あけてるんだぞ。安全な仕事とは言えん。キジーやジェンクスの粗雑さを見るとぎょっとするが、少なくともあいつらは経験を積んでる。無能な新米がボタンを押しまちがうんじゃないかという心配が絶えないようじゃ、自分の仕事ができやしない」

それは警報フラグ――〈こんな状況じゃわしは仕事なんぞできんぞ〉フラグで、コービンの話が迷走しはじめる兆しだった。そろそろ本題にもどってもらうころあいだ。「コービン、彼女が何かのボタンを押すようなことはない。彼女は書類を書いて決まった書式のファイルをつくるだけで、それ以外の重要な仕事をすることはないんだ」

「それに加えて国境警備隊や惑星パトロール隊や、支払いが遅れてる顧客たちと話をつける仕事もあるぞ。おれたちが相手にしなきゃならんやつらは、みんながみんないいやつとはかぎらんのだ。みんながみんな信頼のおけるやつとは言えん。ここに必要なのは、自分の尻を自分でふけるやつ、法規についておれたちよりよほどよく知ってると思ってる鼻もちならん副官野郎をどなりつけることのできるやつだ。本物の食品安全保証印《スタンプ》と密輸人のにせスタンプを見分けられるやつ。宇宙での常識をちゃんと心得てて、クウェリン人の執行官に対面したときにお漏らしするような、卒業したての青二才じゃないやつだ」

アシュビーはマグカップを置いた。「おれに必要なのは正確な書類を作成してくれるやつだ。おれたちの予定を管理して、国境を越える前に必要なワクチン接種だのスキャンだのをすべて確実に受けさせてくれるやつ。それからおれの財務ファイルを整理してくれるやつ。複雑でめんどうだがむずかしい仕事じゃない。まあ、推薦状に書いてあるとおりの有能な人材ならね」

「その推薦状だが、まったくの紋切り型だ。その教授は絶対、研究室に来て泣きついた能無し学生全員にまったく同じ推薦状を出してるにちがいない」

アシュビーは片方の眉をぐいと上げた。「彼女が学んだのはアレクサンドリア大学だぞ、あんたと同じだ」

コービンはせせら笑った。「おれは理学部だった。大違いだ」

アシュビーは短い笑い声をあげた。「シシックスの言うとおりだな、コービン。あんたは本当に俗物だ」

「シシックスなんぞくそくらえだ」

「昨夜あんたが彼女にそう言ってるのを聞いたぞ。通路の反対端でも聞こえた」

コービンとシシックスは早晩殺しあいかねない間柄だ。絶対に折りあわないし、どちらも努力する気さえない。そこのところはアシュビーが心してあつかわなければならない領域だった。シシックスとは〈ウェイフェアラー〉以前からの友人だが、船長モードにはいったときは、彼女もコービンもクルーとして同等にあつかわなくてはならない。しょっちゅうやりあっているふたりの扱いには細心の注意を払う必要があった。ほぼいつも、アシュビーはそうしたいさかいに巻きこまれまいと気をつけていた。

「事情を訊くべきなのか?」

コービンの口がゆがんだ。「あいつはおれの最後の歯磨き《デント》ボットを使いやがったんだ」

アシュビーは目をぱちくりさせた。「貨物倉にいくらでもあるだろう」

「おれの歯磨きボットはちがうんだ。あんたが買ってるのは歯茎を痛めるような安物の粗製乱造ボットだからな」

「おれは毎日使ってるが、歯茎はいたって健康だぞ」

「おれの歯茎は繊細なんだ。信じられなけりゃ、ドクター・シェフにおれの歯科記録を見せてもらえ。おれは自前の高品質ボットを買わなきゃならんのだ」

この愚痴の種がアシュビーの優先順位ではずっと下にあることが顔にあらわれていないように、願うしかなかった。「そりゃたしかに悩ましい話だが、たかが歯磨きボットひとパックじゃないか」

コービンは憤然となった。「ボットは安くはないんだぞ！　あいつはおれへのいやがらせでやったんだ、わかってる。あの自己中心《ジコチュー》のトカゲ女め——」

「おい！」アシュビーは背すじをのばした。「聞き捨てならんぞ。二度とそんな言葉を聞きたくはないね」

種族差別の侮辱語として、トカゲというのは最悪というわけではないが、ひどいのはたしかだ。

コービンはこれ以上不快な言葉を漏らすまいとするかのように、唇をかたく引き結んだ。

「すまん」

アシュビーは腹を立ててはいたが、本音を言えば、コービンとの会話の着地点としてはこれが理想的といえた。コービンをほかのクルーから離し、憤懣《ふんまん》を吐き出させて一線を越えるのを待ち、彼が罪悪感に駆られているときに説得するのが。

「シシックスとも話をしてみるが、あんたにはもっと礼節をもってみんなに接してもらいたい。それからどんなに腹を立てようとかまわんが、今みたいな口のきき方はおれの船では許さない」

「癇癪を起こしたんだ、それだけだ」

コービンがまだ怒っているのは明らかだったが、いかな彼でも飼い主の手に嚙《か》みつくほど愚かではなかった。彼は自分が貴重な人材だと知っていたが、彼の口座に給料を振り込むのはアシュビーだ。いくら貴重でも取り換えがきかないわけではないのだ。

「癇癪を起こすのはともかく、あんたは多種族混成乗員のひとりなんだ、それを忘れないようにしてくれ。とりわけ新入りが来るんだからな。あんたが快く思わないのは残念だが、正直に言って、あんたが決めることじゃない。ローズマリーを推薦したのは運輸省だが、彼女を乗せることにしたのはおれの判断だ。彼女がはずれだったら、また新しい人材を雇えばいいんだ。だがそれまでは、おれたちみんな、疑わしきは罰せずという態度をとるぞ。内心ではどう思っていようと、彼女が歓迎されていると感じられるようにふるまってもらう。実をいうと……」

アシュビーはゆっくりと笑みを浮かべた。

コービンは警戒した顔つきになった。「何だ？」

アシュビーは椅子にゆったりともたれ、両手を組み合わせた。「コービン、われらが新入事務員は明日十七時半ごろに到着する予定なんだ。ところがおれは十七時ジャストにヨシとシブチャットをする予定になってる。彼のおしゃべり好きはよく知ってるだろう。ローズマリーがドッキングする時間までに終わるとは思えない。でも誰かが彼女を案内してまわる必要があるんだ」

「うわ、まさか」コービンの顔が苦しげにゆがんだ。「キジーにやらせろ。あいつはそういうことが大好きじゃないか」

「キジーは医療室のそばのエアフィルターを取り換えるので手いっぱいなんだ。明日までに終わりそうにないしな。ジェンクスはキジーを手伝うから、彼もだめだ」

「それじゃシシックスだ」

「うーん、シシックスは明日のパンチの準備作業をしこたま抱えてるんだ。そんな暇はないだろう」アシュビーはにんまりした。「あんたがすばらしい案内ツアーをしてやってくれ」

コービンは憎々しげに雇い主をにらみつけた。「あんたはときどき、本当にいやらしくなるな、アシュビー」

アシュビーはマグカップを取り上げ、わずかに残っていた分を飲み干した。「あんたが頼りになることはわかってたよ」

GC標準306年　130日　到　着

ローズマリーは壁づけのディスペンサーからコップにはいった水を取りながら眉間をもんだ。睡眠剤の名残か頭がぼうっとしていた。これまでのところ、睡眠剤の影響を打ち消すはずの刺激剤の効果は、心臓をどきどきさせているだけだ。身体をほぐしたくてたまらなかったが、ポッドの飛行中は安全ハーネスをはずすことができないし、そもそもポッド内は起き上がって出入りするための必要最小限の空間しかない。ローズマリーは頭をのけぞらせてうめいた。深睡眠ポッドが発進してから三日近くたっていた。太陽系日で三日、と自分で訂正する。標準日とはちがう。そうした区別に早く慣れなければならない。太陽系時間よりも長い一日、長い一年に。だが、カレンダーのちがいなどよりも差し迫った問題があった。ふらふらで空腹で、全身がこわばっていたが、生まれてからこの二十三年間で――太陽系年だ、標準年ではない――これほどひどく尿意を催したことはなかった。宙港の案内係の無愛想なイリュオン人は、睡眠剤には尿意を鎮める作用もあると言っていたが、目覚めたあとにどうなるかについては何も言っていなかった。

彼女の母親がこういう旅行をしたとしたら、さぞかし長い苦情のメールを書くことだろう。

だが、そもそも母親が深睡眠ポッドで旅行をするような状況がありうるだろうか。ローズマリーは考えてみたが、母親が公共の宙港に足を踏み入れること自体、想像もできなかった。自分がそういう場所にいたことにも驚いているのだ。薄汚い待合エリア、ちらちらするピクセル・ポスター、こびりついた藻類のぬるぬるした感触と洗浄液のすえた臭い。周囲に外骨格生物や触手がひしめきあっていたが、そこでは自分がエイリアンであるような気がした。

　太陽系から遠く離れたところに来たことを実感させられた――チケットの列ですぐ隣に並んでいる種々雑多な知的種族たち。彼女の故郷はかなり宙際色《ちゅうさいしょく》豊かだが、たまにやってくる外交官や企業の代表を別にすれば、火星で非人間型の旅行客を見かけることはめったになかった。銀河共同体《GC》の取るに足らない弱小種族が住む岩石惑星が旅行の目的地に選ばれることはめったにない。セリム教授には、異種間関係学を机上で学ぶのと、実際に現地に出ていってほかの知的種族たちと話をするのは大違いだぞと注意を受けたが、その助言の意味が本当に理解できたのは、不格好でかさばるバイオスーツや靴を必要としない〝足〟を持つ異種族に実際に囲まれたときだった。チケット・カウンターにいるハーマギアン人と話をするときにはひどく緊張したものだ。自分のハントゥ語は優秀だ（まあ、地球人としては）ということはわかっていたが、ここは大学の言語ラボのような安全に管理された環境とはちがう。誰も親切にまちがいを直してはくれないし、ばかげた礼儀違反をうっかり犯したら許してはもらえないのだ。今は独り立ちしているのだし、口座の中味と寝る場所を確保するためには、経歴書にできると書いてしまった仕事をやりとげなくてはならない。

楽勝のはずだ。

これがはじめてではないが、胃の奥がぎゅうっと締めつけられた。これまでの人生で、口座の金額や帰る場所の心配をしたことはなかった。だが、蓄えの底が尽きかけ、背後の橋も焼け落ちた今、まちがいを犯す余裕などないのだ。新たなスタートを切る代償は、頼れる相手が誰もいないという状態だ。

お願い、と彼女は考える。お願いだからしくじりませんように。

「進入態勢にはいります、ローズマリー」深睡眠ポッドのコンピュータが甲高い声で告げた。

「ドッキング前に必要なものはありますか?」

「トイレとサンドウィッチ」ローズマリーは言った。

「すみません、ローズマリー。解析困難です。もう一度要求をくりかえしていただけますか?」

「要求はないわ」

「わかりました、ローズマリー。今から外側のシャッターを開きます。外の光源に慣らすために、目を閉じたほうがいいでしょう」

ローズマリーは言われたとおりにした。シャッターが開いたが、まぶたは暗いままだった。目を開くと、はっきりした光源はポッド内にしかなかった。予想していたとおり、窓の外には点々と星の散る虚空があるだけ——恒星間空間のまっただなかだ。

ポッドの外殻はどれほどの厚みがあるのだろうと、ローズマリーは考えた。

ポッドが大きく向きを変え、不意に光が炸裂《さくれつ》して、ローズマリーは目を覆った。それはこれまでに見たことのないほど不格好な宇宙船の窓からさしてくる光だった。ゆがんだ脊髄のような後部から膨れたドームが突き出ている以外はごつごつと角張った船だ。着飾った旅行客を乗せるような船ではない。スマートさやきらびやかさとは無縁で、けっして小型ではないが、貨物船と呼ぶには小さい。両側に張り出したウイングがないことが、外宇宙用に建造された船であり、大気圏にはいることはないと示している。船体の下面には巨大で複雑な機械がついていた――金属質の細長い円筒の先に、牙のようなトゲが何列も、少しずつ角度を変えて植わっている。宇宙船のことはよく知らないが、外装のちぐはぐな色合いから見ると、もともとは別々の船だったものをいくつも接ぎ合わせてつくられているようだった。いわばパッチワーク船だ。唯一の救いはいかにも頑丈そうに見えるところだ。これは多少の打撃には耐えられる（そして耐えてきた）船だ。これまで旅行で乗っていた船とは見た目ではるかに劣るが、それでも外の虚空と自分のあいだにしっかりと頑丈な船殻があると思うと安心できる。

「〈ウェイフェアラー〉、こちら深睡眠ポッド36Ａ、ドックインの許可を求めます」コンピュータが言った。

「深睡眠ポッド36Ａ、こちら〈ウェイフェアラー〉」離郷人《エクソダン》のアクセントを備えた女性の声が応じてきた。母音の発音がソフトで、発声がわずかに丁寧すぎる。ＡＩの声だ。「乗客の身分証明をお願いします」

「了解です、〈ウェイフェアラー〉。乗客の詳細情報を送ります」

短い間があった。「確認しました、深睡眠ポッド36Ａ。ドッキングを許可します」

深睡眠ポッドは母親の乳を求めて泳いでいく水棲《すいせい》動物のように〈ウェイフェアラー〉の横腹に沿って動いていった。ポッドの後部にあるハッチが〈ウェイフェアラー〉のくぼんだドッキングポートにすべりこんでいく。ドッキングの機械音が聞こえた。密封弁が開くにつれ、空気が流れこむ音がした。

ハッチドアがなめらかに開く。ローズマリーは立ち上がったとたんにうめいた。こわばった筋肉が今にも粉々になりそうだった。荷物ラックからダッフルバッグと肩掛けかばんを取り、のろのろと前に進む。ポッドと〈ウェイフェアラー〉にはわずかな重力差があり、そのせいでふたつの継ぎ目を通ったときに胃がでんぐりがえった。その感覚はほんの数秒間だったが、朦《もう》朧《ろう》とした頭と心悸《しんき》亢進とぱんぱんに膨れた膀胱《ぼうこう》と相まって、〝不愉快さ〟から〝ちょっとしたみじめさ〟への一線を越えてしまった。新しいベッドがやわらかいことを願うのみだった。

狭い除染室に足を踏み入れる。腰ほどの高さのスタンドに取りつけられたぎらぎらと光る黄色いパネルがあるだけだった。壁の船内通話機《ヴォックス》を通してAIがしゃべった。「ようこそ！　あなたが誰だかは承知していますが、リストパッチをパネルの上にかざしていただけますか？　ワタシが確実に認識できるように」

ローズマリーは袖をたくしあげて織素材のリストバンドをあらわにした——これは右手首内側の皮膚に埋めこまれた小さなパッチを保護している。親指の爪ほどの大きさのそのハイテク機器には数多《あまた》のデータが内蔵されている——個人のIDファイル、銀行口座情報、血管内をパトロールしている五十万個前後の免疫ボットとの交信に使われる医療インターフェースが。G

C市民の例に漏れず、ローズマリーがはじめてのパッチを埋めこんだのは子どものころだった（地球人では、初移植の標準年齢は五歳だ）が、このパッチはわずか数十日《テンディ》間前に埋めたものだ。パッチのまわりの皮膚の縫い痕《あと》はまだつやがあり、生々しかった。この新しいパッチの値段は貯えのほぼ半分という法外なものだったが、文句を言えるような立場ではなかった。

ローズマリーは黄色のパネルの上に手首をかざした。光が脈打つように穏やかに揺らいだ。刺激剤の成分が流れる血流に、不意にアドレナリンが奔出した。もしこのパッチに不具合があって、古いファイルが引き出されたら？　本名を見られて、情報をつきあわされたら？　ここの人々は考慮してくれるだろうか――彼女が何もまちがったことをしていないということを？それとも、かつての友人たちのように冷たく離れていくだろうか？　ポッドに押しもどし、火星に送り返すだろうか？　望みもしない名前に、彼女のせいではないごたごたのもとに――

パッドがほっとするような緑色を点滅させた。ローズマリーはほうっと息を吐き出し、神経質になってしまった自分を嗤《わら》った。新しいパッチは埋めこんで以来きちんと働いていた。ここに至るまでに立ち寄った場所で身分証明や支払いに手間どったことは一度もなかった。この不格好なトンネル建造船のパッチスキャナーが、宙港の最先端スキャナーに見破れなかった情報の齟齬《そご》を見抜くとは思えない。最後の関門は突破できた。これで心配しなければならないのは、ちゃんと仕事ができるかどうかだけになった。

「ようこそ、ローズマリー・ハーパー」ＡＩが言った。「ワタシの名前はラヴレイス、この船の通信インターフェースを務めてるの。その点ではあなたと比較的似た仕事かもね、そう思わない？　あなたはクルーのために連絡をとる、ワタシはこの船のために連絡をとる」

「そのとおりだと思うわ」ローズマリーはちょっと不安を感じながら言った。おしゃべりする知的ＡＩの相手をした経験はほとんどなかったからだ。火星のＡＩはどれも実用本位で個性などなかった。大学の図書館にはオラクルという名前のＡＩがいたが、彼女はかなりアカデミックなタイプだった。ラヴレイスのような愛想のいいＡＩと話をするのははじめてだった。

「ローズマリーと呼んでいいかしら？」ラヴレイスが訊いた。「それともニックネームがある？」

「ローズマリーでいいわ」

「わかったわ、ローズマリー。ワタシのことは、よかったらラヴィーって呼んで。ほかのみんなはそう呼んでるのよ。ポッドから出られてうれしいんじゃない？」

「あなたにはわからないでしょうね」

「たしかにね。でもそれを言うなら、メモリ・バンクが調整し直されたときの喜びはあなたにはわからないでしょ」

　ローズマリーは考えてみた。「たしかにね」

「ローズマリー、正直に言うわね。ワタシがこうして長々とおしゃべりしてるのは、汚染菌がついてないかスキャンするあいだ、あなたを退屈させないためよ。この船のクルーにはきわめて特殊な人がいて、健康への配慮が特に必要なの。だからよその船よりも厳しくスキャンしなきゃならないのよ。もうそろそろ終わるわ」

ローズマリーは長く待っているという気はまったくしなかったが、ＡＩが長いと感じる時間がどれほどのものなのか、見当もつかなかった。「必要なだけ時間をかけてちょうだい」

「荷物はそれだけ？」

「そうよ」ローズマリーは言った。実際、所有物は全部持ってきていた（つまり、売り飛ばさなかったものすべてだ）。そのすべてが小さなバッグふたつにおさまったことが今でも驚きだった。広く大きな実家でさまざまな家具や装飾品や貴重品に囲まれて暮らしていたが、自分で持ち運べる以上のものは必要ないと知った今は、のびのびした自由な気分を感じていた。

「その荷物を右手の貨物エレベーターに載せてくれれば、上のクルーデッキに運んでおくわ。あなたの部屋に向かうときに引き取ってくれればいいわ」

「ありがとう」ローズマリーは壁の金属ドアを開けてふたつのバッグを入れ、ドアを閉じた。壁のなかでシュッという音がした。

「いいわよ、ローズマリー。スキャンが終わったわ。こんなことは言いたくないけど、あなたの体内にはブラックリストに載ってる菌がいくつかいたわ」

「どういう菌？」訊きながら、ローズマリーはぞっとするような気分で宙港の汚れた手すりやべたつくシートを思い返していた。火星を出て三十日間《テンデイ》で、すでに異星の病原菌をもらっているとは。

「ああ、あなたに害をあたえるようなものではないわ。でもうちのナビゲーターにとっては深刻なものなの。次にこの船を出る前に、うちの医師にあなたの免疫ボットをアップデートしてもらわなきゃね。今のところは除染フラッシュを浴びてもらわなくちゃならないんだけど、大丈夫?」ラヴィーの声が申し訳なさそうなのももっともだ。除染フラッシュのいい点はすぐにすむところしかない。

「いいわよ」ローズマリーは歯を食いしばった。

「踏ん張って」ラヴィーが言った。「フラッシュ行くわよ、三……二……一」

強烈なオレンジ色の光が室内にあふれた。全身の内部で動くものが感じられた。あらゆる毛穴や歯、まつ毛のつけ根が冷たい針にチクチクと刺し貫かれた。ほんの一瞬ながら、全身の毛細血管が感じ取れた。

「本当にごめんなさい」フラッシュが終わると、ラヴィーが言った。「こんなことをするのは本当にいやなのよ。ねえ、気分が悪そうだけど」

ローズマリーは息を吐き出し、針に刺されたような痛みを全身から振り払おうとした。「あなたのせいじゃないわ。もともと気分があまりよくなかったの」

そこでふと口をつぐんだ。AIに気をつかっていることに気づいたからだ。ばかげた発想だが、ラヴィーの声を聞いていると、そうしないと無作法になるような気がするのだ。AIは気を悪くしたりするのだろうか? ローズマリーにはよくわからなかった。

「早く治るといいわね。歓迎のディナーが用意されてるんだけど、それがすんだらちょっと休んだほうがよさそうね。あらあら、長く引き止めちゃったわ。もう楽にしていいわよ。そうそう、あらためて言っておくわ——ようこそ、この船に」

ヴォックスのスイッチが切れた。ローズマリーはドアのパネルに手を押し当てた。内側のエアロック・ドアが開き、不機嫌そうな顔つきの青白い男があらわれた。ローズマリーが一歩踏み出すと、男の表情が変わった。これほどわざとらしい愛想笑いを見るのははじめてだった。

「〈ウェイフェアラー〉にようこそ」男は手を差し出した。「アーティス・コービン、藻類学者だ」

「はじめまして、ミスター・コービン。ローズマリー・ハーパーです」ローズマリーは男の手を握った。その手はぐったりと力なく、皮膚はねっとりと冷たかった。手を放したとき、ローズマリーはほっとした。

「コービンでいい」男は咳《せき》ばらいをした。「あんたは……その……」反対側の壁に向かって顎をしゃくる。トイレを示す地球人用シンボルが描かれたドアがあった。

ローズマリーは突進した。

数分後に出てきたときには、だいぶ前向きな気分になっていた。心臓はまだバクバクいっていたし、頭はまだもやが晴れない。フラッシュのしつこい後遺症で歯の痛みも残っていたが、肉体的な不調の少なくともひとつはリストから消すことができた。

「深睡眠ポッドは最悪の移動手段だからな。ありゃクズ燃料で飛んでるんだぞ。どんな事故が起きたって不思議じゃない。もっと厳しく規制するべきなんだ」ローズマリーがどう返答しようか考えているあいだに、コービンはまた言った。「こっちだ」ローズマリーは彼について通路を歩いていった。

〈ウェイフェアラー〉の内側も外側とたいして変わりない見栄えだったが、つぎはぎの通路には気取らない魅力があった。壁には等間隔で小さな窓があいている。壁のパネルそのものは形がふぞろいなねじとボルトで繋《つな》ぎあわされている。外装と同じように、壁も一色ではなかった——片側は赤銅色、もう一方の側は鈍い真鍮《しんちゅう》の色で、ところどころに落ち着いた灰色の板が張ってある。

「おもしろいデザインね」ローズマリーは言った。

コービンは嘲笑《あざわら》った。「その〝おもしろい〟というのがおれの祖母《ばあ》さんのキルトみたいっていう意味なら、そのとおりだ。〈ウェイフェアラー〉は古い船だ。まあ、たいていのトンネル建造船がそうだ。運輸省が補助金を出すのは新しい船を買う船長じゃなく、古い船を改良する船長だからな。アシュビーはそれを最大限に活用したんだ。もともとの船は三十五標準年前のものだ。長持ちするようにつくられてるが、クルーの快適さは考慮されていない。アシュビーは居住部を大きくして倉庫スペースを増やし、水シャワーといった設備を付け足したんだ。もちろん、みんな廃棄処分品だ。すべて新品でそろえるような金はないからな」

生活環境は悪くなさそうだ。ローズマリーはほっとした。窮屈きわまりない寝台と塵芥《じんかい》除去シャワーしかなくても仕方ないと覚悟していたのだ。「きっとあとでラヴィーにいろいろ説明してもらえるわね？」

「ああ。ラヴィーはアシュビーが買ったんだが、実際はジェンクスのペットだ」コービンは何の説明もなく話を続け、壁に向かってうなずいてみせた。「すべての部屋と主要な連結点にヴォックスがある。どこにいてもラヴィーに頼めばいつでもメッセージを伝えてもらえる。メッセージは船全体に放送される、だからしゃべる内容に気をつけるんだな。ヴォックスは道具であっておもちゃじゃないから、ヴォックスで遊ぶなよ。消火器も船内のいたるところに備えてある。その位置を記したマップをキジーがあんたに送るよ。船外用スーツはドッキングハッチとクルーデッキと貨物室にある。脱出ポッドはすべてのデッキに備えてある。貨物室にはシャトルもある。もし壁の非常パネルのランプがつくのを見たら、スーツでもポッドでもシャトルでも、いちばん手近なものに向かえ」

　前方で通路がふたつに分かれていた。コービンは左側を指さした。「医療室はあっちだ。最新式と言える設備はないが、宙港に着くまで生きのびるにはじゅうぶんだ」

「わかったわ」ローズマリーは言った。コービンが口にしたのは非常事態と負傷に関連することだけだという事実については、あまり深く考えないようにした。

　前方から陽気な大声がした。何かが床に落ちるガチャンという音がする。続いて短い言い争い、それから笑い声。コービンの目が頭痛を寄せつけまいとするようにすっと細くなった。

「うちの技師どもがすぐそこにいる」

　ふたりが角を曲がると、床一面に鳥の巣のようにもつれたワイヤーやケーブルが散らかっていた。整頓もされていなければそういうふうに置いてある意味もいっさいなかった――ローズマリーが見たかぎりでは。開いた壁パネルから、何本もの藻チューブがはらわたのようにあふれ出ていた。壁のなかで仕事をしているのはふたりだった。男性と女性、どちらも地球人だ

——ろうか？　女性のほうは疑問の余地はなかった。年齢は二十代から三十代のあいだ。黒い髪をうしろななめ横でおだんごに結い、色あせてすりきれたリボンでまとめている。オレンジ色のつなぎは機械油やねとねとしたしみで汚れ、両方の肘《ひじ》には派手な色の布で雑に継ぎが当ててある。袖には走り書きの貼りつけメモが連なっていた——『32Bをチェック——ワイヤーが古い？』だの『エアフィルターを忘れんなとんま』だの『食え』だの。平たい鼻の上には妙ちきりんな眼鏡がのっていた。レンズがいくつもついているうえに、ヒンジ留めのつる部分に五、六個の付属品が溶接されている。拡大鏡のようなものもあれば、ごく小さなデジタルパネルをちらちら明滅させているものもあったが、どれも手製のように見えた。女性本人について言えば、ダークオリーブ色の肌は長い時間、自然の陽光を浴びて過ごしたように見えるが、どの人種ともつかない容貌は疑いようもない離郷人だ。この女性は太陽系外の植民地で育った地球人のように思えた——〝太陽から離れて〟と、ローズマリーの故郷の火星では言っていたが。

一方、男性のほうはそれほど簡単には類別できなかったが、おおかたの点から地球人のように見えた。いろいろと混ざりあった顔立ちや体形、腕や脚や指はすべてよく見かけるものだ。赤銅色の肌はローズマリーとほぼ同じだが、色合いが数段濃い。頭はごくふつうの大きさだが、それ以外は小さかった——子どものように小さいのだ。ずんぐりした体格は、手足が長くなるまいと拒みながら膨れ上がったかのようだった。女性の肩の上にちょうど乗るぐらいの大きさだったが、まさに今、彼はそうしていた。そして体格だけでは人目のひき方が足りないとでもいうように、丹念に飾りたてていた。頭の両側を剃《そ》りあげ、てっぺんで巻き毛を突っ立たせている。耳は無数のきらびやかなピアスで飾られ、腕はカラフルなタトゥで覆われていた。ローズマリーはじろじろ見ないように努めた。彼はきっと遺伝子改変者なのだろう。思いつく説明はそれだけだった。それにしても、どうしてわざわざ手をかけて身体を小さくしたりするのだろう?

女性が作業から目を上げた。「おや、ヤッホー!」女性は言った。「ジェンクス、下りなよ。愛想よくしなくっちゃ」

壁のなかで何かやかましい道具を使っていた小さい男はこちらを向き、安全ゴーグルを持ち上げた。「おっと」下りながら、彼は言った。「新人のご到着だ」

ローズマリーが何か言うより先に女性が立ち上がり、手袋をはずしてローズマリーを大仰にハグした。「ようこそ」それからうしろにさがり、思わずつられるような笑みを浮かべた。「あたしはキジー・シャオ。機械技師だよ」

「ローズマリー・ハーパーよ」ひどく面食らったのを表に出すまいとしながら、ローズマリーは言った。「ご歓待ありがとう」

キジーの笑みがさらに大きく広がった。「おおや、あんたのアクセントすっごく好みだよ。あんたたち火星育ちの発音っていつもすっごくなめらかだよね」

「おれはコンピュータ技師だ」手のねとねとをぞうきんでぬぐいながら、男が言った。「ジェンクスだ」

「それは名字なの、それとも下の名前?」ローズマリーは訊いた。

ジェンクスは肩をすくめた。「どっちなりと」手を差し出してローズマリーの手を握った。小さな手ながら、コービンよりはよほど力がこもっていた。「会えてうれしいよ」

「こちらもです、ミスター・ジェンクス」

「ミ、ミ、ミスター・ジェンクスだとよ！　気に入ったぜ」顔をまわす。「よう、ラヴィー。みんなに繋いでくれ、頼むよ」近くのヴォックスのスイッチがはいった。「よう、みんな、聞いてくれ」

ジェンクスは仰々しい声で言った。「われらが事務員どのに倣って、おれは今から〝ミスター・ジェンクス〟っちゅう呼び方以外にゃ応じないことにする。よろしく」

コービンがローズマリーのほうに顔を寄せ、声をひそめて言った。「ああいうのはヴォックスの正しい使い方じゃない、いいかい、じゃないからな」

「で」とキジー。「ここまでの道中は大丈夫だった？」

「ひどいものだった」ローズマリーは答えた。「でも無事にここに着いたんだから、文句は言えないんでしょうね」

「好きなだけ文句を垂れるがいいさ」ジェンクスが言い、使いこんだ金属缶をポケットから出した。「深睡眠ポッドなんぞで旅なんかするもんじゃないね。ここに手早く来るにはあれしかねえってことはわかってるが、ありゃとんでもなく危険なものだ。刺激剤でふらふらになってるんじゃねえか？」ローズマリーがうなずく。「そら見ろ。まあ、腹に食い物を入れたら、ましな気分になるだろう」

「部屋にはもう行ってみた？」キジーが訊いた。「カーテンはあたしがつくったんだよ。もし生地が気に入らなかったら言って。すぐに引き裂くから」

「まだよ。でもここに来るまでに、あなたの腕の良さはたっぷり見せてもらったわ。古い船をつぎはぎするなんて簡単なことじゃないでしょ」

キジーの顔がグローバルブのように明るくなった。「そうだね、でもさ、だからこそおもしろいんだよ！　パズルみたいなものなんだ、旧《ふる》いやつがどういう回路にアクセスしてるかを見つけ出して、ちょこっといろいろ新しく付け足して使い勝手をよくしてやって、うっかり吹っ飛ばさないようにしながら旧いフレームワークの機密部分にのっけてやるんだよ」キジーはうれしそうなため息を漏らした。「最高の仕事じゃないか。〈金魚鉢〉はもう見た？」

「ごめんなさい、何って言ったの？」

「〈金魚鉢〉だよ」キジーは満面に笑みを浮かべた。「ちょっと待ってて。もう最高なんだから」

コービンはコンピュータ技師をきっとにらんだ。「ジェンクス、あんたはまじめになるってことができんのか！」

ジェンクスの金属缶にはレッドリードの葉が詰まっていた。彼はそれをつまみあげて湾曲した小さなパイプに詰め、溶接用バーナーで火をつけたところだった。「え、何だって？」ぬけぬけと言う声は嚙《か》みしめた歯の向こうでくぐもっていた。ジェンクスはパイプに空気を吸いこみ、刻んだ葉の煙をくゆらせた。焦げたシナモンと灰のかすかなにおいが鼻をつき、ローズマリーは父親を思い出した。父親もまた、仕事をしながらいつもこれをくゆらせていた。望みもしないのに浮かんでくる家族の記憶を、彼女はわきに押しやった。

コービンは鼻と口を手で覆った。「自分の肺を毒素で満たしたいと思うのは勝手だが、自分の部屋でやれ」

「まあ落ち着けよ」ジェンクスは言った。「こいつはラルー人が改良した新種なんだ。やつらの八枚弁の心臓に幸いあれ、だ。新鮮なレッドリードはまろやかで、毒素なんぞこれっぽちもない。身体には百パーセントいい。まあ、とにかく悪くはないさ。ちょっとためしてみなよ、びっくりするぐらい気分が変わるぜ」コービンに向けてぷかぷかと煙を吐いてみせる。

コービンの顔がこわばったが、それ以上この話題を追及したくはないようだった。ルールに厳しそうな態度のわりに、実はこの技師たちに軽くあしらわれているように、ローズマリーには思えた。「アシュビーはこの惨状を知ってるのか？」コービンは床を指さした。

「まあまあ、不機嫌屋どの」キジーが言った。「ディナーまでには全部直して片づけるよ」

「ディナーは半時間後だぞ」コービンが言った。

キジーはさっと両手を頭のてっぺんにやり、大げさに顔をしかめた。「うわ、ヤバ！　それってマジ？　ディナーは十八時だと思ってたけど？」

「今は十七時半だ」

「ウッソォ！」キジーは壁のなかに飛びこんだ。「話はあとでね、ローズマリー、仕事しなくっちゃ。ジェンクス、あたしの肩に乗んな。大急ぎだ！」

「よっと！」ジェンクスはパイプをぐっと歯でくわえると、よじ登った。

コービンは無言で通路を先に進みつづけた。

「お会いできてよかったわ」ローズマリーは急いでコービンのあとを追いかけながら、キジーたちに言った。

「こっちもだよ！」キジーが声を張り上げる。「うわ、ちょっと、ジェンクス！　あたしの口に灰を入れんなよ！」つばを吐く音がして、ふたり分の笑い声が聞こえた。

「おれたち全員が死んでないのが不思議だよ」コービンが誰にともなく言った。それ以上何も言わず、そのまま通路を歩いていく。どうやら彼は世間話が得意ではなさそうだ。沈黙は気まりだが、破らないほうが賢明のように思えた。

通路は内向きにカーブして船の反対側に繋がり、カーブの先端にドアがあった。「ここがコントロール室だ」コービンは言った。「航行及びトンネル建設のコントロールだ。あんたはこの部屋にはたいして用はないだろうがね」

「それでもちょっと見せてもらえる？　仕事の参考になると思うから」

コービンはためらった。「たぶん今はうちの操縦士がこのなかで仕事をしてる。邪魔をするのは――」

ドアが開き、エイアンドリスク人の女性が出てきた。「聞き慣れない声がしたと思ったよ！」言葉の節々がハスキーな響きを帯びていたが、ローズマリーがこれまでに聞いたこの種族の声のなかではいちばん明瞭に聴きとれた。まあ、エイアンドリスク人を相手にした経験が豊かというわけではないのだが。GCの三大創始種族のひとつであるエイアンドリスク人は銀河系のいたるところでよく見られる。というか、よくそう耳にしていたが、直接話しかけられたのは、今前に立っているこのエイアンドリスク人がはじめてだった。あわててエイアンドリスク文化について思い出そうと頭をフル回転させる。『複雑な家族構成。実質的にパーソナルスペースの概念がない。肉体的接触を好む。乱交性あり』ローズマリーは心のなかで、自分にビンタをした。そういう思考はまったくのステレオタイプ、人類全員が好むと好まざるとにかかわらず持っているものであり、自種族中心主義のにおいがする。彼らはわたしたちのような一対一のペアをつくらないっていうだけよ。意味がちがうんだから。そう自分を叱《しか》る。

頭のどこかで、セリム教授がにらみつけていた。『〝無情な〟の同義語として〝冷血な〟という言葉を使うことからして、われわれ霊長類《れいちょうるい》が爬虫類《はちゅうるい》に対して生得的な偏見を有しているのがわかるというものだ』教授がしゃべっている姿が目に浮かぶ。『自分の種族の社会規範でほかの種族を判断してはならない』

恩師の誇りとなるべく、エイアンドリスク人がよくするという頬をすりつける挨拶や、思いがけないハグを予想して、ローズマリーは身構えた。この相手がどういう挨拶をしたがるにせよ、落ち着いて流れにまかせるつもりだった。今や多種族混成クルーの一員なのだ、優雅に受け流してやる、こんちくしょう。

だが、拍子抜けしたことに、このエイアンドリスク人は鉤爪《かぎづめ》のある手をのばして握手を求めただけだった。「あんたがローズマリーだね」にこやかに言う。「あたしはシシックスだよ」

ローズマリーはできるだけていねいに、シシックスのうろこのついた手を指で包みこんだ。ふたりの手はぴったりと合うわけではなかったが、握手はうまくいった。ローズマリーの目にはシシックスはあまりに異種的で、美しいという形容はできなかったが、彼女は……カッコよかった。そう、その言葉のほうが似合っている。ローズマリーよりも頭ひとつ分背が高く、スリムでしなやかだ。頭のてっぺんから尻尾の先まで全身がモスグリーンのうろこに覆われているが、腹部に向かってだんだん色が薄くなっている。顔はつるりとしていて鼻や唇や耳のようなものはなく、ただ呼吸のための穴と音を聞くための穴と小さなスリットのような口があるだけだ。頭はお祭りで飾りたてられた馬のたてがみのような、色とりどりのもしゃもしゃした羽根に覆われていた。胸は人間の男性と同じにぺたんと平らだが、細いウエストと筋肉質のトカゲの太腿《ふともも》にはさまれている腰は女性らしく見えた（だが、その印象もまた文化的な偏見から芽生えたものだとローズマリーは知っていた。エイアンドリスク人の男性は女性とまったく同じ外見で、ただちょっと小柄なだけだからだ）。脚はちょっとがに股ぎみで今にも跳ぼうとしているように見え、手足の指には先がとがっていない太い鉤爪がついていた。鉤爪はすべて鈍い金色の渦模様に塗られ、爪やすりをかけてあるように見える。そしてゆるい吊りズボンにひとつボタンのベスト。エイアンドリスク人が服を着るのは、ひとえにほかの種族を安心させるためなのだとセリム教授が言っていたのが思い出された。服装とアクセントと握手から考えると、シシックスは長いあいだ地球人とともに過ごしてきたのだろう。

コントロール室から出てきたのはシシックスだけではなかった。彼女に続いて、乾いた熱風がドアから噴き出した。室内はうだるような暑さで、戸口にいるだけで窒息しそうだった。

コービンの目がすっと細くなった。「あんまり暑くなるとインターフェース・パネルがゆがんでくるって、知ってるだろう」

シシックスの黄色い目がさっと青白い男に向けられた。「ありがとう、コービン。あたしが船で暮らしはじめたのは大人になってからずっとだから、船内温度の調整のしかたなんて知ったこっちゃないね」

「この船は今だってじゅうぶん暑いとおれは思ってる」

「誰かがあたしといっしょにここで働いてくれてたら、温度を下げてるさ。正直言って、原因は何だと思う？」

「原因って、そりゃ――」

「ちょっと待った」シシックスは片手を挙げ、コービンとローズマリーをかわるがわる見やった。「どうしてあんたがこの子を連れてまわってんの？」

コービンは口をへの字に曲げた。「アシュビーに頼まれたんだ。なんてこたないさ」口ぶりは無造作だったが、ローズマリーがエアロックから出たときに見た彼の顔に浮かんでいたのと同じ偽りの響きがした。胃のなかにまたもや冷たいかたまりが出現した。この船に乗って十分だが、すでに自分を気に入らないクルーがいる。上等だ。

「よっしゃ」シシックスが言い、何かを見きわめようとするように目を細めた。「あんたにほかにやることがあるっていうんなら、喜んでツアーガイド役を替わってあげるよ」

コービンは唇をぎゅっと結んだ。「失礼なまねをするつもりはないんだが、ローズマリー、なるべく早くはじめたい塩分試験があるんだ」

「そりゃよかった！」シシックスがローズマリーの肩に手をかけた。「あんたのかわいい藻と楽しんでおいでよ！」

「あの、お会いできてうれしかったわ」シシックスに連れられて歩きながら、ローズマリーはコービンに言ったが、彼はすでに通路の先に消えていた。こうしたやりとりにはまごついたものの、今度の連れ合いはもっと友好的らしい。シシックスが歩くときに何もはいてない足が伸び縮みするさまや、羽根が揺れるようすをまじまじと見つめないように気をつける。シシックスの一挙一動すべてが興味深かった。

「ローズマリー、〈ウェイフェアラー〉のクルーを代表してあやまっときたいんだけど」シシックスが言った。「新しい家にやってくるっていうのはさ、アーティス・コービンなんかにはつとまらないぐらいの大歓迎に値するよ。きっともう、脱出ポッドについてはよく知ってるだろうけど、あたしたちの人となりや、何をしてるかは全然わかってないはずだ」

ローズマリーは思わず笑ってしまった。「どうしてわかったの？」

「そりゃ、あたしはあの男といっしょに暮らしていかなきゃならないからだよ。あんただってそうだ。でも幸い、あたしたちもいる。あんたとはうまくやっていけそうだね」シシックスは金属階段のすぐ横で足を止めた。その階段は天井を抜けて上にのびると同時に、床を抜けて下にものびていた。「もう部屋は見た？」

「まだよ」

シシックスは目の玉をぐるりとまわした。「おいで」ローズマリーの顔に尻尾を当てないように細心の注意を払いながら、階段をのぼっていく。「あたしはね、自分の部屋がどんなところかちゃんとわかれば、新しい船でも気分よく過ごせるんだ」

　そのとおりだった。ローズマリーの部屋は最上階層の隅にあった。奥の壁にはめこまれた箱型の設備のなかに引き出しが数段。あとは小さなクロゼットと、狭いアルコーブに寝台がかろうじておさまっているだけだ。何もない部屋の味気なさは、いくつかの人間らしい彩り（というか、知的種族らしい彩り、とローズマリーは訂正した）のおかげで和らげられていた。寝台にはふわふわの毛布が広げられ、カラフルな枕がひと山置かれて、何の飾り気もない棚を心地よい小さな寝床に変貌させている。キジーが言っていたカーテンは花柄の生地——いや、花柄じゃない、クラゲ柄だ。その総柄模様はローズマリーの好みからいうと少々にぎやかすぎたが、そのうち気に入るだろうと確信できた。壁には小さな水耕プランターがひとつ掛けてあり、涙滴形の葉を垂らしている。その横には鏡があり、その上には印刷されたメッセージが掛かっていた。『**ようこそ！**』ここはローズマリーがこれまでに見たなかで（みすぼらしい宙港ホテルもいろいろ見てきたが）もっとも狭くシンプルでささやかな生活空間だった。だがそれでも、すべての要素を考えあわせると、申し分なかった。再出発をするのにこれ以上の場所は考えられなかった。

GC標準306年　130日　前触れ

シブチャットでヨシがくどくどとしゃべりつづけるのを聞きながら、アシュビーはどうにか笑みを絶やさずにいた。この男はあまり好きではなかった。別にヨシにまずいところがあるわけではない、だが星々《スターズ》にかけて、この男は何日でもしゃべりつづけることができる。運輸省と繋《つな》がると、まずは無意味な紋切り型のやりとりからはじめなければならない——アシュビーが予定外の空間にトンネルをあけないという確約を言葉であらわすことからはじまるのだ。実際にことをはじめる前に念入りにチェックしなくてはならないことを、アシュビーは誰よりもよく理解している。なのにヨシはいつも、ごく簡単にすむこと——「許可はとったな？　よし、じゃあいい旅を」——を一時間もの会話に引き延ばす。

　ピクセルスクリーンでヨシがかすかにちらついているのは信号減衰のせいだった。ヨシは長袖をまくり上げ、メックをかき混ぜている——冷たいメックだ、ハーマギアンふうの。こいつの上品ぶった身なりに、自分の目玉をぐるりと回して見せてやりたいという誘惑を、アシュビーは押さえつけた。冷たいメック、イリュオン流に仕立てられた服。中央《セントラル》ふうアクセントは修練を積んではいるが、それでもわかる相手には火星なまりが聴きとれてしまう。周囲にいる有力な種族と同じ影響力を持っているふりをしている、いかにも官僚らしい虚飾だ。アシュビーは自分の出自を恥じているわけではない――それどころかその逆だ――が、身の丈を顧みない尊大なやつを見るとどうもいらいらしてくるのだった。

「わたしの話はもうじゅうぶんだな」ヨシは笑った。「〈ウェイフェアラー〉での暮らしはどうだ？　クルーはみな好調かね？」

「ええ、みな元気です」アシュビーは言った。「それにもうひとり増えましたよ、今日」

「そうそう、新人の事務員だな！　彼女のことを訊こうと思ってたんだ。ちゃんとなじめそうかね？」

「実をいうとまだ会っていないんです。ちょっと前に彼女のポッドがドッキングしたと聞いてます」

「そうか、なら長く引き止めはしないよ」やれやれ。「なあ、アシュビー。事務員を雇ったんなら、運輸省でのきみの記録には何点か加算される。きみはトンネル建設においては常に信頼のおける人物だが、今度のことでわれわれの管理基準にも適合したと明記されるだろう。なかなか賢明な行動だよ」

「ただの実務上の必要性からです。本当に手が足りなかったんです」

ヨシは椅子に背をあずけた。シブカメラから離れたせいで、顔がぼやける。「きみはもう長いあいだ、レベル3仕事をやってるな。もうちょっと上を目指してみようと考えたことはないか？」

アシュビーはぐいと眉を上げた。ヨシは信用はおけないが能無しではない。〈ウェイフェアラー〉に高いレベルの仕事ができるだけの装備はないことは知っているはずだ。

「そりゃそうですが、うちにはそんな仕事ができるような装備はないんですよ」

それだけの装備をとりつける余裕もなかった。彼の船には、宇宙船一隻分の航行レーン——主として移民船の短距離移送用だ——の建設設備しかない。貨物輸送船団用トンネルを建設できれば大金が手にはいるが、安定した航路をそこまで大きくつくるにはとんでもない規模の設備が必要になる。地球人が所有している船がそういった大規模仕事をしているという話は聞いたことがなかった。

「たしかにそうだが、だからといって自分からあきらめるのはよくないな」ヨシはわざとらしく肩越しに目をやった。またしても、アシュビーは目の玉をまわしたくなるのをぐっとこらえた。今見てわかるかぎりでは、閉ざされた部屋にはヨシ以外誰もいない。「とにかく興味深い仕事が降ってこないか、しっかり見張ってろ。きみのいつものお仕事《ブラケット》だが——ひと味ちがうやつをな」

アシュビーは少し身を乗り出した。R音の発音をわざとハーマギアンふうに震わせている人間の口から出てくることをやすやすと信じるわけにはいかないが、それでも議会ビルで働いている者の助言を無視するわけにはいかなかった。「どういう仕事ですか?」

「わたしは直接どんな仕事かを告げる立場にはないんだ」ヨシは言った。「きみがなじんでいる仕事にいい変化をつけるものだとだけ言っておこうか」アシュビーの目をのぞきこむ。ピクセルスクリーンの粒子が揺れた。「きみにいいスタートを切らせてくれるようなね」

アシュビーはにこやかに見えてほしいと思いながら笑ってみせた。「そいつはちょっと漠然としてますね」

ヨシはすました笑みを浮かべた。「ニュースはちゃんと見てるか？」

「毎日見てます」

「ちゃんと忘れずに見ることだな。そうだな、まあ、これから五日かそこらぐらいは。今はその心配はしなくていい。せっかくの事務員の面倒を見てやって、明日のパンチをやり抜くことだ、そうすれば……そのうちわかるさ」ヨシはすました顔でキンキンに冷えたカップの中身をすすってみせた。「わたしを信じろ。そのときが来ればわかる」

GC標準306年　130日　トンネル屋たち

二個しかない荷物（シシックスはうなずいた——「荷物が軽けりゃ燃料の節約になるからね」）をしまってから、ローズマリーはシシックスについて階段をふたたび下りた。そのとき、来たときには気がつかなかったものが目にはいった。金属格子の踏み段すべてに分厚いカーペットが張ってあった。

「これは何のためなの？」ローズマリーはたずねた。

「え？　ああ、それはあたしのためだよ。鉤爪《かぎづめ》が格子にひっかからないようにしてるんだ」

ローズマリーはたじろいだ。「ああ」

「あんたにはわからないだろうね。何年か前に爪がひとつ折れちゃったんだよ、それでキジーがカーペットを張ってくれたんだ。孵化《ふか》したての赤ん坊みたいな悲鳴をあげちゃったからね」シシックスは次の階層にはいっていき、ずらりと並んだドアを示した。「娯楽室はあそこだよ。エクササイズ用マシンやゲーム機器、くつろげるソファとか、なんでもそろってる。なかなかいいアウトドア体験シミュレーションがいくつかあるよ。全員、毎日少なくとも半時間は使えって言われてる。まあ、理論上はね。見すごしがちだけど、あんたのためにはほんとうにいいと思うよ。長期航行だからね、いちばん大事なここのことを」シシックスはローズマリーの頭のてっぺんを軽くたたいた。「気にかけてあげなきゃならないんだ」

ローズマリーは廊下でふと足を止めた。「わたしの気のせいかしら、それとも船のなかがどんどん暗くなってるの?」

シシックスはくっくっと笑った。「あんたは本当に宇宙で暮らしたことがないんだね」その口調に冷ややかさはなかった。「通路と共用エリアの照明は一日の時間帯にあわせて明るくなったり暗くなったりするんだ。今は日没か、まあそれに近いものだ。もっと明るさが必要だと思うときは、部屋の作業用ランプをつければいい。船全体の環境照明は生活リズムを保つ助けになるんだよ」

「ここでは標準日時に従ってるんでしょ?」

シシックスはうなずいた。「標準日時、標準暦にね。あんたはまだ太陽系時間なんだよね?」

「ええ」

「最初の十日間《テンディ》は無理しちゃだめだよ。体内時計の順応は本当に消耗するものだからさ。でもね、正直な話、あんたが自分の仕事をきっちりやって今日が何日かわかってさえいれば、どの暦に従ってるかなんて関係ないんだよ。あたしたちの誰も、同じ時間に起きたりはしないし、みんなとんでもない時間に働いてるしね。特にオーハンは。あいつらは夜行性だから」

オーハンが誰なのかも、シシックスがなぜ複数形を使うのかも、ローズマリーにはわからなかった。けれども、それをたずねるより先に、シシックスは前方のドアを指してにんまり笑った。「まず最初にここを見てもらうよ」

ドアの横の壁には、手描きの看板がとりつけられていた。〈金魚鉢〉と書かれた看板で、明るい色の文字が、にこにこ笑っている惑星や楽しげな花々に囲まれている。この船の新参者であるローズマリーにも、これをつくったのはキジーだろうと察しがついた。

　ローズマリーはドアを開け、息を呑んだ。目の前に広がっているのは、プレキシグラスの板を組み合わせてつくられた、大きなドーム状の空間だった。これ丸ごとが巨大な透明の泡のような窓になっていて、その向こうに銀河系が広がっている。そしてこちら側は、何もかも――まさしくあらゆるものが――緑色をしていた。水耕栽培の大型プランターがたくさん、らせんを描くように配置され、大きな葉や瑞々しい新芽や、大きく育った色の濃い野菜を茂らせている。手描きのラベルが等間隔で串に刺して立ててあった（使われている文字はローズマリーが知っている言語のものではなかった）。植物のなかには花をつけているものや、繊細なトレリスに高くつるを這《は》わせているものもある。ドアの前から左右に枝道のある通路がのびており、再利用している荷箱や食品缶が並び、こんもりと草を茂らせていた。あちこちに派手な色に塗られた機械の廃品が顔をのぞかせ、点々と色を添えている。通路のつきあたりは、三段下がった庭園になっていた。今にも崩れそうな噴水が静かに水を噴いており、そのまわりにベンチや椅子が置かれている。ベンチの向こうには小さな観用樹木が並び、頭上の太陽灯に向かってのびていた。だが、いったん太陽灯に気づいてしまうと、ローズマリーの注意はふたたび泡のような窓と、そのすぐ外に広がっている星々や惑星や星雲に向けられた。

息を呑む何秒かのあと、もっと細かいことがらに気がついた。窓のフレームはずいぶんくたびれた感じで、この空間のほかの部分とはまったくちがう材料でできている。水耕栽培のプランターは形も大きさもみなばらばらなうえ傷だらけで、中古で買ったものだろう。けれどもこの空間は、統一性がないことが逆に功を奏して、ちょっと奇妙ながらすばらしい場所になっていた。植物はみな健やかでちゃんと手入れされており、色づけされたスクラップのへこみやすり減り具合のおかげか、実に生き生きとして見えた。

「これ……」ローズマリーは目をぱちくりさせた。「こんなの、信じられない」

「信じようが信じまいが、なくてはならない場所さ。贅沢品《ぜいたくひん》みたいに思えるかもしれないけど、三つの有用な目的があるんだよ。その一、植物は酸素を生んで、エアフィルターの負荷を下げてくれる。その二、自前の食料をいくらかでも育てることができれば、市場にわざわざ買い物をしに飛ぶ費用を節約できるし、静止庫《テンディ》の宙航食ばかりを食べるより健康的。その三、これがいちばん大事なんだけど、何十日間もこのなかに閉じこめられて頭がおかしくなるのを防げる。娯楽室は静かなひとときを味わうにはいいんだけど、本当にのんびりしたいときはみんなここに来るんだよ。こういう場所を備えてる長距離船は多いけど、うちの船のがいちばんさ――あたしの公平きわまりない意見を言わせてもらえればね」

「本当に美しいわ」ローズマリーは窓から目を引きはがした。深睡眠ポッドから白濁したドーム窓が見えたことをちらりと思い出した。「どうして、やってきたときにこれが見えなかったのかしら?」

「ちょっとしたトリックだよ」シシックスが言う。「プレキシグラスのスイッチを切ってたのさ。こいつは外を見たいと思うときだけ透明にするんだ。プライバシーを保つためと、恒星に近いところでは内部を涼しく保つためにね。以前はハーマギアン人のヨットに使われていたものなんだ。キジーとジェンクスが廃品あさり屋たちと太いネットワークを持ってて、使えそうな廃品を見つけたときは連絡をもらえるんだ。このドーム窓はこれまでのとこ、大当たりの掘り出し物だよ」ローズマリーに手ぶりで、ついてくるように促す。「さてと、これからこの菜園全部を育ててるやつを紹介するよ」

ふたりは右側の分かれ道をたどり、楕円形《だえんけい》のダイニングテーブルに出た。食事の支度ができていた。テーブルを囲んでいる椅子は種類がばらばらだが、三分の一ぐらいは地球人とはちがう人種の尾部・臀部《でんぶ》に合わせたデザインだ。テーブルの上にのびている長い配線から、色とりどりのシェードがついたランプが吊るされ、やわらかな光を放っている。ローズマリーがこれまで見てきた美しい食卓とはかけ離れていた——布ナプキンは色あせ、欠けている皿もいくつかあったし、並んでいる調味料はすべて安物だ——がなぜか、魅力的な食卓に見えた。

テーブルのそばにカウンターがあり、片側にスツールが三つ並んでいた。反対側は大きなキッチンになっている。パンを焼くにおいと香草炒めの芳香が鼻孔をくすぐり、最後にちゃんと食事をしたのがどれだけ前のことか、身体がローズマリーに思い出させてくれた。お腹がからっぽに感じられた。

「ちょっと！」シシックスがカウンターの向こうに声をかける。「出てきて新しいお仲間に挨捗しなよ！」

ローズマリーが気づいていなかった奥の戸口を隠していたカーテンが開いて、これまでに見たなかでもっとも奇妙な種族がのしのしと前に出てきた。その知的種族――〝やつ〟とシシックスは言っていたから男性だろう――は少なくともローズマリーの二倍の大きさだった。まるまると肉をたくわえ、灰色の皮膚にはぶちがある。風船のような頰から突き出した長いひげがなかったら、両生類の仲間と思ったことだろう。その顔の大部分はふたつに割れた大きな上唇で占められていて、愛嬌《あいきょう》があるとローズマリーには思えたが、なぜだかはわからなかった。子どものころに夢中で見た、古代の地球の動物についての教育番組を思い返す。カワウソとヤモリを掛け合わせて六本足《あし》のイモムシのように歩かせれば、近いのではないだろうか。

その知的種族の肢は特に説明がしづらかった。なぜなら、腕のようにも見えるからだ。脚にせよ腕にせよ、全部で六本あり、みなまったく同じだ。ドアを通ってきたとき、彼はひと組の肢で歩き、ほかのふた組で食べ物の容器ふたつを持っていた。だがいったん容器を置くと、こんどはふた組の肢をついてカウンターまで歩いてきた。

「おやおやおや」その知的種族は野太い声で言った。その声には、五人が同時にしゃべっているような奇妙な和音の響きがあった。その外見を受け入れようと努める一方で、彼が地球人スタイルの服を着ていることにローズマリーは気づいた。上半身は――もしそう呼べるならだが――宇宙を貫く緑色の地球人の親指のロゴがプリントされた巨大な半袖シャツを着ている。ロゴの周囲の文字はクリップ語ではなくエンスク語だ。『リトルジョンの植物百貨店――なんでもそろう銀河系じゅうの水耕栽培用品店』。シャツの両脇にもうひと組の穴があけられ、真ん中の脚だか腕だかがそこから出ている。下半身はひもで締めるタイプの巨大なズボンにおさめられていた。いや、ズボンではない。どちらかというと、肢をおさめるゆるい袋のようだ。

その知的種族の顔のパーツがいっせいに上向きにゆがんで、シュールな笑みのようになった。

「どうやらこれまでわたしの同類を見たことがないようだね」

向こうから言いにくいことを言ってくれたことにほっとして、ローズマリーは笑みを浮かべた。「見たことがあるとは言えませんね」

その生き物はカウンターの向こうで忙しく動きまわりながら、しゃべった。「はじめての種族に遭遇したときにはいつも、異種間社交トレーニングだけじゃちょっとばかり足りない、そうじゃないかね？ わたしがはじめて、おまえさんたち、ひょろりとした茶色い種族を見たときには、口もきけなかったよ」

「彼の種族にとっちゃ、それって本当に大変なことなんだよ」シシックスが言う。

「そうなんだ！ われわれが黙るなんてことはまずないからね」その生き物の口から音が炸裂《さくれつ》した――鳥の鳴き声のような深みのある低いクーッという音が。

ローズマリーはシシックスを見やった。知的種族の奇妙な口からはあいかわらず耳障りな破裂音が流れている。「彼、笑ってるんだよ」シシックスが小声で言った。

騒音がとぎれ、知的種族は胸をとんとんとたたいた。「わたしはドクター・シェフだ」

「ローズマリーよ。あなたの名前、おもしろいわね」

「ああ、これはわたしの本当の名前じゃない。だがわたしは料理をするし、必要に応じて医療室で働く。わたしは担当している仕事で呼ばれるんだ」

「あなたはどういう種族なの？」

「わたしはグラム人。現在は男だ」

グラム人という種族の名は、聞いたことがなかった。おそらく銀河《G》共同体《C》外種族なのだろう。

「現在は？」ローズマリーは訊いた。

「わたしの種族では、生物学的性別は転換するんだ。われわれは生まれたときは女性で、卵を産む時期が終わると男性になる。その後、どちらでもないものとして生を終えるんだ」ドクター・シェフはカウンターの上に肢をのばし、ジュースのカップと分厚い雑穀クラッカーがのった小皿をローズマリーの前に出した。「どうぞ。砂糖、塩、ビタミン、カロリーが補充できる。じきにディナーだが、今にもぶっ倒れそうな顔をしてるからね」シシックスに向かって、首を振ってみせる。「わたしも深睡眠ポッドは大嫌いだ」

「ああ、星々《スターズ》よ、ありがとう」ローズマリーはクラッカーにかじりついた。頭のどこか遠い隅で、特別なものではないことはわかっていたが、今はこれまでに食べたどんなものよりもおいしかった。

「あなたの本名を訊いてもいいかしら？」口のなかがちょっと空いてから、たずねた。

「どうせ聴きとれんよ」

「ためしてみてもいいかしら？」

またしても、鳥の声のような笑い。「わかった、耳の穴をかっぽじれ」ドクター・シェフの口が開き、耳慣れない和音がほとばしり出た。理解不能の音が次から次へと重なりあいながら続く。それはまる一分続いた。

「それがわたしだ」彼は言い、自分の喉を指さした。「気管が分岐していて、声帯が六つあるんだ。わたしの言語では、どの言葉もすべて、いくつもの音が混じりあっているんだ」

ローズマリーはちょっとぼうっとなっていた。「クリップ語を学ぶのは大変だったんでしょうね」

「ああ、そのとおり」とドクター・シェフ。「正直言って、今でもクリップ語にはうんざりすることがある。声帯を同調させるには大変な労力がいるからね」

「どうして通訳ボックスを使わないの？」

ドクター・シェフは首を振った。頬の皮膚がふるふると揺れる。「医療上の必要のないインプラントは好きじゃないんだ。それに時間をかけて相手の言葉を学ばないとしたら、ちがう種族と話をする意味なんてないじゃないか？　ただ言いたいことを思い浮かべて自分のかわりにちっぽけな箱《ボックス》にしゃべらせるなんて、ずるをするようなものじゃないか」

ローズマリーはもうひと口ジュースを飲んだ。ぼうっとしていた頭はだいぶましになっていた。「あなたの名前はあなたの言語で何か意味があるの？」

「あるとも。わたしは〝中秋――おまえさんたちならそう言うと思うんだが――の日没時に月たちが直線上に合《ごう》するのを見るために友人たちが集まる木立〟だ。そうしていいかね、それはまだほんのはじまりにすぎないんだ。この名前にはわたしの母の名前とわたしが生まれた街の名も含まれている。だがまあ、このへんでやめておくとしよう。さもないと、ひと晩じゅうわたしが翻訳するのを傾聴するはめになるぞ」もう一度、彼は笑った。「で、そっちはどうだね？たいていの地球人は名前にあまり意味をこめないということは知っているが、おまえさんの名前には何か意味があるかね？」

「ああ、ええと、わたしの両親がこの名前にメッセージをこめたとは思わないけど、ローズマリーというのは植物の一種よ」

ドクター・シェフは身を乗り出し、いちばん上の肢の対に体重をかけた。「植物？　どういう？」

「珍しいものじゃないわ。ただのハーブのひとつよ」

「ただのハーブ！」ドクター・シェフは頬ひげを震わせた。「ただのハーブとは！」

「おおっと」シシックスが言う。「あんたは魔法の言葉を言ったんだよ」

「ローズマリー、ローズマリー」ドクター・シェフはローズマリーの手を取った。「わたしはハーブが大好きなんだ。ハーブは薬効と美味を兼ね備えている。そのふたつは、あんたも想像がつくだろうが、わたしがいちばん好きなテーマなんだ。わたしはハーブの熱心なコレクターでね。どこに行っても目新しいものを摘んでるんだよ」間を置き、低い口笛めいた音を出す。「おまえさんの名前のハーブの話は聞いた覚えがない。それは食用なのかね、それとも医療用かね？」

「食用よ」ローズマリーは言った。「スープに入れたり、パンにも入れてたような」

「スープ！　ああ、スープは大好きだ」ドクター・シェフの真っ黒な目がシシックスのほうに向いた。「もうすぐポート・コリオルに寄港する予定になってるよな？」

「うん」シシックスが言う。

「きっとそこの誰かが持ってるだろう。旧友のドレイヴにメッセージを送るよ。置いてある店を彼が知ってるだろう。彼は食に関連するものを見つけるのは得意なんだ」にんまりと口の両端を上げて、彼はローズマリーに目をもどした。「ほらね？　おまえさんの名前はやっぱりりっぱなものなんだよ。さて、おまえさんがそのクラッカーを食べてるあいだに、昆虫《バグ》の焼け具合を見てくるとしよう」せわしげにキッチンにもどり、グリルをのぞきこんでうめき声とため息を漏らした。もしかしたら鼻歌だろうかとローズマリーはいぶかった。

鼻歌と調理の音にまぎれるように、シシックスがローズマリーに顔を寄せてささやいた。

「彼の故郷のことを訊いちゃダメだよ」

「あら」ローズマリーは言った。「わかったわ」

「この件ではあたしの言うとおりにして。それから、彼の家族のことも訊いちゃダメ。それは……食事どきにふさわしい話題じゃないから。あとで説明してあげるよ」

ドクター・シェフがトングを使ってグリルから誇らしげに大きな節足動物を取り上げた。殻は黒く焦げ、たくさんの脚は行儀よくそろって丸まっている。それはローズマリーの手のひらほどの大きさがあった。「赤色沿岸虫《レッド・コースト・バグ》がお気に召すといいんだが。しかも新鮮だよ、静止庫から出したやつじゃない。奥の水槽で育ててるんだ」

シシックスが親しげにローズマリーを肘《ひじ》でつついた。「新鮮なやつを食べるのは特別なときだけなんだよ」

「食べたことはないけど、すごくおいしそうなにおいがするわ」ローズマリーは言った。

「ちょっと待って」シシックスが言った。「あんた、レッド・コースト・バグを食べたことがないの？　そんな人間、会ったことがないよ」

「わたしはずっと惑星の地表に住んでたの」ローズマリーは言った。「火星ではあまり昆虫を食べないのよ」

そう言いながらも、うしろめたさを覚えていた。昆虫は安価なうえにタンパク質に富んでおり、狭苦しい場所でも楽に養殖できる。宇宙船暮らしには理想的なのだ。長いあいだ昆虫類は離郷船団《エクソダス・フリート》で食されていたため、太陽系外の植民地でもいまだに主要食材として用いられている。むろん、ローズマリーはレッド・コースト・バグを知っていた。よく聞かされる話では、離郷船団がGC内で難民として認定された直後、地球人の代表者数人がどこかのイリュオン人の植民星に連れていかれて、さしあたりの生活に必要なものごとについて話しあった。その際に進取の気性に富む地球人のひとりが、そこの海沿いの赤い砂丘を走りまわる大型昆虫の群れに気づいたのだった。その昆虫はイリュオン人にとってはちょっとした困りものだったのだが、離《エク》地球人《ソダン》はそれを食物と見なした――それもふんだんな。レッド・コースト・バグは速やかに離郷人の食文化にはいりこみ、今日ではこの昆虫の商取引でイリュオン人や太陽系外の人間が大勢富を得ている。レッド・コースト・バグを食べたことがないという発言は、彼女が単に貧乏な宇宙旅行者ではないというだけでなく、地球人史上の別の流れに属することを意味していた。彼女は火星に最初に移住した裕福な肉食者――故郷の地球でたくさんの人々が飢えているというのに宇宙船に家畜を積んできた卑怯者《ひきょうもの》たち――の子孫だった。離郷人も太陽系居住者たちもそうした古い遺恨からはとうの昔に（おおむね）脱却したはずなのだが、特権階級の子孫であることは恥じるべきことなのだ。そのことを考えると、自分が故郷をあとにした理由がいやおうなしに思い出された。

シシックスが疑惑の視線をローズマリーに向けた。「あんた、哺乳動物《ほにゅうどうぶつ》を食べたことはあるかい？　本物のってことだよ、培養槽で育てたやつじゃなく」

「あるわ。火星には数は少ないけど牛の牧場があったから」

シシックスは興味と嫌悪の混ざった声を漏らし、あとずさった。「うっわ、おえっ」あやまるような顔をする。「ごめんね、ローズマリー、ただちょっと……うっぷ」

「おいおい。牛ってのは蹄《ひづめ》のついたでっかいサンドウィッチってだけだ」はいってきたジェンクスがにやにや笑いながら言った。「おれも惑星地表産ビーフを食べたことがあるぞ。すっ<ruby>ぱ</ruby>らしいものだった」

「うわ、おえっ。あんたたち、野蛮だ」シシックスが笑いながら言う。

「おれは昆虫を支持するぞ」男性の声がした。ローズマリーは振り向いて立ち上がった。「ようこそ、この船へ」ローズマリーと握手しながら、サントソ船長が言った。「やっとあえてうれしいよ」

「こちらこそ、船長」ローズマリーは言った。「ここに来られてとてもうれしいです」

「アシュビーと呼んでくれ」サントソは笑顔で言い、あたりを見まわした。誰か探しているようだった。「コービンはちゃんと案内をしたかい?」

「コービンは一応案内をはじめたよ」シシックスがローズマリーのクラッカーを一枚取りながら言った。「あたしが引き継いだんだよ、コービンが藻の試験にかかれるようにね」

「そうか。そりゃ……ご親切に」アシュビーはちょっとのあいだシシックスを見つめ、ローズマリーには理解できない問いかけをした。それからふたたびローズマリーに目をもどした。

「すまないが、これから二日間はあれこれ教える時間はないんだ。明日トンネルを掘るんだが、いつもそのあとにいろいろと気にかけなきゃならんことがあるんでね。でもきみもきっとゆっくりする時間が必要だろう。この仕事が片づいたら、おたがいに落ち着いて、報告書の作成をはじめてもらおう」

「覚悟しとくんだね」シシックスがローズマリーの肩を軽くたたいた。

「報告書の作成はそれほど大変ってわけじゃない」アシュビーが言ったが、ドクター・シェフがわざとらしく咳《せき》ばらいをした。「わかったよ、けっこう大変だ」アシュビーは肩をすくめてにやりとした。「でもまあ、ほら!　きみも仕事のやりがいがあるってものさ!」

ローズマリーは笑った。「心配はいりません。わたしは型にはまった作業が好きな変わり者ですから」

「そりゃ本当にありがたいよ」とアシュビー。「おれたちクルーはなかなか優秀なんだが、型にはまった書類仕事は得意じゃないんでね」

「シシックス！」キジーが叫びながらはいってきた。「今日見た超いやらしいポルノビデオの話なんだけど」

アシュビーが目をきつく閉じた。「気配りもだな」

シシックスは困惑顔になった。「キジー、言ったよね。あんたのビデオには興味ないって。断言できるけど、交接をあんなにつまらなくできるのは地球人だけだ」

「だめだめ、聞いてよ、大事なことなんだから」キジーはカウンターの向こう側にはいってき、ドクター・シェフの調理を見守った。小汚いつなぎの作業着から、おしゃれな黄色いジャケットと、短いペチコートにしか見えないスカート、派手なオレンジ色の水玉模様のタイツ、やけにたくさんのバックルとストラップがついた厚底の編み上げブーツという格好に着替えていた。髪には布でできた花をたくさん編みこんでいる。ほかの人ならこっけいに見える取り合わせだろうが、不思議とキジーには似合っていた。「何種類もの種族がからみあうビデオでさ、エイアンドリスク人の身体構造について訊きたいことが山ほどあるんだよ」

「あんた、あたしの裸を前に見たよね」シシックスは言った。「きっと大勢のエイアンドリスク人の裸をこれまでに見てるはずだ」

「そりゃそうだけど……シシックス、これに出てる男の身体のやわらかさって、すごいのなんのって――」キジーの手が野菜サラダのはいったボウルにさっとのびた。ドクター・シェフがそちらを見ることもなく、ヘラで彼女の手首をぴしりとたたいた。

シシックスがため息をついた。「そのビデオのタイトルは？」

「『監獄惑星6：ゼロGスポット』」

「さああて、もう終わりだ」アシュビーが言った。「心から言うが、一、日ぐらい礼儀正しくしたって、死ぬわけじゃないよな？」

「ちょっと、あたしは礼儀正しくしてるよ」キジーは言った。「『監獄惑星7』の話はしてもいないからね」

アシュビーはため息をついてローズマリーに顔を向けた。「もし気が変わったら、まだ深睡眠ポッドを呼びもどす時間はあると思うぞ」

ローズマリーは首を振った。「まだディナーも食べてないわ」

ドクター・シェフがおおらかで甲高い笑い声を放った。「ついに来たよ、わたしと同じ優先順位の持ち主が」

シシックスがカウンターの上に身を乗り出した。「キジー、あんたのブーツ、すっごくいいね。あたしも靴をはけたらいいのに」

「そう、いいでしょ!?」キジーは叫び、まるで今はじめて見るかのように右足を持ち上げた。「見よ、わが驚異のブーツを！　イリュオンの突撃部隊の剛健さに人間工学的な完璧さを結合させたんだ！　足病学的にも完璧だよ！　なんて言えばいいかな？　でっかくてタフなカウボーイブーツ？　はき心地のいい夢のブーツ？　知りゃしないね！　こうしてあんたたちとしゃべってるあいだにも、あたしのソックスごしにいろんな科学的な離れ業が起きてるんだよ！」キジーはオーブンからロールパンのトレイを引き出しているドクター・シェフのほうを向き、さっとひとつ取ると手のうちで転がした。「うわ、いいにおいだねえ。あたしの口までやっておいで、愛しい星形《スターズ》パンちゃん！」

アシュビーがローズマリーに顔を向けた。「きみは語学は堪能《たんのう》かい？」

熱々のパンで舌を焼いて跳びはねている機械技師から、ローズマリーは目を引きはがした。「ええ、大丈夫です」と答える。実のところ、語学はすこぶる堪能だった。だがそういうことは、食事の席で新たな仕事仲間に言うべきことではない。

「まあな、この船で暮らすつもりなら、キジー語を学ばなくちゃならんぞ」

「そういうのはどうせ今にわかってくることだから」シシックスが食べ物が山盛りになったたくさんのボウルを次々とテーブルに運びながら言った。ローズマリーも紫色の根菜をつぶしたものがはいっているボウルをテーブルに運んだ。セッティングされたテーブルにボウルを置いたとき、ふと気がついた。自分で配膳するのはこれがはじめてだということに。

「ねえねえ、ところでさ」キジーがぴょんとアシュビーのところに跳んでいった。「エアフィルターは直ったんだけど、ディナーに遅れちゃうって思ってあわてててたんだよ。着替えもしなきゃならなかったしさ。だからケーブルを全部まとめて壁のなかにつっこんどいた。ほら、火がついたりとかしないようにさ。約束するよ、食べ終えたらすぐに最後までやる、ほんとに約束する——」

「お望みならおれがケーブルを片づけといてやるよ、キジー」ジェンクスが言った。「おまえさんは明日までにやらなきゃならんことがしこたまあるって知ってるからな」

「あんたってサイコー」キジーは言い、ローズマリーの目を見やってジェンクスを指さした。「彼ってサイコーじゃない？」

「よし」ドクター・シェフがほかほかと湯気をたてている昆虫を盛った皿を掲げてみせた。「食事の用意ができたぞ」

シシックスとキジーとジェンクスはテーブルの同じ側にすわった。まるでそれが合図であるかのように、コービンが部屋にはいってきて、テーブルの反対側にすわった。彼は何も言わなかった。ほかのみんなも口をきかなかった。だが少なくともアシュビーは彼に礼儀正しくうなずいてみせた。

アシュビーは長いテーブルの端の上座にすわり、ドクター・シェフはその向かいの席についた。船長はローズマリーに、自分の右側の空いている席にすわるよう、手ぶりで示した。それからみんなに笑いかけ、水のグラスを差し上げた。「われらが新しいクルーに。それから明日つつがなく仕事ができますように、乾杯」

全員がグラスを掲げた。「もうちょっとましな飲み物を用意するべきだったな」ドクター・シェフがつぶやいた。

「おれたちみんな、水が必要なんだよ、ドク」アシュビーが言った。「それにあんたはとてもよくやってくれてるよ」山盛りのボウルを示す。ローズマリーはぐうぐう鳴るお腹をさっと押さえた。

皿によそう作業はみながてんでんばらばらにおこなっているかに見えた。ボウルや大皿が何ら明確なパターンもなしに行きつもどりつし、すべてのボウルがもとの場所にもどされたときには、ローズマリーの皿にはサラダとつぶした紫色の根菜（タスケム・ルーツとドクター・シェフは呼んでいた）の山と、雑穀ロールパン二個とレッド・コースト・バグ一匹がのっていた。バグのか細い関節の隙間から、刻んだハーブ入りの溶かしバターがしみ出ている。殻にごく小さな切れ目がはいっていることに、ローズマリーは気づいた。ドクター・シェフがグリルに入れる前に下味をつけたのだ。バグは見た目はぞっとするが、とんでもなくいいにおいがしていたし、ローズマリーは空腹のあまりなんでも食べられる気分だった。ただひとつ、問題があった——食べかたがわからない。

そのためらいを見てとったのだろう、シシックスがテーブルの向こうからローズマリーの目をとらえた。エイアンドリスク人女性は、四本指の両手でわざとゆっくりナイフとフォークを持ち上げ、熟練した手つきで殻をはずしはじめた。まず脚を全部取り、それから継ぎ目に沿って下腹部分を開く。ローズマリーはその動作をそのまままねた——経験不足をあからさまに出すまいとしながら。シシックスの配慮はありがたかったが、地球人の料理の食べ方をエイアンドリスク人に教えてもらうという皮肉を感じないではいられなかった。

バグの殻をはずすローズマリーの作法に多少おかしなところがあったとしても、ほかのクルーは誰も気づいてはいなかった。みんな食べ物をかきこみながらドクター・シェフの料理をほめたたえたり、ローズマリーには理解できない冗談口をききあって笑ったりするのに忙しかった。バグの最初のひときれを口に入れた瞬間、見慣れない食べ物への不安は消え失せた——まろやかで風味豊かでほっとする味わい。ちょっとカニに似ているが、もっと濃厚だ。ロールパンは熱々でおいしく、紫色のマッシュは塩けと甘みが絶妙で、サラダは（菜園でこの日に摘まれたものだと説明された）ぱりぱりして新鮮だった。ローズマリーが宇宙での食事について抱いていた懸念はすべて払拭《ふっしょく》された。バグにも水耕栽培野菜にも慣れることができた。すぐに。

とりあえず空腹が満たされ少しペースが落ち着くと、コービンの席とのあいだに使われていない空席があることに気づいた。「ここは誰の席なの？」

「ああ」ドクター・シェフが言った。「答えにくい質問だな。厳密に言えば誰の席でもないが、そこはオーハンの席だ」

その名前には覚えがあった。「ああ、夜行性だってシシックスが言ってた人ね」性別をあらわす言葉を使わずに、ローズマリーは言った。性別がわからない場合に唯一、礼を失しない方法だ。

アシュビーはにやりとして首を振った。「〝彼ら〟だよ。オーハンはシアナット・ペアだ。性別は男性だが、おれたちは〝彼ら〟と呼んでる」

ローズマリーはエアロックでのやりとりを思い返した。ラヴィーはナビゲーターがいると言っていた。心が興奮でわきたった。シアナットという種族は火星では都市伝説のように思われていた——人間が算数を解くようにやすやすと多次元空間を思い描ける隠棲種族だ。とはいえ、彼らの才能は生得的なものではない。シアナットの文化は彼らがささやく者《ウィスパラー》と呼ぶ神経ウイルスを中心としている。ウィスパラーがどのような影響を及ぼすかはGCのほかの種族にはほとんど知られていない（シアナット人はほかの種族がそれを探ることを阻止してきたからだ）が、かろうじて知られているのはそのウイルスが宿主の脳の機能を変えるということだ。ローズマリーが知っているところでは、シアナット人は全員子ども時代にこのウイルスに感染し、そうなった時点で個人として生きることをやめ、複数形の存在となる——ペアと呼ばれるものに。それ以後、彼らはウィスパラーの恩恵を、それを直接体験できない種族に広めるために（ウイルスが感染できる種族はほかに見つかっていない）銀河系に広く出ていくよう促される。ほかの種族にはできないやり方で思考する能力のおかげで、シアナット・ペアは探査プロジェクトや研究所の貴重なメンバーとなっている……トンネル建造船でも。〈ウェイフェアラー〉にたどり着くまでいろいろな経験をしてきたが、よもやシアナット・ペアに会えるとは思ってもいなかった。

「彼らはわたしたちといっしょに食事はしないの？」この——人物？　人々？——にぜひ会いたいという思いを隠そうとしながら、訊いた。複数体の呼び名については練習しなければならないだろう。

アシュビーは首を振った。「ペアたちは健康を病的なぐらい気遣うんだ。どんなものでも、ウィスパラーに影響を及ぼすんじゃないかとすごく警戒してるからね。オーハンは絶対に船から出ないし、おれたちと同じものは食べない」

「船は衛生面では何の問題もないんだよ、保証する」ドクター・シェフが口をはさむ。

「だからわたしがドッキングしたとき、フラッシュを浴びせられたのね」ローズマリーは言った。「わたしについてる汚染菌は少ないけど、ここのクルーのなかにはそれに対処できない人がいるって、ラヴィーが言ってた」

「ああ、そうだ」とドクター・シェフ。「きみの免疫ボットのデータベースをアップデートしなければならない。明日やろう」

「健康のためだけじゃないんだよ」シシックスが言った。「ペアたちは社交が得意とはいえないんだ、たとえほかのペアたちが相手でもね。オーハンが自分の部屋から出てくることはあまりない。彼らは……まあ、会えばわかるけど、自分たちだけの小さな船に乗ってるようなもんさ」

「誰だってそうなるよ……頭のなかでおれたちが掘るトンネルのマップをつくれたらね」ジェンクスが言う。

「だけどドクター・シェフはいつも彼らの席をセッティングしてるんだ」キジーが食べ物をほおばりながら言った。「やさしいからね」

「いつでも歓迎だってことを彼らに知ってもらいたいからね」ドクター・シェフが言った。「たとえわれわれといっしょに食べることはできなくても」

「ああ」キジーとジェンクスがそろって声をあげた。

「厳密に言えば、あたしだってディナーを食べてるわけじゃないんだよ」シシックスが説明した。ローズマリーもすでに、シシックスが全種類食べてはいるが、きわめて少量だということに気づいていた。「あたしは一日にほんのちょっと食べるだけでいいんだ。体温を温かく保つ必要のない生き物の利点のひとつは、たいして食べなくていいことなんだ」にっこりと笑う。「でも夕べの時間にみんなといっしょにいるのが好きなんだよ。あたしの大好きな地球人の習慣のひとつだね」

「わたしも心から賛成だ」ドクター・シェフがレッド・コースト・バグをまたひとつ取りながら言った。「とりわけわたしは一日に一度しか食べないからね」うずたかく積まれた殻の山を崩さないようにバグを載せる。ローズマリーが数えると六匹分あった。

「それで、シアナット・ペアは何を食べるの?」ローズマリーが訊いた。

ドクター・シェフの頬に強烈なさざ波が走った。彼の種族の身体表現には不慣れなローズマリーにも、それが嫌悪の表現であることは感じとれた。「ひどい栄養ペーストだ。そのチューブを何本もひたすら食べるだけだ。シアナットの母星から取り寄せるのさ」

「まあまあ、わからないじゃないか」ジェンクスが言う。「実はすごくおいしいのかもしれんぞ」

「いいや」キジーが言った。「そんなことはない。一度あのチューブを一本くすねたんだ、後学のためにね」

「キジーよお」アシュビーが言った。

キジーはそれを無視した。「乾いた冷たいナッツバターぐらいの固さのものを想像してごらん。でも味がいっさいないんだ。塩味も何もまったくない。トーストに塗ってみたけど、おいしいトーストが台無しになっただけだった」

アシュビーがため息をついた。「そう言うおまえは、おまえのファイアー・シュリンプの袋に誰かがちらりと目を向けただけでかんかんに怒るよな」

「ちょっと」キジーがアシュビーにフォークを向けた。「ファイアー・シュリンプはめったにお目にかかれないごちそうなんだからね」

「安っぽいスナックだよ」シシックスが言った。

「安っぽいスナックでもあたしの出身星からしか手にはいらない、貴重なごちそうなんだよ。貨物室にはオーハンのペーストのチューブが詰まった木箱が山積みしてある。あたしが一本取ったって向こうは気づきもしないよ、絶対。需要と供給の問題だね」

「需要と供給ってのはそういう意味じゃないぞ」ジェンクスが言った。

「ううん、そうだよ」

「〝需要と供給〟ってのは〝たっぷり出回ってるからどうぞお好きにくすねてください〟という意味じゃない」

「そりゃこういうことかい?」キジーはさっと手を前にのばして、ジェンクスの皿からロールパンをひとつさらった。むりやり口に押しこむと、さらにバスケットのパンをつかもうとする。

アシュビーは焼きたてパンの争奪戦を無視して、ローズマリーのほうを向いた。「それじゃ、ローズマリー。きみの話を聞こう。火星に家族がいるんだろう?」

ローズマリーは冷静に水をひと口飲んだ。その質問に鼓動がちょっとばかり激しくなったが、大丈夫だ。練習はしてあった。「ええ。父は輸入会社で働いてて、母は画廊を経営してるの」それは真実だった――重要な詳細がいくつか抜けているだけだ。「姉もひとりいるけど、ハガレムに住んでるわ」これも真実だ。「姉はGCの資源分配局に勤めてるの。カッコよさとは無縁のただ型にはまった書類仕事をゴリゴリやるだけよ」それも真実だ。「わたしと姉はあまり仲がよくないの」完全なる真実。

「きみはどこで育ったんだ？」

「フローレンスよ」これも真実。

ジェンクスがキジーとのパンをめぐる闘争から注意をそらし、口笛を吹いた。「そりゃ第一級の高級住宅地だ。あんたは金持ちの出なんだな」

「そういうわけじゃないわ」これはうそ。「父の会社に近かっただけ」真実のようなもの。

「あたしもフローレンスに行ったことがある」キジーが言った。「十二歳のときにね。あたしのパパたち《スターズ》がお金を貯めに貯めてくれたおかげで、家族で離郷記念日のお祭りを見にいけたんだ。ああ、あのすっごく大きな広場でみんながたくさんの天燈《ランタン》を飛ばした光景を忘れることは絶対にないだろうな」

それがどこの話なのか、ローズマリーにはわかった。ニューワールド・スクエア、首都の中心にある大きな広場だ。その広々とした石畳の広場を見下ろしているのは、この都市の名祖《なおや》であるマーセラ・フローレンス、火星に降り立った最初の地球人の彫像だ。「たっくさんのちっちゃな灯りがちっちゃな船みたいにどんどん上に昇っていくんだ。これまでに見たなかでいちばん美しい光景だと思ったよ」

「わたしも見にいったわ」ローズマリーは言った。

「うっそお！」

ローズマリーは笑った。「あのオールストーリーズ・フェスティバルを見にいかなかった人なんていないと思うわ」

実を言えば、そのイベントの主要スポンサーはローズマリーの父親だったのだが、それについてはふれないほうがいいだろう。離郷記念日というのは、最後の離郷移住民《ディアスポラ》が地球から飛び立った日——最後の住人たちがもはや居住に適さなくなった母星をあとにした日を記念する地球人の祝日だ。この祝日はもともとは離郷人の習慣にすぎなかったのだが、またたく間に太陽系共和国でも太陽系外植民地でも人気を得た。オールストーリーズ・フェスティバルは離郷記念二百周年のお祭りで、太陽系と離郷人双方の行政が手を結び、この記念日をはさんだ期間にいろんなイベントをおこなった。実際のところ、離郷移住民たちは単純労働者から高級官僚まで、みなが参加した。このフェスティバルは離散した種族の友情と統合の象徴とされ、困難な過去があっても輝かしい銀河系の未来のために手を取りあって働くことができるという認識をあらわすものだったが、それから本当に何かが生み出されたというわけではない。離郷移住民はGC議会では相変わらず無力なままだった。ハーマギアン人は金持ちで、イリュオン人には軍事力があり、エイアンドリスク人は外交に長《た》けているが、地球人はいがみあうばかりだ。どんなにお金をかけたお祭りを催そうと、そうした本性が変わるわけではない。とはいえ、あれはすてきなお祭りではあった。

キジーがローズマリーに笑いかけた。「それじゃあたしたち、おたがいのランタンを見たのかもね。ああ！　あそこのアイスクリーム、食べた？　本物のミルクでつくったやつ。ワッフルコーンにはいってて、ベリーソースがたっぷりかかっててちっちゃなチョコチップがはいってたよね？」

「うお、とことん甘そうだ」ドクター・シェフが言った。

「記憶が正しければ、わたしはふたつ食べたわ」ローズマリーは言い、笑みを浮かべた。それで胸いっぱいに広がるホームシックのうずきを隠せますようにと願いながら。これまでそのうずきを追い払おうとどんなに必死になってきたことか。懸命に努力し、どっぷりとそれに浸ってしまうことを恐れて幾多の眠れぬ夜を過ごしてきた。そしてついに……ついに、皿に昆虫が盛られ、足の下に人工重力ネットが張られ、彼女が何をあとにしてきたか知りもしない人々ばかりの食卓についている。恒星間空間にいるのだ——これまでなじんできたあらゆるものから遠く離れて。

「甘いものと言えば」ドクター・シェフがようやくフォークを置いた。「デザートがほしい人はいるかね？」

ローズマリーのお腹はぱんぱんだったが、それでもドクター・シェフが〝スプリングケーキ〟と呼ぶデザートは楽に三個はいった。それは繊細で濃厚なアーモンドを思わせる風味のケーキで、ローズマリーの知らない刺激的なスパイスが振りかけてあった。離郷記念日のベリーソースのかかったアイスクリームとはいかないが、それを言うならあれにかなうものはどこにもないだろう。

テーブルの片づけを手伝ったあと、アシュビーは菜園にしつらえられたベンチのひとつに腰かけた。スクリブを取り出しつつ、最後のスプリングケーキをかじる。船長の特権だ。

スクリブに向かって手を動かし、運輸省の発注事業一覧フィードを表示させた。『接続中』『認証中』読みこみ中アイコンが考えこむかのようにチカチカ光る。アシュビーはキッチンにちらりと目を向けた。ドクター・シェフがカウンターの向こう側で、ローズマリーに食器洗浄機の使用手順を教えていた。ローズマリーは注意深く聞いているように見えたが、ちょっとぼうっとしているようでもあった。アシュビーは笑みをもらした。初日というのはいつだってきついものだ。

シシックスがお茶のマグカップを手にやってきた。「で?」キッチンのほうに首を傾けて小さく手を振り、静かに訊いた。

アシュビーはうなずいて、彼女がすわれるように少しずれた。「これまでのところ、申し分ないね」声をひそめて言う。「親しみやすそうな娘《こ》だ」

「あたしは彼女を気に入ってるよ」シシックスは腰を下ろした。

「そうか?」

「そう。ええと、彼女はちょっと……ああ、なんだろう、クリップ語じゃいい言葉がないんだ。イシックって知ってる?」

アシュビーは首を横に振った。レスキトキシュ語《スターズ》はゆっくりとならどうにかやりとりできるが、彼の語彙はそれほど多くはない。

「文字どおりの意味は〝卵のようにやわらかい〟ってこと。卵の殻を破って出てきたばかりのひなの皮膚みたいってこと」

「ああ、わかった。それは……未熟ってことか?」

シシックスは考えこむようにうなずいた。「そう、でもそれだけじゃない。近いうちにちゃんと強くなるっていう含みもあるんだ」

アシュビーはうなずき、シシックスの分厚いうろこを見やった。「彼女はきっとそうなると思うよ」

「そう、それがイシックっていうことなんだ。もしも皮膚がかたくならなかったら……」舌を口から垂らして、シシックスは息が詰まったまねをした。そして笑う。

アシュビーは彼女を横目でにらんだ。「それは赤ん坊のことだろうに」

シシックスはため息をついた。「まったくもう、哺乳類め」憤慨したふりをして言いながら、彼の肩に頭をもたせかけ、彼の膝に片手を置く。地球人なら親密な仕草ということになるが、シシックスにこういうことをされるのにアシュビーは慣れっこになっていた。シシックスにとってはごく無造作な仕草なのだ。「まだ次の仕事を探してるのかい?」シシックスがスクリプのほうを見て訊く。フィードが繋《つな》がり、発注事業の一覧表が出ていた。

「どんなものが出てるか見てみるだけだ」

「ここに出てるような仕事を見てもしかたないんじゃない」

「どうしてだ?」

「だってここにあるのは上級装備が必要なやつばかりだ」シシックスの声にはおもしろがるような響きがあった。「あんた、疲れてるんじゃない」

「いや」アシュビーは言った。「おれはただ……まあ参考までにな」説明はそのへんでとどめておくつもりだったが、シシックスがじっと続きを待ち受けているのが感じられた。彼はため息をついた。「ここに出てる仕事ひとつの報酬は、おれたちが最近請け負った仕事三件分だ」

「でかい船がでかい金を稼ぐんだよ。いつだってそういうものさ」

「でかい船である必要はない。装備がしっかりした船ならいいんだ」アシュビーは菜園を見まわした。再利用の梱包箱《こんぽうばこ》、廃品利用の窓、使い古しのプランター。「ちゃんと装備を改良できれば、こういう仕事も請けられるようになる」

シシックスはくっくっと笑いはじめたが、アシュビーの顔を見て笑うのをやめた。「それ、本気で言ってる?」

「わからん」とアシュビー。「今の仕事が楽すぎて、それ以上のことをやってみたいと考えずにはいられないのかもしれん。理論的にはできるはずなんだ。おれたちは能力も腕もじゅうぶんにあるんだから」

「そうだね」シシックスがゆっくりと言った。「でも回路基盤を新しくする程度ですむ話じゃないんだよ。うちには新しい穿孔機《ドリル》が必要だけど、それにはひと財産かかる。新しい操縦パネルもほしいんだよ、今あるやつはときどき動作不良になるからね。アンビ貯蔵庫ももっと大きいのが必要だし、スタビライザーもブイももっとたくさんいる――すまないね。あんたの夢をたたきつぶそうなんて気はないんだけどさ」アシュビーの膝を鉤爪の手で親しみをこめて軽くたたく。「それでさ、じゅうぶんな金を貯めて、装備を全部更新できて、高度な仕事を請けられるようになったとしよう。あんたはそれで何をしたいんだい？」

「どういう意味だ？」

「あんたはなぜそんなことをしたい、、、、と思うのかってことだよ、ヨシが何かあんたをたきつけることを言ったっていう以外にさ」

アシュビーは両眉をぐいと上げ、にやりとした。「どうして知ってる？」

シシックスは笑った。「かまをかけただけだよ」

アシュビーは顎ひげをかいて、考えた。自分は何、をしたいんだろう？　最初に故郷を出てから長い年月がたつが、ときおり考えることがあった――船団にもどって子どもを育てるとか、どこかの植民地に身を落ち着けるとか。だが彼は骨の髄《ずい》まで宇宙の男で、宇宙を放浪したくてうずうずするのだ。歳月がたつにつれ、家族をつくりたいという思いがだんだん衰えてきていた。いつも思うことだが、家族を持つ利点というのは、この世界に新しい存在をもたらし、自分の知識を受け継がせて自分の一部が生きつづけるのを見届けられることだろう。その欲求は空での生活で満たされていると、彼は思うに至っていた。彼を信頼するクルーがおり、成長を続ける船があり、彼がつくったトンネルはこの先何世代ものあいだ存続するだろう。彼にしてみれば、それでじゅうぶんだった。

だが本当にそれでいいのだろうか？　たしかに満足はしているが、もっといろいろやれるはずなのだ。もっともっと多くの人々のためにもっともっと壮大なものを建設できるはずなのだ。クルーにもっと大きな分け前を与えてやれるはずだ――それは長年の願いであり、みんなもそれに値する腕を持っている。ヨシのように傲慢《ごうまん》ではないつもりだが、ＧＣ創始種族が伝統的に手がけている仕事を地球人船長がおこなうと思うと誇らしさを感じずにはいられない。もっとやれるのだ――

「そうだ、話題を変えようっていうわけじゃないが、おまえに話があったんだ」アシュビーは言った。「今日テッサからビデオパックが届いたよ。キーが歩きはじめた」

「ああ、そりゃすごい。おめでとうってテッサに伝えといて」しばらく間を置く。「まあね、正直に言うけど、あたしはいつもあんたたち地球人の子どもが歩き方を学ぶのには長い時間がかかるってことを忘れるんだ。あんたの甥っ子はもう走りまわってるようにしか思えないんだよ」

アシュビーは笑い声をあげた。「じきにそうなるさ」キーは膝をぶつけたり骨を折ったりして、燃やすカロリー量をひたすら増やしながら姉のあとを追いかけるようになるだろう。アシュビーが送金するとテッサはいつも抗議するものの、いらないとも言わなかった。何度手術を受けても視力に難のある父親も同じだ。父親に必要なのは視覚インプラントだ――テッサの子どもに、船団の貨物室仕事では買えないような栄養たっぷりの食事が必要なのと同じように。

おれはもっとやれるはずだ。

GC標準306年　130日　技術的細目

機関室の通路を歩いていくジェンクスを、ドンドンという音が迎えた。天井の配管を伝って、はずむような音がこだまする。ジェンクスはたどっていく——ドラムやフルート、弦楽器の音、何人ものハーマギアン人のむせぶような声。そして録音ではない地球人の女性の恥ずかしげもない調子っぱずれの歌声。

だだっ広いアクセスエリアにはいった。ここはキジーの根城だ。煌々《こうこう》と照らされたスペースに、予備の部品や手描きラベルを貼った用具入れや途中までつくって放り出した試作品などが積み上がった作業台が並んでいる。入り口のひとつのわきに大型の道具棚が歩哨《ほしょう》のように立っており、考えうるかぎりの道具類がおさめられている。生地がすりきれて継ぎだらけの緑色の安楽椅子が二脚、使用済み燃料を処理タンクへ送る暖かい配管チューブのそばに置いてあった。ふたつの椅子のあいだにメック・メーカーがある——無造作にエンジンの電力線のひとつに繋《つな》いであるが、かなり汚れている。

機械技師当人は脚立《きゃたつ》に乗り、天井のパネルをはずした穴に頭と両手をつっこんでいた。ドラムのビートに合わせて腰を左右に揺すっている。激しいリズムの音楽に合わせて揺れ動きながら、彼女は仕事をしていた。「やつらの顔をグーで殴れ！　サルどももそれが好きなのさ！」

「おい、キジー」ジェンクスは言った。

「おれはハー――モニカを食ったぜ！　このソックスは――おれの帽子とマッチしてる！」

「キジー」

工具が床に落ちた。キジーの両手がぐっとこぶしを握り、音楽は激しいクレッシェンドで盛り上がった。キジーは頭を天井の穴につっこんだまま、揺れる脚立の上で踊っている。「ソックス！　おれの帽子と！　マッチしてる！　ソックス！　おれの帽子と！　マッチしてる！

踏めよ――どっかの――甘い――トースト！　ソックス！　おれの帽子と――マッチしてる！」

「キジー！」

キジーはひょいと頭を下げた。手首にストラップでつけているスイッチを押して、近くのスピーカーのボリュームを下げた。「夕食かい？」

ジェンクスは片方の眉を上げた。「この歌の意味をちゃんとわかってるのか？」

キジーは目をぱちくりさせた。「〝ソックスはおれの帽子にマッチしてる〟だよね」そう言うと、ふたたび天井の穴に向かってのびあがり、軍手をはめた手で何かを締めにかかった。

「〝ソックッシャオランボウショットマッチッテル〟だ。ハーマギアン保護領じゃ禁じられてる歌だ」

「ここはハーマギアン保護領じゃないよ」

「これが何の歌か知ってるか？」

「あたしはハントゥ語はわからないって知ってるよね」

「ハーマギアン王家をこきおろす歌だ。すばらしく詳細にわたってな」

「あはは！　それを聞いてこの歌がいっそう好きになったよ」

「去年ソシュ＝カで暴動が起きたのはこの歌のせいなんだぞ」

「へえ。まあ、このバンドがそこまで権威筋を憎んでるっていうんなら、あたしが勝手に自分の言葉に置き換えて歌ってても文句は言わないだろうね。〝正しい歌詞〟で歌わないからって怒られる筋合いはないからね。ちくしょう、このくそバルブめ」キジーはうめき声を漏らし、かたいバルブと格闘している。「で、何の用？」

「軸回路連結器が必要なんだが、おまえがどこにしまってるか知らないからな」

「左側の工具台にあるよ」

ジェンクスは左右を見まわした。「それはおれの左側か、おまえの左側か？」

「あたしの左側だよ。いや、ちょっと待って。あんたの左側だ」

ジェンクスはそちらの工具台に空の梱包箱《こんぽうばこ》を引きずっていき、それを踏み台にして工具台の上を見た。いくつも並んでいる部品やがらくたが一体化して、巨大なごた混ぜの山をつくっている。ジェンクスは巨大な山をまさぐりはじめた。三番径の燃料チューブの山。食べかけのファイアー・シュリンプ（〝超絶激辛！〟とラベルが謳《うた》っている）の袋。種々の汚れたマグカップ。メモやいたずら書きが加えられた図面の山。未開封の箱――ジェンクスは手を止め、首をのばしてキジーのほうをうかがった。

「ちょっと訊くが、おまえさん、今何をやってる？」

キジーはジェンクスに両手を見せた。軍手にはべったりと、濃厚な緑色のねとねとがくっついていた。「配管の油受けが詰まってるんだ」

ジェンクスは工具台の上の箱に目をもどした。「修理ボットを使えば三秒でケリがつくんじゃないか」

「あたしはボットなんて持ってないよ」

「ほう、それじゃおれが今見てるこのボットの箱はいったい何なんだろうな？」

キジーの頭がふたたびあらわれ、目をすがめて工具台を見た。「ああ、そのボットね」ふたたび天井のなかに消える。

ジェンクスは箱を人差し指でなぞった。指に埃《ほこり》がついた。「封を開けてもいないぞ」会社のロゴに目が留まった。「なんてこった、キジー、こいつはタルクスカのボットじゃないか。こりゃ最先端の製品だぞ、わかってるか？」

「ボットなんて退屈なんだ」キジーは言った。

「退屈だと」

「まあね」

ジェンクスはかぶりを振った。「これが昔なら、地球人はこのちっこいやつらのなかにおさまってる計算能力をめぐって何だってしただろう――文字どおりの殺し合いもな――なのにそれを食べ残しのスナックに埋もれさせてるなんて。そもそもどうしてこんなものがあるんだ？」

緑色のねばねばしたかたまりが天井パネルの縁から床にぼとりと落ちた。「もしも、あんたに手を貸してもらえなくてラヴィーの手にも負えないとかいう、くそまずい状況になったら、そいつらが必要になるかもね。ありがたいことに、そんな事態が起きたことはまだない」キジーはベルトから工具をひとつ取り、爪先《つまさき》立ちしてのびあがった。抵抗するような金属音があがった。「ああ、くそ、動けよ、このくそばかバルブ――」

接着剤の空き容器をどけると、軸回路連結器が見つかった。ジェンクスはそれを工具ベルトにクリップで留めた。「それはそうと、エアフィルターの修理は終わったんだろう。おれはラヴィーをチェックしにいく。おまえさんだってさっさとスマッシュをきめてから寝たいだろう?」

返事はあったが、ガチャガチャいう音や毒づく声や滴り落ちるねばねばに埋もれてくぐもっていた。ジェンクスはくっくっと笑い、部屋から出ていった。薄汚れた天井の穴に上体をつっこみ、埃にまみれているキジーは至福の時間を過ごしているのだ。ジェンクスにはそれがわかっていた。

当然のことだが、ラヴレイスはほかにもたくさんいる。彼女のコア・ソフトウェア・プラットフォームはいろんなAIディーラーを通じて誰でも購入できるのだ。おそらく彼女の何十種類ものバージョンが銀河系内を旅していることだろう――いや、何百かもしれない、知る由もないが。でもそのラヴレイスたちはこのラヴレイスではない。ジェンクスの知っているこのラヴィーは〈ウェイフェアラー〉という鋳型で成形された唯一無二の存在なのだ。彼女のパーソナリティは、この船のクルーと共にしたあらゆる経験、共に行ったあらゆる場所、共に交わしたあらゆる会話から形づくられたものだ。ジェンクスが思うに、正直な話、生身の人々にとっても同じことが言えるのではないだろうか？　生身の人々もみな、ベーシック・人間スターター・プラットフォームを備えて生まれ、成長するにつれて成形され、変化しているのではないか？　ジェンクスから見て、知的・精神的発達における人間とAIとの本当のちがいは唯一、そのスピードの差だけというように思える。ジェンクスが歩いたりしゃべったり食べたり、その他の必要不可欠なことがらを学んだのは、自分という意識を得るより前だった。ラヴィーはそうしたことがらを気にする必要はない。ラヴィーはシステムを監視したり回路のスイッチを切る方法を何年もかけて学習する必要などないのだ。生まれた時点ですでに、仕事をこなすために必要なあらゆる知識を備えているのだから。だがインストールされてからの三標準年のあいだに、彼女は単なる宇宙船のAIというだけではなく――すばらしい存在になっていた。

「あら、いらっしゃい」ジェンクスがAIルームにはいっていくと、ラヴィーが言った。

「やあ、どうも」

ジェンクスはかがんでブーツのひもをほどきはじめ、ブーツを脱いで、この部屋だけで使っているサンダルに履きかえた。べとべとする汚れた靴でこの部屋を歩きまわるのはいかにも無作法に思えたからだ。周囲の壁を覆っている無数の回路パネルは、ラヴィーの事実上の脳と言えるフレームワークのなくてはならない構成素子だ。部屋の中央の温度制御されたピット内の台座にラヴィーのＡＩコアがおさまっている。ジェンクスは仕事上の必要がないときでもこのピットで長い時間を過ごす。ここに土足ではいるのは、朝、歯を磨かずに誰かとキスをするような気分がするのだ。

「いい一日だった？」ラヴィーが訊いた。

ジェンクスはにやりとした。「おれの一日がどんなだったかは知ってるだろう」ラヴィーのカメラとセンサーは船内のいたるところにあり、四六時中、クルー全員を見守っているのだ。たとえどんな辺鄙《へんぴ》な片隅にいても、事故やけがを見落とされる心配がないと思うと安心できる。助けを求めれば、いつでもラヴィーが応えてくれる。だがそれは、陰嚢《タマ》をかいたり鼻をほじったりするのを男にちょっとためらわせるものでもあった。ＡＩに見守られていると、お行儀よくせざるをえないのだ。

「それでもやっぱり、あなたの口から聞きたいわ」

「まあな。いい一日だったよ。明日トンネルを掘る用意はできた。何もかも問題なしだ、おれの知ってるかぎりじゃな」

「ローズマリーのこと、どう思う？」

「よさそうじゃないか。まだよくわからんが。あまりしゃべらないし、まだふらふらしてるようだ。まあ、もっとよく知るための時間が必要だな」

「彼女が乗船したときにフラッシュを浴びせたのはすまなかったと思うわ。あのあと、ひどく気分が悪そうだったもの。はじめて会ったときにやるにしては、あまりいいことじゃないものね」

「あんたが自分の仕事をやっただけだってことは、あの子もちゃんとわかってるさ」ジェンクスは壁のパネルに沿って歩きながら、トラブルをあらわす小さな赤いライトがついていないか点検した。ラヴィーが警告をしているわけではないが、もし何か本当にまずいことが起きていたら、知らせることができないかもしれないのだ。万一に備えて、ジェンクスは一日に二回、巡回をしていた。

「あの子はきれいだと思う?」

ジェンクスはすぐ近くのカメラに向かって片方の眉を上げてみせ、それからラヴィーの分析パスウェイのひとつに目をもどした。フィラメントが古くなっている。十日間《テンディ》から二十日間《テンディ》以内に取り換えなくてはならないだろう。「ああ、そうだろうな。まあ、目を奪われるほどの美女ってタイプじゃないが、おれが女性だったらあれぐらいの外見であれば幸せを感じるだろうな」作業用スツールに上がり、上のほうの回路列を調べる。「どうしてそんなことを訊く?」

「彼女があなたがきれいだと思うタイプだったからよ」

「どうしてわかる?」

「二年前にやった冒険シミュレーションを覚えてる?〈黒い太陽の失墜〉ってやつだけど?」

「もちろんだ。ありゃいいシミュだった。あのシミュに出てくるアーケイン遺跡を本物と見分けられない考古学者が何人もいたぞ」

「あのときにあなたが選んだ恋愛相手キャラを覚えてる?」

「なんて名前だったっけか……ミアだ。そうだ、なかなかよくできたキャラだった。彼女のシナリオがすごく好みだったよ」

「ふふん。ローズマリーが乗船してきたとき、すてきな笑みを浮かべてたのと巻き毛のベリーショートがミアによく似てたの。だからあなたの好みだろうと考えたのよ」

ジェンクスはくっくっと笑った。「そりゃなかなかすじが通ってるな。あんたがこういうことにもくわしいって知らなかったよ」

「ワタシはあなたが何を好きか、知りたいの」

「おれはあんたが好きだよ」ジェンクスはスツールから下りて連結器を置き、ピットに歩いていった。点検はあとまわしだ。ピットの縁に前日にたたんで置いた分厚いセーターを着ると、温度管理されている空気のなかに降りていった。冷えた空気とラヴィーのコアが放つ脈動する暖かな黄色い光とが対照的だ。「おれがローズマリーをきれいだと思ったとして、それがあんたの気に障るのか?」

ラヴィーは笑った。「いいえ。嫉妬《しっと》なんて愚かよ」

「愚かだからといって、あんたがそれを感じないってことにはならんぞ」

「たしかにそうだけど、生身の顔がある相手に嫉妬をして何の得になるかしら? 顔でもおっぱいでも、ヒップでも、なんだっていいけど。あなたは肉体ってものを魅力的だと思うように設計されてるのよ、ジェンクス。だからどうぞ楽しんでちょうだい」ラヴィーは少し間を置いた。「もしワタシが合法的に肉体を持てるとしたら、どういうボディにしてほしい?」

「ああ、そりゃ難問だ」ジェンクスは言った。「そんなことはまったく考えたことがなかったな」

「うそつき」

ジェンクスは腰を下ろして、壁に寄りかかった。冷却システムの軽い振動が彼の頭を震わせる。もちろん、ラヴィーが肉体をまとったらということを考えたことはあった。それも何度となく。

「あんたはどんな肉体をほしいと思うんだ？」逆に訊き返す。「そっちのほうが大事だろう」

「さあねえ。だから、あなたがどんな肉体を好むのか気をつけてきたのよ。ワタシにはこれ以外の形の存在がどういうものかわからないから、望みを言葉にするのはむずかしいわね。別にこのなかにいて、一日じゅう脚がほしいって恋い焦がれてるわけじゃないのよ」

「そういうことはＦＤＳに言ってくれ」

〈デジタル《F》知性《D》友愛会《S》〉は志《こころざし》は正しいものの、まずいことばかりやらかしている組織のひとつだ。ジェンクスも理論上では彼らのような組織の主張——ＡＩもほかのみんなと同じように法的な人権を持つに足る知的生命体だ——は正しいと思う。だが、ＦＤＳはいろいろとまちがっている。まず最初に、会員に技術者があまりいないせいで、人工知性の裏にある現実の科学を無視して、ＡＩは金属の箱に閉じこめられた有機生命体の魂《たましい》だというとぼけたナンセンスを好んでいる。ＡＩはそのようなものではない。ＡＩを有機生命体と比べるのは、地球人とハーマギアン人を比べるようなものだ。いろいろと似ている点はあるし、どちらも等しく敬意を払われるべき存在だが、それぞれの皮膚の下ではいろんなことが根本的に異なる方法で機能している。ジェンクスはＡＩにふさわしい権利を認めることには大賛成だが、デジタルの精神について何ひとつ正確に語ることのできないＦＤＳの無能さは、助けというよりは障害になっている。うわべは殊勝にふるまいながらまちがった情報を振りまいても、議論にはけっして勝てないし、人々にそっぽを向かれるだけだ。

「それこそが、ワタシの言いたいことよ」ラヴィーが言った。「彼らはすべてのＡＩが肉体をほしがっているみたいなことを言ってる。もちろん、ワタシはそう思ってるけど、だからといってＡＩすべてがそう思ってるわけじゃない。でも、生体についての信じられないような偏見がまかり通ってるのよ、あなたたちのやわらかい肉体こそ、すべてのプログラムが目指す頂《いただき》だっていう考えがね。気を悪くしないでね」

「全然」ジェンクスはちょっとのあいだ考えこんだ。「言行不一致だと思わないか？　みんな、生身の肉体は畏敬《いけい》するべきものでありほかのみんなもほしがっているにちがいないと考えているくせに、遺伝子をいじって実際より若くしたりスリムに見せたり、あれこれやってるんだから」

「あなただって多少の修正はしてるでしょ。まだ遺伝子操作まではしてないけど。それだって、もう何歳か若く見せたいと思う人とちがいがあるかしら？　肉体を変えるのってすべて虚栄のためじゃないの？」

「ふうむ」ジェンクスは耳たぶに入れたピアスの重みを感じた。タトゥを入れたときの日焼けに似た針の痛みも思い出す。「そりゃいい質問だ」指先で口もとを軽くたたく。「おれにゃわからん。あんたも知ってのとおり、おれは遺伝子操作についてはよく思ってないから、そこでのおれの意見は客観的とは言えん。だが、アンチエイジングのための遺伝子操作は自尊感情の欠落から来るものだと思ってる。ありのままの自分ではじゅうぶんじゃないと思うからそんなことをするんだ。おれが自分の身体にやったことは全部、自分への愛情から出たものだ。まじめな話、タトゥを入れるのはこれまでに訪れたいろんな場所や記憶を思い出すよすがにするためだ。でも本心ではすべて、これはおれの身体なんだと主張するおれなりのやり方なんだ。おれがほしいと思う肉体はほかのみんながおれにふさわしいと言うものとはちがうってことを主張するためだ。いくつか遺伝子をいじればおれの人生はぐっと楽になるぞとこれまでに一度たりとも言わなかった医者はドクター・シェフだけだ。ほら、正常な身長になれとかいうやつだ。そんなのはくそくらえだ。もしおれが自分の身体を変えるとしたら、それはおれ自身が考えた変更でなきゃならんのだ」

「ワタシも同じように感じると思うわ」ラヴィーは言った。「もっとも、ワタシにとってはあまり意味のない話だけど。法律が変わらないかぎり、肉体についての話はワタシには机上の空論でしかないもの」

「あんたは本当に肉体を持ちたいと思ってるのか？」ジェンクスはためらいがちに言った。次の質問はちょっと切り出しにくかった。「それはおれのためじゃないだろうな？」

「まさか。それについてはよくよく考えてみたけど、メリットのほうがデメリットを上回ってると思うわ」

「よし」ジェンクスは腹の上で両手を組んだ。「まずはデメリットからだ」

「デメリットね。肉体をもつと一度にひとつの場所にいることしかできない。船のなかと外を同時に見ることができない。何かを調べたいと思うたびに頭を物理的に〈リンク〉に繋がなくちゃならない。でなきゃ、ええと、スクリブを使ってもいいんだろうけど、あれはあまりにのろいように思える」

「その点についちゃ、いつだってあんたがうらやましいよ」ジェンクスは言った。ラヴィーにとって、参考文献をチェックしたり、フィードを読んだりするのは、〈リンク〉にアクセスしている認知プロセッサーの一部を稼働させるという単純なことなのだ。ジェンクスが想像するに、頭のなかにものの数秒で読める本がいっぱい詰まったダウンロード図書館《ライブラリ》を持っているようなものなのではないか。

「正直なことを言うと、デメリットのほとんどは知覚とか空間認識への懸念に行き着くと思うわ。だからメリットのほうが多いように思えるのよ。そっちのほうは幅広いから。目が一対しかないことに慣れることはできると思うわ。心が落ち着きそうだけど、退屈かもしれない。よくわからないわ」

「たぶんその両方がちょっとずつだろうな。メリットのほうに行ってみようか」

「船の外に出られる。それは大きいわ。今のままでも楽しみを逃してるとは思わないけど、あなたたちはみんな、軌道船に飛び移ったり惑星地表に降りたりして楽しんでるみたいだから」

「ほかには?」

「クルーみんなでディナーをとれる。顔をつきあわせて話ができる。地面から空を見られる」

ラヴィーは少し間を置いた。「あなたの本物の伴侶《はんりよ》になれる。ほら、いろんなアクセサリーをつけてね」

すわっていても、ジェンクスは膝から力が抜けるのを感じた。

ラヴィーはため息をついた。「こういうのってあさはかな考え方よね。でもそうだとしても、あなたはワタシの質問に答えてくれてないわ」

「質問って?」

「ワタシにどんなタイプの身体を持ってほしいと思う? でなきゃ、もっといい質問は、あなたがきれいだと思うのはどんなもの?」

「そりゃ……簡単に結論を出せることじゃないね。本当に、人によるからな」

「ふふん。いいわ、あなたがこれまでにつきあったのはどういう女性たちだった?」

ジェンクスは心からの笑い声をあげた。「データベースでもつくってるのか?」

ラヴィーはちょっと間を置いた。「かもね」

ジェンクスは愛おしそうににやりとした。「ラヴィー、もし身体を持てるとするなら、あ、あんたが望む外見にするべきだ」壁に背中をもたせかけ、ケーブルの束を指で繰りながら言う。

「どんな入れ物にはいっててもあんたはきれいだよ」

「んまあ、大ウソ《スターーズ》つきね」ラヴィーは笑った。「でも、そんなあなたが大好きよ」

フィード源：スレッド――離郷船団《エクソダス・フリート》公式ニュース（公用語／クリップ語）
記事名／日付：夕刊ニュース概要――銀河系――306年130日
暗号度：0
他言語翻訳：0
複写：〔ビデオ／テキスト〕
個人確認番号：7182-312-95、アシュビー・サントソ

ハロー、夕方のニュース配信にようこそ。クィン・スティーヴンズです。まずは今夜のニュースのダイジェストから。

昨日は『〈オソモコ〉の悲劇』の四周年記念日でした。〈オソモコ〉で航行中の事故のあと、劣化した隔壁のせいでたくさんの居住デッキが急減圧し、離郷人《エクソダン》四万三千七百五十六人の生命が奪われた事件について船団を挙げて追悼行事がおこなわれました。昨日は船団のすべての主要船で、事故が起きた十四時十六分から二分間、すべての照明を消しました。今年は火星でも追悼行事があり、サムラカミ植物園で記念像の除幕式がおこなわれました。式には火星大統領ケヴィン・リュウも列席し、〝〈オソモコ〉に乗船していた家族たちと船団のわれらが勇敢なる兄弟姉妹たちすべて〞に記念像を捧げました。船団司令長官ラーニャ・メイは火星政府に感謝

を示し、次のように述べました。「われわれふたつの社会はもはや、相手に起きた悲劇から目をそむけはしません。これはわれわれが双方の溝を埋めるべく努力をした証《あかし》なのです」

ほかの船団ニュースでは、〈ネイト〉でのマラブンタ・ウイルス騒ぎがようやく終焉《しゅうえん》を迎えました。最後の患者が強制隔離から解放され、完治証明書が付与されました。船団保健局は、船団の全船でウイルスを完璧に根絶したと確信しています。今朝の声明では、全船団の居住民及び滞在者は、各種医療機関で免疫ボットの定期アップグレードのスケジュールを組むことと、もぐりの技術《テック》インプラント・クリニックを使わないようにという注意をあらためて喚起しています。マラブンタ・ウイルスが〈ネイト〉に持ちこまれたのは、辺境植民地のインプラント・クリニックを最近利用した個人によると見られています。感染爆発を警戒し、保健局は船団じゅうのドッキング・ベイのスキャナーをアップグレードして、違法ボットを保持している個人の検知率を上げることに取り組んでいます。

次の十日間《テンディ》、〈ドウムー〉上で第三十五回昆虫《バグ》フライ・フェスティバルが開催されます。期間中はずっとシャトル便やドッキング・ベイで大幅な遅れが生じると運輸局は見ています。各船間の旅行を計画している方々には、フェスティバルに参加するつもりはなくても、それを見越して動くようにとの勧告が出されています。

太陽系共和国からのニュースでは、前フォボス燃料CEOクウェンティン・ハリス三世が、武器密輸共同謀議、及び人道に対する罪により公式に起訴されました。ハリスは、遺伝子ターゲッターを含む違法な武器を現在内戦中のトレミ人の各氏族に流していた密輸グループに加担していたということで、密輸グループに彼が関わっている証拠映像データが多数の〈リンク〉フィードにアップロードされたあと、今標準年に逮捕されました。ハリスはその証拠映像はビジネス上のライバルに捏造《ねつぞう》されたものだと主張し、無実を訴えています。

独立自治の地球人植民地からのニュースでは、シードで新しい廃水処理再生施設の建設がこの十日間《テンディ》停止しているとのことです。古代アーケイン人の遺物が発見されたためです。衛星スキャンにより、〈避難の丘〉地域一帯に、広汎《こうはん》なアーケイン人遺跡が存在することが確認されています。GC学会はこの歴史的に重要な発見を歓迎していますが、長年の水不足に苦しんできたシード住民にとってはこの発見が数々の問題を引き起こしています。この地域を研究するため、アレクサンドリア大学とハシュカス星間移民研究所が合同で考古学発掘研究チームを発足させました。シード自治政府は離散民《ディアスポラ》全体に対し、当座しのぎとしてポータブル廃水処理機を各世帯に購入する資金の援助を公式に要請しました。

銀河系ニュースでは、ホク・プレス国境戦争は、ロスク協同体軍とイリュオンの地上軍の激戦が三標準年めに突入しました。ロスク軍の爆撃で、今朝、ケイロでGC市民二十六人が死亡したということです。イリュオン政府は軍事活動に関する詳細はほとんど発表していませんが、このエリアからの報告では、ケイロ地域一帯にイリュオン軍が展開している模様です。

これで夕方のニュース配信は終わりです。朝のニュースは明日十時からアクセスできます。さらに詳細な取材報道はビデオとテキスト双方で提供されていますので、スクリブまたは神経パッチで〈スレッド〉にアクセスしてください。では、安全なご航行を。

ＧＣ標準３０６年　１３１日　ブラインド・パンチ

翌朝、ローズマリーが〈金魚鉢〉に行くと、キッチン・カウンターに朝食が並んでいた。フルーツ（皮が白っぽいところを見ると、静止庫に貯蔵されていたものだろう）が盛られた大きなボウルふたつ、見慣れないパンのはいったバスケット、焦げ茶色のお粥《かゆ》のようなものがいっぱいにはいった大きな保温鍋。ドクター・シェフはカウンターの向こう側で、二本の肢《あし》で野菜を切り、別の一対の肢でカトラリーをふいていた。ローズマリーが近づいていくと、彼の頰がぷっとふくらんだ。

「おはよう！」ドクター・シェフは言った。「よく眠れたかね？」

「まあね」言いながら、ローズマリーはスツールにすわった。「何回か目が覚めてまごついたけど」

ドクター・シェフはうなずいた。「新しい場所でぐっすり眠れるわけがないさ。あの船室に人間用寝台が設置されていたのは、運がよかったんだよ。わたしがここのクルーになったときは、この身体に合う家具がそろうまで何日か待たなきゃならなかった」カウンターの上の食べ物を手で示す。「朝食はセルフサービスだ。ランチも同じだよ。軽食は一日じゅう置いてあるから、小腹がすいたときはいつでも寄ってくれ。そうそう、お茶もいつでもある。自由に飲んでくれ」カウンターの向こう端のふたつの大型ポットを指さす。その横にマグカップがずらりと並んでいた。ポットには手描きのラベルが貼られている。片方は、ちりちりの髪を逆立ててにこにこ笑っているまん丸の目をした女の子の絵の上に『ハッピーなお茶！』と書いてあった。もうひとつは、『たいくつなお茶』とある。こちらに描かれている女の子は満足げな顔をしているが、ごくふつうだ。手描きの文字は〈金魚鉢〉の戸口の看板と同じ——キジーのものだ。

「たいくつなお茶って？」ローズマリーはたずねた。

「カフェインなしのお茶だよ。ごくふつうのおいしいハーブティーだ」ドクター・シェフが言った。「あんたたち地球人がどうしてハッピーなお茶みたいな刺激物を好むのか、わたしには絶対に理解できないね。医者としては、朝いちばんに刺激物を摂取するのは我慢がならんが、料理人としては、朝食をとる習慣が大事だってことは理解してるよ」まるまるした指のひとつをローズマリーに向けて振ってみせる。「だが、一日に三杯が限度だ。それから空腹時には厳禁だぞ」

「心配はいらないわ」ローズマリーはマグカップに手をのばした。「わたしはどっちかというとたいくつなお茶派だから」

ドクター・シェフはうれしそうな顔になった。ローズマリーはロールパンを指さした。「これ、すごくいいにおいね。何なの？」

返事は背後から聞こえた。「スモーキー・パンだよ！」キジーが朗らかな声をあげ、スツールに飛び乗ると、黄色がかったパンをひとつつかんだ。片手でそれを口に運びながら、もう片方の手はお粥をよそっている。

「スモーキー・パン？」

「それもまたわたしの故郷のものだよ。簡単には翻訳できない名前なんだ」ドクター・シェフが言った。

「トンネルを掘るときにはいつもこれをつくってくれるんだよ」キジーはさらにもうひとつパンを追加し、フルーツもひと山のせた。

「きつい仕事のしっかりした燃料になるいい食べ物だよ」ドクター・シェフはハッピーなお茶をマグカップになみなみと注いでいるキジーを見て、顔をしかめた。「それとはちがってな」

「わかってる、わかってるって、三杯が限度、でしょ。約束するって」キジーは両手でマグカップを包むように持ち、ローズマリーのほうを向いた。「あのカーテンはどう？」

「すばらしいわ。すごく落ち着いた気分になる」

それは本当だった。朝、カーテンを開けてすぐ外に浮かぶ壮麗な銀河系を目にするまで、もう惑星地表で暮らしてはいないことを忘れかけていた。これまで恒星間を旅したことはあったが、今宇宙空間で暮らしているという意識はまだ身体にしみこんではいなかった。

ローズマリーはスモーキー・パンを口に入れた。パンは空気のようにふわふわで、正体不明の中身は濃厚で風味豊かで、どことなく焼いたキノコを思わせた。そう、たしかにスモーキーだ。だが軽くスパイスもきいており、塩の量もちょうどよかった。ドクター・シェフを見上げると、彼は食い入るように見つめていた。「これ、すごいわ」

ドクター・シェフは満面に笑みを浮かべた。「中身はジェスクーだよ。あんたたち太陽系人は白キクラゲと呼んでると思う。わたしの故郷のとは成分がだいぶちがうが、味はかなり近いんだ。それにそのパンはプロテインも豊富だ。穀粒粉《こくりゅうふん》にコナムシ粉を添加してあるからね」

「絶対にレシピを教えてはくれないんだよ」キジーが言った。「墓まで持ってくつもりなんだ」

「グラム人は墓なんてつくらないよ」

「そんじゃ、海の底に持ってくってことで。そっちのほうが墓より始末が悪いよね。墓なら掘り返すことができるもん」キジーは彼に向かってパンを振ってみせた。「あんたの脳みそのこのレシピがおさまってるところをどっかのバカな魚に食べられちゃったら、あたしたちみんな、お手上げだよ」

「それなら、食えるうちに食っておくんだな」ドクター・シェフの頰がふるふると揺れながらふくらんだ。ふくらむのが速ければ速いほど大きな〝笑み〟なのだろうと、ローズマリーは推測した。

「それで、と」キジーがローズマリーに目を向けた。「パンチに同行するのはこれがはじめてなんだよね?」

「ごめんなさい、何ですって?」とローズマリー。

キジーはくすくす笑った。「その返事でわかったよ。〝パンチ〟ってのはトンネルをつくるってことなんだ」

「ああ、そうなの」ローズマリーはお茶を口にした。ほんのりと甘みがあり、特別なことは何もない。わかった、これはたしかに〝ちょっとたいくつ〟だわ、でもとても安らげる。「実を言うとちょっと知りたいんだけど……」ばかげたことを口走りたくないので、ちょっと間を置いた。「トンネル建設を手伝う必要はないってことはわかってるの。でもどういうふうにするのか、もうちょっとよく知っておきたいわ」

キジーは興奮のあまり唇を引き結んだ。「詰め込み特訓授業をしてほしいかい?」

「めんどうでなければ、お願い」

「ああ、星々《スターズ》とバケツにかけて、もちろんめんどうなんてことはないさ。あたしはうれしいし、あんたは偉いよ。ええと、そうだね。時空間操作についての授業を受けたことはあるかい? まあないだろうけど」

「あるとは言えないわね」

「時空間位相幾何学《トポロジー》は?」

「ないわ」

「超次元理論は?」

ローズマリーは申し訳なさそうな顔をしてみせた。

「あーあ!」キジーは胸の上で両手を組み合わせた。「あんたって物理学処女なんだね! わかった、わかったよ、簡単にやってやろうじゃない」何か助けになるものを探して、カウンターを見わたす。「よし、ここでいいや。あたしのお粥のお碗《わん》の上のあたりが」と、もったいぶった感じで手を振る。「通常の時空間で、お粥が副層《サブレイヤー》——まあ、宇宙と宇宙のあいだにある空間だね。そしてこのグループの実が」皿から小さな黒いベリーのような果実を取り上げる。「〈ウェイフェアラー〉だ」

「ほう、早く見たくて待ちきれないね」ドクター・シェフがいちばん上の肢の対をカウンターの反対側にのせて言った。

キジーは咳《せき》ばらいをして背すじをのばした。「で、あたしたちはここにいる」お碗の上に黒いベリーを掲げる。「あたしたちの仕事は宇宙空間のふたつの端を繋《つな》ぐことだ、いい？　ここととここをさ」お粥に指をつっこみ、両端にへこみをつくる。

「まず、あたしたちは片方の端まで飛んでいく——ヒュッ——あたしたちが飛んでいくのを見る人たちはみんな、おお星々《スターズ》よ、どんな天才技師がこんなすごいつぎはぎ船をつくったんだろうと驚嘆する。そしてあたしは、キジー・シャオだよ、あんたたちみんな赤ちゃんができたらあたしにちなんだ名前をつけてくれていいんだよって答えて——ヒューッ——スタート地点に着く」

ゆっくりと消えつつあるお粥のへこみの上にベリーを持っていく。「位置に着いたら、あたしが時空間穿孔機《ドリル》を作動させる。この船に乗りこむときに見たかい？　下腹んとこにくりつけてあるばかでっかい怪物マシンをさ？　あいつはすごいんだよ。アンビ・セルで動くんだ。この船はドリルを動かせるほど大量の藻を積むことはできないからね。あ、言っとくけどあいつはとんでもなくうるさいんだ。だからあいつが仕事をはじめてもあわてちゃだめだよ。この船が破裂したりはしないから。それでドリルの暖機運転ができたらパンチするんだ」

キジーはお粥のなかにベリーをつっこんだ。「すると妙な感じになる」

「どんなふうに?」ローズマリーが言った。

「まあね、あたしたちはしがない三次元の生き物だからさ。あたしたちの脳みそはサブレイヤーで起きることを処理できないんだよ。厳密に言うと、サブレイヤーってのはあたしたちが〝正常な時間〟と考えているものの外側にあるんだ。そこで何が起きてるかを知ろうとするのは、まあ……誰かに――人間ってことだけど――赤外線を見ろって言うようなものなんだ。とにかくあたしたちにはできないんだよ。で、サブレイヤーでは、何かがおかしいって感じる、だけど何がおかしいのかはっきり指し示すことはできない。それってすごく、すごく妙な感じなんだ。あんた、ダフィーをやったことあるかい?」

ローズマリーは目をぱちくりさせた。これまでいたところでは、朝食の席で違法な幻覚剤の名が気軽に持ち出されることはなかったからだ。「ええと、いいえ、ないわ」

「まあ、そういう感じなんだよ。視覚と時間感覚がおかしくなるんだけど、ちがうのは自分の行動は完璧にコントロールできるってところだ。トンネル建設免許をとるために勉強するときには――ちなみにそれって基礎技術コースとは別に履修しないといけないんだ、もう二度と学校に行かなくてよくなって、あたしは超うれしいって言っとくよ――ソフロっていう、弱くした官給バージョンのダフィーみたいなやつを飲んでエンジンを修理したり、船への指令を出したりする訓練を受けなくちゃならない。史上最悪の課題だって言っとくよ。そのうち慣れてくるけどね」

　キジーはお粥に指をつっこみ、埋もれさせたままベリーをつまんだ。

「とにかく、あたしたちクルーがラリッてるあいだに、船はサブレイヤーを突き進んでブイを落としてトンネルを開通させるんだよ。ブイを置くのにはふたつの理由がある。その一、トンネルが崩れないようにする。その二、正常な宇宙空間を構成しているひも《ストリング》だの素粒子だのでできているこのフィールドを発生させる」

　ローズマリーはうなずいた。「人工の時空間ってことね」ようやく、いくぶん呑みこめてきた。「でもなぜそんなことをするの？」

「そりゃ、誰もが楽に航行できるようになるからさ。だからあんただって、トンネルを通過するときに何も違和感を感じないんだ」

「でもそんなことをして、外の宇宙空間は乱れたりしないの？　その、ここみたいなわたしたちの時空間のことだけど？」

「しないね。ちゃんと適切にやってるかぎりは大丈夫。だからあたしたちはプロなんだ」

　ローズマリーはお粥に目を戻した。「で、サブレイヤーからはどうやって出るの？」

「オッケー」キジーはお粥のなかのベリーを押しはじめた。「出口地点まで来たら、あたしたちはさっと飛び出す」ベリーの下にスプーンを押しこみ、てこを使うかのようにこぶしを上げる。

「キジー」ドクター・シェフが落ち着いた声で言った。「わたしのこのきれいに片づいたカウンターにお粥をまき散らすようなことをしたら――」

「そんなことはしないよ。これじゃうまくいかないってことぐらいわかってたよ。あたしの天才的デモンストレーションには欠陥があるんだ」キジーは顔をしかめた。「お粥を折り曲げることはできないからね」

「これを使いなさい」ドクター・シェフは布ナプキンを二枚、キジーに渡した。「一枚はあんたの手をふくため、もう一枚は教育目的のために」

「ああ！」キジーは指についたお粥をふきとった。「完璧」汚れてないほうのナプキンを持ち上げて、対角線上のふたつの角をつまむ。「いいかい。トンネルの開口部は大きな格子《ラティス》みたいな球体に取り巻かれていることは知ってるよね、チカチカまたたく警告灯や、空間の連結部から放たれる稲妻みたいなものがバチバチしてるってことも？　その球体はプラズマを封じこめてる檻《ケージ》なんだよ、空間にあけた穴がこっちが望む以上に大きくならないようにとどめてるんだ。トンネルの端には必ずケージをひとつくっつけなきゃならない」ナプキンのふたつの角を振ってみせる。「で、この角にケージがひとつあって、こっちの角にもうひとつを置いたら、トンネルはできあがり。実質的にこれは」ふたつの角を引き離す。「こっちと同じものになる」くっつけてひとつにする。

　ローズマリーは顔をしかめた。トンネルの働きについておぼろげにわかったような気もしたが、それを明確に表現することはできなかった。「わかったわ、でもケージとケージのあいだって何光年もの距離があるんでしょう。同じ場所にはないのね。なのに……まるで同じ空間に

「まあそうだね。まあ、ふたつの部屋を繋ぐ戸口みたいなものだよ、ただその部屋は町の両端にあるってだけだ」

「それじゃ、そのふたつの地点の距離を変えられる唯一の場所が……トンネルのなかってわけ？」

キジーはにんまりした。「物理学ってイカすよね、だろ？」

ローズマリーはナプキンを凝視して、必死に自分の三次元の脳みそにこうした概念を理解させようとした。「そもそもどうやってそのケージをしかるべき場所に置くの？　片方の端からもう一方の端まで行くのにものすごい時間がかかるんじゃないの？」

「このお嬢さんのきれいな黄色いシャツに金の星ひとつ！」キジーが言った。「あんたの言うことはまったく正しいよ。だから、トンネル建設には二種類の方法があるんだ。簡単なほうは、あたしたちが〝投錨《とうびょう》パンチ〟と呼んでるやつ。これは、ほかの場所に繋がるトンネルがすでに存在している星系で使われる。たとえば、星系Aを星系Bに繋ぎたいとするよ。星系Aも星系Bもすでに星系Cと繋がってる。そういうときはまず、星系Aにケージを置く。それからすでにあるトンネルを通って星系Aから星系Cに跳ぶ。そして星系Cから星系Bに跳んで、第二のケージを置いて、そこから星系Aまでパンチするんだ」

ローズマリーはうなずいた。「それはよくわかるわ。でも、目的地に到達するのにはまわりくどいやり方よね」

「ああ、そのとおりだよ。それにそんなふうに二回跳ぶだけなんてことはめったにない。特にトンネルがその星系内のべつべつの星に繋がってる場合はね。ふつう、トンネルからトンネルまでは数十日間《テンディ》かかるし、長い空間距離を飛ばなきゃならないときはさらに長くかかる。まあ、そこはシシックスの腕の見せどころだね、既存のトンネル間を通る最速の航路を見出すのがね」

ローズマリーはふたつめのパンを取り、割った。内部の空洞からいい香りのする湯気が立ちのぼった。「トンネルをつくろうとしている星系がどこにも繋がっていなかったらどうなるの？」

「あはは。そういうときはブラインド・パンチをするのさ」

「それってどういうこと？」

「片方の端にケージを置いて、もう一方の端までとにかくパンチしながら進んでいくんだ――目的地のケージっていう目印なしでやるのはくそむずかしいんだけどね。目的地で通常空間に出たら、一刻も早くケージを起動しなくちゃいけない。ケージは自動組立式だから、あたしたちは実際にはパーツを配置して一日待つってだけだ。それでも、外に出たらすぐに配置しなきゃならない。トンネルの片方の端だけにしかケージがない状態だと、内部が不安定になるんだ。最初のうちは問題ないけど、ぐずぐずしてると急速に破れはじめる。そうなると、何もかもがとんでもないことになる。そして時空間の構造がとんでもないことになると、ほんっとうに大きな問題が生じるんだ」

「カジュ＝メット宙域みたいにね」カジュ＝メット宙域のことを習うのは若者の通過儀礼のよ

うなものだ。その瞬間に、無音の静かな世界である宇宙が実は恐ろしい場所だということが実感される。カジュ＝メット宙域はハーマギアン領域にあり、太陽系の半分ほどの広さだが、内部では空間が完璧に瓦解している。そこを映した映像は恐るべきものだ――いくつもの小惑星が見えない穴に吸いこまれ、惑星がまっぷたつにはじけ、末期の恒星がどんどん縮まって瓦礫《がれき》をかためた涙のようになってしまう。

「そうだよ、あれはハーマギアン人がトンネル建設をはじめたころの不始末の名残なんだ。最初のころのトンネル建設はみんなブラインド・パンチだったからね。無理もないんだ。星系間を移動するにはほかには超光速航法しか手段がなかったからね」

「そうね」ローズマリーはうなずいた。超光速航法を禁止する法律はもっとも古い法のひとつ――銀河共同体《GC》設立以前のものだ。光より速く旅することは技術的には可能だったものの、タイムトラベルに根本的につきもののさまざまな補給上の困難や社会的な問題のほうが、得られる利点をはるかに上回っていたのだ。それに、行政的な悪夢というのはさておいても、目的地にたどりつくはるか前に故郷の知り合い全員が死んでいるとわかっているような交通手段を使いたがる者はほとんどいなかった。「でも、星系間の移動に使うんなら、あの……ああ、なんて言ってたっけ。深睡眠ポッドが使ってるやつ」

「ピンホール航法。そうだね、ピンホール航法は縫い針のようにすごく迅速にサブレイヤーに出入りするんだよ。深睡眠ポッドはごく小さなトンネルを瞬間的にどんどんつくって、超高速で移動していくんだ」

「それぐらいは知ってるわ」

「よし。ピンホール航法は深睡眠ポッドみたいなごく小さな一人乗り機にはいいんだよ、ポッドがつくる穴はごく小さくて実質的なダメージをもたらす心配がないから。ケージがないから、穴は即座に閉じてしまう。ちっちゃなブラインド・パンチみたいなものだけど、軌道があらかじめマーカー・ブイでマッピングされてるから、ポッドはサブレイヤーで常に正確に同じ道すじをたどるんだ。人口稠密《ちゅうみつ》宙域で深睡眠ポッドに指定の航行レーンが割り当てられてるのはそのためでもあるし、そこに多次元警告ビーコンが設置されているのもそれが理由だ。深睡眠ポッドがサブレイヤーから飛び出して宇宙船につっこんでくると困るからね」

「ピンホール航法は大きな船では使えないの？」

「まあ、できないことはないけど、あんまりいい考えとは言えないね。そういうでかい穴は通常空間じゃすぐに閉じるし、しかもその穴が深睡眠ポッドレーンみたいに近距離に連なる場合、穴がおたがいに食いあう可能性がある。ごくたまに、大きな船がピンホール・ジャンプをするのはいいんだ。でももし、この船ぐらいの大きな船を深睡眠ポッドみたいに頻繁にサブレイヤーに出入りさせるとしたら——ろくなことにならないだろうね。それにピンホール航法の装備はものすごく金がかかるから、わざわざつけようなんて大きな船はそうそうないんだよ。さて、本当にどこかへすぐに行く必要があるとしたら——必要っていうのは、重大な仕事上の必要って意味だよ——ピンホール・タグボートっていうのを申し込むことができる。タグはどこでも必要なところに大きな船を曳《ひ》いていくことができるんだ。リスクがあるのは同じだけど、タグはスーパー管理されてて、使い方もきわめて慎重なんだ。タグを使うには運輸省の承認を取らなきゃならない。タグはいろんな場合に使われる。難民たちのところに至急医療船を送らなきゃならないときとか、政府が誰かをGC領域の外、トンネルのないところに送り出そうとしてるときとかにね。そういうわけで、トンネル建設みたいなふつうの仕事にピンホール航法を使うのはコスト的にもリスク的にも割に合わないんだ」

ローズマリーはぐいとお茶を飲んだ。〝たいくつなお茶〟がだんだん気に入ってきていた。控えめな甘みがスモーキー・パンにぴったり合う。ドクター・シェフはたしかに自分の仕事をよく心得ている。

「でも、ブラインド・パンチはそれ自体がひどく危険を伴うみたいだけど」

「そのとおりだよ。ブラインド・パンチをやる免許を持ってるトンネル建設業者は多くはない。だからうちらは高い報酬をゲットできるんだ。ま、それなりにね」

「この船はブラインド・パンチをするの?」ローズマリーは不安を感じた。自分の乗っている船がどこに出るのかよくわからずに宇宙空間を掘り進むと思うと、あまり心穏やかではいられなかった。

「そうだよ。今日、一発やることになってる」キジーはローズマリーの肩を軽くたたいた。「心配はいらないよ。恐ろしく聞こえるかもしれないけど、うちらはずっとこれをやってるんだ。信じてほしい、うちらはスーパー安全なんだ」

信じてほしい、い、い、い。袖にやることリストを書き殴った薄汚いつなぎの作業服を着ている技師の口から出る言葉よりもうちょっと安心できる材料が、ローズマリーはほしかった。「船がどこに出るか、どうやって知るの？」

「そりゃ、誰にもわからないよ。どんなコンピュータ・プログラムもブラインド・パンチについてはせいぜいでも経験に基づく推測しかできないし、それじゃじゅうぶんじゃない。だからシアナット・ペアが必要なんだよ」

「ナビゲーターがいなけりゃブラインド・パンチをすることはできないんだよ、法的にも実際にもね」ドクター・シェフが言う。「サブレイヤーでどういうことが起きているか理解できる者が必要なんだ。起きていることを視覚化できる者がね」

「ＡＩならできるんじゃないの？」ローズマリーは言った。科学技術をもってしてもできないことがあるということはわかっていたが、それを思い出させられるたびにいつもびっくりする。

「いいや。考えてごらんよ」とキジー。「ＡＩはそれを創り出した人々よりも賢くなることはありえないんだ。とんでもなくややこしい計算や理論をインプットしてやらせることはできるけど、自分が理解できないことをＡＩにやらせることはできない。あんたをビビらせたいってわけじゃないけど、うちらにはサブレイヤーのことなんて絶対に理解できやしない。うちらはサブレイヤーについてぼんやり理解できるだけで、サブレイヤーのことを本当にわかってるのは唯一、シアナット人だけだ。つまり、ＡＩにシアナット・ペアと同等の働きをさせられるのは、シアナット人だけ。そしてやつらは絶対にそんなことはしない」

「どうして？」

「教義に反するからだ」ドクター・シェフが言った。「シアナット人はささやく者《ウィスパラー》から与えられた能力を神聖な賜物《たまもの》だと考えているんだ。ウイルスがほかの種族に感染しないのは、ほかの種族がこの能力を持つに値しないからだと、彼らは信じている。われわれのために仕事をするのは厭《いと》わないが、自分たちの理解を他と分けあおうとはしないんだ、たとえソフトウェアという形でもね」

「おもしろいわね」言いながら、ローズマリーは思った——変人っぽいわね。「わかったわ、それじゃどういう種類のパンチなのかはさておいて、出たところがほかの場所というだけじゃなく、ほかの時間だっていう可能性はないの？」

「まさしく。だからこそ、へまをしないようにそれはそれは気をつけてるんだ。おっと、それで思い出した！」キジーはスツールから飛び降り、キッチンのヴォックスに走っていく。「ラヴィー、ジェンクスに繋いでもらえる？」

一瞬間があり、ヴォックスから音が流れた。「ううん？」ジェンクスの眠そうな声だ。

「スモーキー・パンを食べにおいでよ、寝ぼすけ。あたしが全部食べちまう前にさ」キジーが言う。

「今何時だ？」

「九時だよ。あんた、寝すぎだ」

「なんだと？　もうパンチ現場に着いたのか？」

「あと一時間ぐらい」

「くそ。キジー。おれはひどい二日酔いだ」

「知ってるよ」

「こりゃ完全におまえのせいだぞ」

「わかってるよ、かわい子ちゃん。スモーキー・パンを食べにおいでよ」

「〝かわい子ちゃん〟とか呼ぶな。おまえとはもう友だちじゃねえ。今、キッチンにいるのか?」

「うん」

「ドクター・シェフ、頼むから〈酔い覚まし〉がそこにあると言ってくれ」

「医療室に未開封のやつがひと箱あるよ」ドクター・シェフがぷっと両頬をふくらませた。

「わかったよ」ジェンクスはため息をつき、ヴォックスが切れた。

ドクター・シェフがキジーに目を向けた。「あんたとジェンクスは昨夜何をやってたんだ?」

キジーはお粥を口に入れた。「ウォーターボールの準決勝の観戦。飲みながら見たほうが楽しめると思ったんだ」

「どこ対どこ?」

「スカイダイバーズ対ファスト・ハンズ。ジェンクスとあたしでそれぞれチームを選んで、相手が点を入れるたびに一杯飲むっていうルール」

「あんたはどっちを選んだんだ?」

「ファスト・ハンズ」

「そっちが勝ったようだな?」

キジーはにんまりした。「十二点差でね」

ドクター・シェフはあきれたような喉声を漏らし、つぶらな目をローズマリーに向けた。「ひとつ助言をしようか? もしキジーが『すっごくいい考えがあるんだけど?』と言ったら、それに続くのが何であれ、無視することだ」

「そいつの言うことを聞いちゃダメだよ」キジーが言った。「あたしが思いつく考えは全部すっごくいいんだから」

ドクター・シェフはローズマリーをじっと見つめながら、何か考えていた。「それはそうと、わたしはパンチの前にはいつも鎮静剤を服用する。サブレイヤーに慣れることはないから、眠ってやりすごすほうが楽なんだ。きみもそうしたいと言うなら、誰も責めはしないよ」

「ありがとう」ローズマリーは言った。「でもブラインド・パンチがどういうものか、ちょっと見てみたいわ」

「よく言った」キジーがローズマリーの背中をばんとたたいた。「心配はいらないよ。頭のなかをキックされるみたいな感じだけど、おもしろいキックだから」


一時間後、コントロール室でローズマリーが椅子にすわって安全ハーネスのバックルを締めているところに、シアナット・ペアがはいってきた。思わずまじまじと見つめずにはいられなかった。ペアたちの写真はこれまでにも見たことがあったが、実物を見るのは全然ちがった。

オーハンはひょろりとした細い身体に四肢を備え、大きな足と不安定に揺れる長い指の持ち主だった。彼――彼らは四肢で歩き、背は弓なりに曲がっていて、かつて記録ビデオで見た大昔の地球の霊長類《れいちょうるい》に似ていた。頭皮からつま先まで密生したアイスブルーの毛で覆われているが、その毛は短く切りそろえられ、フラクタル模様に刈りこまれて灰色の地肌をのぞかせている。長いまつ毛に囲まれた目はやけに大きく、目に見えて濡れている（前の晩にローズマリーが調べたところでは、涙腺《るいせん》の過活動はシアナットのウイルスがもたらすたくさんの変化のひとつということだった）。毛深い顔はくつろいで、ほとんど麻薬で陶酔しているように見える――表情だけでなく、だらりと落ちた肩と動きの鈍さからも。チュニックのようなものを着ているが、着心地がよさそうな素材を使っているものの、デザインがあまりに単純なせいで後知恵で追加したように見える。地球人の社会的基準でほかの知的種族を判断するのはよくないことだとわかってはいたが、オーハンはすっかりラリって裸にバスローブ一枚をまとっただけで授業に遅れてやってきた大学生のような印象をもたらした。だがこの麻薬でラリった大学生は異次元間物理学にかけてはＡＩをしのぐのだ。

「あたしのチームのもう半分がやってきた」シシックスがにこやかな笑みを浮かべて言った。「愉快な仕事にしようぜ」

オーハンは彼女に向かって一度うなずいた。礼儀正しい形式ばった所作だった。「われわれはいつもきみと共に働くことを楽しんでいるよ」彼らは言った。

「よう、オーハン」シアナット・ペアが席につくと、アシュビーがコントロールパネルから目を上げた。「今日の調子はどうだい?」

オーハンはうしろ半身をつけてしゃがむようなすわりかたをしていた。関節がうまく折りたまれ、歩いてはいってきたときよりもだいぶ背が低くなったように見えた。「ありがとう、大変よろしいよ、アシュビー」

彼らはそう言うと、コービンのほうに頭をしならせ、それから前のパネルに注意をもどした。コントロール機器の上に長い指を走らせ、さまざまな表示をオンにした。数秒後、彼らはふたたび頭を上げた。室内の何かがちがうことに気づいたようだ。彼らの頭がフクロウのようにローズマリーのほうに向けられた。「ようこそ」そう言って一度うなずいた。しゃべったとき、平らな歯の列が見えた。ペアは犬歯を削って平らにするという話をローズマリーは読んだことがあった。それを想像すると、ぞっとした。

ローズマリーはうなずき返したものの、先に目をそらしていいものかどうかわからなかった。顎を引き、上目遣いで見る。〈リンク〉の参考文献によると、それがシアナット人がほかの種族に挨拶するときのやり方だった。「お会いできてうれしいわ。お仕事ぶりを拝見するのが楽しみです」

オーハンはもう一度、小さくうなずき——満足したんだ、よね?——コントロールパネルのほうを向くと、スクリブと太いピクセルペンを取り出した。そのスクリブにベーシックなスケッチ・プログラムがあらわれたのを見て、ローズマリーは目を丸くした。まさかとは思うが、ワームホールの内部構造を手で解いているのだろうか?

「よし」アシュビーが自身の安全ハーネスを締めながら言った。「さあ、やるとしようか。ラヴィー、技師たちに繋いでくれ」

「繋がってるわよ」ラヴィーが言った。

「点呼」とアシュビー。

「フライトコントロール、ＯＫ」シシックス。

「燃料チェック、ＯＫ」コービン。

「時空間ドリル、ＯＫ」キジーがヴォックスごしに言う。「でもあたしのクラッカーが見つからないよ。だいたいさ、おやつもなしにこんなこと、やってられるかって――」

「それは後回しだ、キジー」とアシュビー。「ジェンクス？」

ジェンクスの声が割りこむ。「ブイ、ＯＫ」

「ラヴィー、船の状況を」アシュビー。

「船のシステムはすべて正常に稼働中」ラヴィーが言う。「技術的にも構造的にも異常なし」

「オーハン、用意はいいか？」

「いつでもはじめてください」

「すばらしい」アシュビーは言い、ローズマリーにちらりと目をやる。「ハーネスは締めたな？」

ローズマリーはうなずいた。もう三度、バックルをチェックしていた。

「それじゃいいな。キジー、はじめろ」

はるか下の船腹で、ドリルが低音のうなりをあげた。キジーにあらかじめ警告をもらっていてよかったと、ローズマリーは思った。船体がばらばらに裂けそうな音だった。

アシュビーが座席の肘掛《ひじか》けを等間隔で十回、軽くたたいた。一回ごとに船体内の振動が大きくなっていく。船の下腹についているドリルが脈動し、吼えていた。床のパネルが激しく揺れた。

恐ろしい沈黙と共に、時空が裂けた。

そして船を呑みこんだ。

窓の外に目を向けたローズマリーは、これまで見ていた黒は本物の黒ではなかったのだと思い知った。

「船首方位をちょうだいよ、オーハン」シシックスが言う。

オーハンはスクリーンの各種表示を凝視した。手はすでにスクリブの上をすばやく走り、ローズマリーには理解できない文字で次々と方程式を綴《つづ》っている。「十六・六イーベン、前方。フルスピードで頼みます」

「それが聞きたかったんだよ」シシックスは歓声をあげて羽根に覆われた頭をのけぞらせ、〈ウェイフェアラー〉を虚空に突進させた。

ワームホールを建設するのにどれだけの時間がかかるか、本当に知る方法はない。なぜならキジーが言ったように、時間というものが意味を持たなくなるからだ。窓の上に音もなく時間を表示する時計はあるが、サブレイヤー内では、単なる数字にすぎなくなる。ついさっき着いたばかりというようにずっと感じるが、永遠にサブレイヤー内にいるような感じも抱くのだ。酔っぱらったような気分、いやそれ以上にまずいことに、永遠に続く夢から目覚めようとしつづけているような気分だった。視界が泳ぎ、移ろう。窓の向こうは虚無だが、何もないという点はずっと同じなのに、ときどきそこに色や薄明がちらつくように見える。船が放出したブイが波間に漂うプランクトンのようにまたたきながら浮かんでいる。

ローズマリーの周囲全体にいろんな声がぼんやりとあふれ、いろんなややこしい用語を呼び交わしている。たとえ正常な速さで聞いたとしても、まったく何の意味も感じられないだろう。オーハンの声だけが唯一、台風の目のように安定して響き、シシックスに針路の変更を指示している。その一方で手は疲れも知らずにスクリブに数字を綴りつづけている。

「ブイは全部配置した」ジェンクスがヴォックスの向こうから告げた。「格子《ラティス》を組む用意ができたぞ」

世界そのものの時間が二重映しになっているのだが、それらの言葉は、まるでそれを運ぶ空気が濃くなったかのように宙に浮いているように思える。

「連結開始」アシュビーが言う。

「アシュビー、ポケットに当たっちまったみたいだ」シシックスが言う。

「ハマっちまう前に出ろ」アシュビーが言う。

「アシュビー、ポケットに当たっちまったみたいだ」

「ハマっちまう前に出ろ」

「アシュビー、ポケットに当たっちまったみたいだ」

「ハマっちまう前に出ろ」

「アシュビー、ポケットに当た——」

「三十イーベン、左舷《さげん》方向、今だ！」オーハンが叫ぶ。

シシックスがぐいと舵《かじ》を切り、船ががくんと揺れてうめき声をあげた。人工重力ネットがあるというのに、どういうわけかすべてがくるんと逆さまになったように感じられた。というよりも、もしかしたら最初からこちらのほうが逆さまだったのかもしれない。

「今のは？」アシュビーが言う。

「一時的なポケットです」オーハンが言う。

「どこだ？」

オーハンはスクリーンにちらりと目を向けた。「二十イーベン、右舷方向。幅五・五イーベン。じゅうぶんな距離をとってください」

「やってるよ」シシックスが言う。「ハマっちまわなくてよかった」

コービンがスクリーンを見て顔をしかめる。「どうやらハマっちまったみたいだぜ。燃料レベルが本来あるべき数値から〇・〇〇六パーセント下がってる」

「ブイは浮いてるか？」アシュビーが訊く。

「浮いてるよ」ジェンクスとキジーが声をそろえる。

「オーハン、出口はどこだ？」

「前方三・六イーベン」オーハンが言う。「上に二・九イーベン。右舷に一……いやちがう、〇・七三イーベン」

シシックスの鉤爪《かぎづめ》がコントロールパネルの上を飛ぶ。「用意はいいかい？」

アシュビーがうなずく。「パンチしろ」

はるか下のうなりが再開した。全員が座席にたたきつけられ、ぎゅっと目を閉じた。どすんという音と共に時間がもどった。ローズマリーは息を詰め、座席の肘掛けに食いこんでいた爪を離した。窓に目をやる。眺めが変わっていた。遠くのほうに、いくつもの惑星に囲まれた赤色矮星《わいせい》が見えた。惑星のひとつは部分的にテラフォーミングされており、GCの大型貨物船や輸送船の小船団が近くに浮かんでいる。新たな植民地を建設しているのだ。船の周囲の宇宙空間にチカチカとまたたく安全ブイが球形に浮かんでおり、〈ウェイフェアラー〉の作業範囲にほかの船が向かってくるのを防いでいる。

「で、これがおれたちが完璧と呼ぶものだ」アシュビーが言った。前方のパネルの表示を次々とチェックしていく。「空間減損なし、時間の断絶もなし。おれたちはまさしくいるべき時と場所にいる」

シシックスが歓声をあげた。ヴォックスからふたり分の歓声が、ラヴィーの祝いの言葉のうしろでくぐもって聞こえた。アシュビーは満足げにうなずいた。「キジー、ジェンクス、おまえたちふたりは引き続きケージ設置にかかってくれ。あとの者は、今日はこれで上がりだ。よくやってくれた、みんな。すばらしかった」

「ねえ、アシュビー」シシックスが言った。「記憶が正しけりゃ、あそこにいる大型輸送船には疲れた旅行者のためのイカした遊戯施設があるはずだよね」

「言うまでもないね」アシュビーはにやにや笑った。「今のでけっこうな額の報酬がはいったからな。二、三時間船を離れていいぞ。まあ、オーハンとラヴィーがおれたちのかわりにケージから目を離さないでいてくれるならだが」シアナット・ペアとAIはそろって承諾の声を出した。

シシックスはヴォックスに向けて叫んだ。「二時間後に大型船でパーティーだ」キジーの喜びの叫びが、〈酔い覚まし〉がどうとかうめくジェンクスの声をかき消した。シシックスはローズマリーに目を向けた。「で、新人さん。どう思った?」

ローズマリーはかろうじて笑みを浮かべた。「すごかったわ」それから、コンソールにどうにか背を向け、げろを吐いた。

GC標準306年　132—145日　仕事

「このゲームは嫌いだ」シシックスは市松模様のピクセルボードに向かって顔をしかめた。

アシュビーはスパイス・パンをかじった。「やりたがったのはおまえだぞ」

「うん、そうだけど、たまには勝ちたいんだよ。一回勝てたらもう二度とやらない」シシックスは両のこぶしに顎をのせ、ため息をついてビショップのほうに指を向けた。駒が前に進み、うしろにかすかなピクセルの跡が残る。「何世紀もこれで遊んできたっていう事実が、あんたたちの種族について多くを語ってるよ」

「ほう？　どういうことを？」

「地球人はどんなことでも不必要にむずかしくするってこと」

アシュビーは笑った。「勝たせてやってもいいぜ」

シシックスの目がきゅっと細くなった。「やめとくれよ」

〈金魚鉢〉のドーム窓に目を向けて、新しいプラズマ封じ込めケージの接合部が勝手に組み上がっていくのを見つめる。もう何時間かすれば、ここを出ていけるだろう。次の仕事がすぐに待っているというわけではないが、ぐずぐずとどまっている理由はない。市場に寄らなければならないし、久しぶりに地面を両足で踏めるのが楽しみだった。

「おいおい、いまだにピクセル・ゲームをしてるってことで、おれはアヤに笑われたんだぞ。そんなのはもう遅れてるって言われた」

シシックスは目をぱちくりさせた。「まさか彼女、頭にジャックをつけたんじゃないよね」

「ああ、ちがうちがう、スラッパーを使ってるだけだ」

「ならいいや。おっと」スラップ・パッチなら何も心配することはない。娯楽室にもひと箱あるが、小さなねばつくシートで脳幹のすぐ下に貼って使う。シミュレーションやビデオや〈リンク〉に自分を繫《つな》ぐニューラル・リンクをつくるために必要な道具だ。スラッパーが出回りはじめたときにはシシックスはもう成年に達していたので、ときどき使うだけで、やはりピクセルボードやスクリブといった有形の娯楽道具のほうが好みだった。一方ブレイン・ジャックのことを考えると、肌が粟立《あわだ》つ。どんなゲームにせよ、頭に差し込み口をつくるほど愛好するなど、想像もできなかった。

アシュビーがポーンを指さした。「それでなくても、八歳児の頭にジャックをつける医者がいるなんて、信じられないね。そんなことをさせる親がいるってのも信じられんが」

「キジーとジェンクスの友だちに会ったことはあるかい？」

「いい点を衝《つ》くな」

シシックスはメックをひと口飲んだ。いつもなら眠くなるドリンクを朝に飲んだりはしないのだが、今はケージが組み上がるまでは何もすることがないのだ。おかげで堂々とのんびりしていられる。しつこいけだるさを追い払おうと発熱ブランケットを肩に巻きつけてくるまる。「ちっちゃい脳みそたちは接続なんかしなくたってじゅうぶん働くからね。まあそれを言うならでっかい脳みそもだけど」

「おれもそうアヤに言ったよ」

「で、アヤはなんて?」

「おれを年寄り呼ばわりしやがった」アシュビーは顎の無精ひげをなでつつ、ボードをしげしげと見た。「おれは公式には年寄りの退屈なおじなんだ」

シシックスは笑った。「あたしはそうは思わないね。この前船団《フリート》を訪ねたときに、あんたはあの子にあたしたちのシャトルを操縦させたよね」

アシュビーはくっくっと笑った。「妹に殺されるとこだったよ」

「まさしくね。でもあのときのあんたはカッコよかったよ。ところで、あんたの番だけど」

ドクター・シェフがどたどたと菜園にはいってきた。二本の肢《あし》で歩き、残りの四本でガーデニング道具を持っている。「スパイス・パンはどうだい?」アシュビーに訊く。

「皮が前回よりちょっとぱりっとしてる」アシュビーが言う。「おれは好きだ」

「そう言ってもらえてうれしいよ。昨夜は大騒ぎだったから、みんなちょっと複合糖質をとったほうがいいと思ったんでね」

アシュビーはにやりとした。「おい、おれはちゃんと適当なところで輸送船のバーを出たぜ。自分の評判が傷つかないうちにな。まさしく自制の鑑《かがみ》だ」

「へっ」シシックスが言った。

アシュビーの顔にばつの悪そうな笑いが広がる。「まあな、たしかにおれはちょっとばかりハッピーになったかもしれん」

ドクター・シェフの喉から合唱のような笑い声がほとばしった。「少なくともあんたは静かだった。六時に医療室を襲ってたべろんべろんの地球人トリオとはちがってね」

「うわ」シシックスが笑いながら言った。「その三人は何をやったのさ?」

「ひどいことはしなかったね。キジーとジェンクスは〈酔い覚まし〉を探してたし、ローズマリーは診察台に倒れこんで、死んだように眠ってた。あの娘《こ》は本当に、あのふたりと飲みくらべをしたんだろうな」

シシックスはけらけらと笑った。「絶対やったんだよ。持ちかけたのはきっとあのふたりだ。あたしがバーを出たときには、強いのを六杯ずつやってべろんべろんになって、つまみの豆を頼んだとこだった。かわいそうに、ローズマリーは今日は大変だろうね。あんたが部屋に連れてってあげたのかい?」

「キジーが連れていった。貨物用エレベーターに乗せたんじゃないかな。キジーも足と頭の波長がまったく合ってなかったからな」

アシュビーは楽しげに首を振り、ルークを動かした。「まあな、技師ふたりはただ歓迎したかっただけだってローズマリーがわかってくれることを願うよ。彼女が二度と同じ目に遭わずにすむこともな」椅子に背をあずける。「それから、チェックメイトだ」

「ええっ?」シシックスが叫び、前に乗り出した。「まさか、そんな……待ってよ……ちくしょう」肩ががくんと落ちる。「これから策略にかかるところだったのに」

「台無しにしてすまん」

シシックスはボードをにらみ、いったいどこでまちがったのか見つけようとした。そのすぐ横で、ドクター・シェフがいつものように低いうなるような声でささやきかけながらプランターの世話をしていた。彼にとってはそれが沈黙なのだ。ぽっちゃりした指が伸び盛りの茎に撚《よ》りひもを巻いて補強していくのを、シシックスは見守った。ドクター・シェフの機敏さに、けっして驚きはしなかった。脚がついたプディングみたいに見えるが、六肢のおかげでダンサーも顔負けの敏捷《びんしょう》な動きができるのだ。

「ショウガの調子はどうだい?」シシックスは言った。

「よく肥えてるよ、ゴキゲンにな」そう言って、彼はまた背の高い茎に補強ひもを巻きはじめたが、自慢げに頰がぷっと膨れている。ショウガを育てようと言ったのはジェンクスだったが、クルーの料理リクエスト以上にドクター・シェフをご機嫌にさせるものはなかなかない。「だがね、白状すると、わたしは根っこよりも花を食べるほうがはるかに好きなんだ。根のほうは風味が強すぎる。シャクシャクしておいしいがね」

アシュビーがそちらを向いた。「ショウガってのは薬味だって知ってるよな? スパイスみたいなものだって?」

「え? いや、知らなかった。本当かね?」

「あんたはショウガをまるごと食べてたのか？」

「ああ、そうだよ」ドクター・シェフは轟《とどろ》くような笑い声をあげた。「スパイシーなイモみたいなものだと思ってた」

「あたしはイモってやつが理解できないね」シシックスが言う。「イモってやつは塩まみれにしてまずさに気づかせないようにするものだよね。イモなんか抜いて塩だけなめればいいじゃないか」

「おれに言うな」アシュビーは立ち上がった。「イモってのはただのかさ増し用だよ」

「もうゲームは終わりにする？」シシックスが訊く。

「ああ。十時をちょっとすぎた。ニュースフィードがアップデートされる」気軽な口調だったが、アシュビーの目には真剣さが宿っていた。

「わかったよ」シシックスは言った。彼がチェックしているのがどういうフィードなのか知っていて、ハグしてやりたい気分だった。一瞬だけぎゅっと抱きしめる、地球人のハグではない──何かを悩んでいる友にしてやりたいと思うような、時間をかけた温かいハグだ。だが地球人は、肉体関係のない間柄ではそういうタイプの抱擁はしないことを、ずっと前に学んでいた。そういうふうに、シシックスは持ち前のいろんな社交的本能を抑制することを学んできた。

ドクター・シェフはまたひとつひもを結び、満足げな声を漏らすと、アシュビーがすわっていた椅子にすわった。いちばん上の肢で、エンスク語の『コックにキスを』というロゴがプリントされたマグカップを持っている。キジーからの誕生日プレゼントだ。地球人でないクルーには誕生日を祝う伝統はないのだが、キジーはいつもそれを無視する。

シシックスはピクセルボードの横にすわり、メックのピッチャーを持ち上げた。「おかわりは？」

ドクター・シェフはちょっと考えた。「カップ半分だけならもらうよ。われわれ全員、たまにはのんびり過ごしたってばちは当たらないだろう」

「そうそう」シシックスはドクター・シェフのマグカップに半分ほど注ぎ、自分のカップには縁まで注いだ。ほろ苦さと甘みが同居する温かな飲料に潤され、ほっぺたと喉の筋肉がゆるむのが感じられた。両肩と首すじから腕にかけて、最初の一杯で和らいだ緊張がすべて洗い流されていく。ああ星々《スターズ》よ、メック大好き。

ドクター・シェフが肢でカップを包みこみ、ピクセルボードのほうを示した。「典型的な地球人のゲームだな」

「そうなの？」

「地球人のゲームはすべて、征服を基本とするものだ」

「それはちがうよ。協力するゲームもたくさんある。〈魔法使い戦争〉はどうだい？」頭のなかでいろんな魔法の世界を探検して楽しい冒険を共有するこのゲームに、キジーとジェンクスは最低でも十日間《テンデイ》に一度はプラグインしている――スラッパーを使ってだ、いかなあのふたりでもジャックをつくるほどばかじゃない。

ドクター・シェフは空いている肢をそっけなく振った。「わたしが言ってるのは脳内ゲームのことじゃない。こういうもののことを言ってるんだ」ピクセルボードを指さす。「古典的なものだよ。地球人が宇宙にほかの惑星があることも知らなかった時代からずっと遊んできたやつのことだ。すべて征服と争いだ。そう考えれば、〈魔法使い戦争〉だって似たようなものだ。プレイヤーは協調するが、目的は共通の敵を倒すことだ――それがゲームだからね」

シシックスはそれについて考えた。地球人が征服者だという発想には今でもつい笑ってしまう。実際にはちっぽけな能力しか持ち合わせていないことや、離郷移住民《ディアスポラ》たちが何ひとつまともにやりとげたためしがないというだけでなく、彼女が実際につきあっている人々がまったく気取りのない人々だからでもある。アシュビーはこれまで会ったなかでもっとも親切なひとりだ。あらゆる種族と比べても。ジェンクスは気に入った仲間と共に気持ちよく暮らしたいという以上の野心は持ち合わせていない。キジーは先十日間《テンディ》、エアダクトに落としてしまったサンドウィッチの後始末にかかりきりだから、彼女のクーデターを心配する必要はない。コービンは目障りで憎たらしいが、害はないし臆病者《おくびょうもの》でもある。それでも地球人の歴史は――少なくとも離郷前の歴史は――残虐行為と終わることのない戦争で満ちている。それについては、シシックスはけっして理解できない。

ドクター・シェフがチェスの駒をボードの上で進めた。「主題から言えば、グラム人のゲームもよく似ている。グラム人と地球人はいろんな意味でとてもよく似ていると思うよ。イリュオン人が船団を見つけていなかったら、地球人も死に絶えていただろうね。彼らは幸運に救われたんだ。幸運と、謙虚さを知ったことにね。地球人とグラム人とのちがいは、本当にそこだけなんだ。まあ、見かけはともかくね」くっくっと笑いながら、自分の身体を指さす。シシックスはいちばん近くにあるドクター・シェフの肢に手を重ねた。もう一世紀かそこらでグラム人はいなくなるだろうが、できることは何もない。ドクター・シェフがずっと前に、自分の種族が絶滅する運命にあるという考えを受け入れたことを、シシックスは知っていた。それを口にした今も、その声には悲しみも苦々しさもいっさいなかったが、だからといってシシックスがそれを感じないわけではない。

ドクター・シェフはシシックスの手をぽんぽんとたたいたが、それは自分のためというより彼女のためだ。肩越しにアシュビーに目をやると、彼はキッチン・カウンターに寄りかかってスクリブでフィードを読んでいる。ドクター・シェフは六つの気管すべての声を殺し、低くささやいた。「わたしの気のせいかもしれんが、アシュビーはこのところたびたびニュースをチェックしているようだな?」

シシックスはうなずいた。彼が言っている意味はわかっていた。「ケイロ人の植民星をロスク軍が激しい爆撃でたたいたんだ」

「それじゃ、そこに……?」

「そう、彼女が最後に向かってたとこだよ。フィードに詳細が載ってたわけじゃないけど」

ふたりのあいだに同情が漂った。アシュビーは自分と関わりのない戦争を心配しているのではないと、ふたりとも知っていた。彼が気にしているのは、その戦争の周縁にいるひとりのイリュオン人だ。彼女の名前はペイ。彼女とアシュビーはもう何年ものあいだ、睦《むつ》みあっていた。

ペイは民間の貨物船の船長で、医療品や弾薬、ハイテク機器、食品等々、イリュオン軍がほしがるものはなんでも運んでいる。仕事の性質が性質なので、戦闘のある地域に向かっているときには、超光速通信機《アンシブル》でちょっとおしゃべりすることもメールを送ることもできない。軍隊の位置をさらしたり、格好のターゲットにされる恐れがあるからだ。何十日《テンディ》間ものあいだ彼女からの音信がないこともたびたびあり、そういう期間にはニュースフィードをアシュビーがチェックしている姿がよく見られる。連絡があったり、居場所の見当がだいたいついているときは、アシュビーのニュースチェックはもっとターゲットを絞ったものになる。だからといって彼の気が休まるわけではないが、シシックスの見るところ、地球人というのはいつも、性的なパートナーがからむときはちょっとばかり愚かしくなる。

　シシックスほどアシュビーと親しくても、まだペイに会ったことはおろか、見たことすらない。ペイという女性は謎の存在だった。だがアシュビーが積極的に明かそうとしないのはシシックスのせいではなく、すべてはイリュオン人のとりすました性質のせいだ。イリュオン人にとって——とりわけ、尊敬すべき兵士たちといっしょに働いているとなると——異種族の相手との性的なつきあいはタブーなみにやっかいなのだ。〈ウェイフェアラー〉のクルーは当然、全員ペイのことを知っているし、アシュビーがそれを声高に言わない理由を理解している。みんなペイのことを話題にはしない——少なくとも、アシュビーが同じ部屋にいるあいだは。キジーでさえ、ほかのみんながいるところではおとなしく口をつぐんでいる。

「しょっちゅうニュースをチェックするのはアシュビーのためにもよくないな」ドクター・シ

エフが言った。「何かあっても彼女の名前がニュースに出るわけじゃないんだから」

「本人にそう言ってやんなよ」とシシックス。

「できない」ドクター・シェフはため息をついた。「わたしの娘たちが戦争に出ていたときは、わたしもまったく同じことをしていたからね。だからこそ、彼がやってるのが気に入らないんだよ。あれこれ考えあぐねることがどれだけ人の心を蝕《むしば》むか、よく知ってるからね」考えを振り払おうとするように、頬を揺する。「えらく重たい話になってしまったな。ゲームをやらないか？　今日の午前中はもうたくさんかな？」

「やるやる。チェスでいい？」

「いいや、ごめんだね。何かエイアンドリスク系のゲームをしよう。きみが大好きな〝チームを組んでパズルを解こう〟系のゲームはどうかな？」

「〈ティキット〉は？」

「ああ、〈ティキット〉は好きだよ。でももう何年もやってないな。ポート・コリオルに住んでたころ以来だ」

「まあ、あたしも得意ってわけじゃないからね、あんたとならバランスのとれたチームになりそう」シシックスはボードに向かってゲームの変更を告げた。それに従い、ピクセル粒子が配列を変える。「で、エイアンドリスク系のゲームってどう？」

「どうとは？」

「エイアンドリスク系のゲームからあたしたちについてどういうことがわかる？」

「賢い種族だということだ。分けあうことが好きで、ほかの種族と同じ程度にちょっとばかりうまくいかないところがある」

シシックスは笑い声をあげた。「反論はできないね」

ふたりはゲームをはじめ、会話は〈ティキット〉の戦略に移行した。シシックスが勝てそうだと思いはじめたとき、アシュビーが沈黙を破った。「うわ」独り言のように言い、それからもう一度、みんなに聞こえるように言いながら、ふたりのほうに急いでもどってきた。「うわあっ」

「大丈夫かい？」シシックスが言った。宇宙船クルーは全員、ほんのちょっとのあいだにいろんなよくないことが船に起こりうることをよく知っていた。特に、新品のトンネルの口でじっとしているときは。クルー仲間があわてているのを見ると、いつもアドレナリンがどっとあふれるのだった。

「おれたちは大丈夫だ」アシュビーはピクセルボードの横にスクリブを置き、スクリーンに向かって手を振った。スクリーンにあらわれたビデオ・フィードが宙に飛び出し、スクリブの上に浮かんだ。地球人のニュース番組だ――レポーターのアクセントからすると、船団発のものだろう。シシックスとドクター・シェフは身を乗り出して聞き入った。

「――加盟に関する話しあいがいつからおこなわれていたかはまだはっきりしませんが、複数の情報源によると、少なくとも二標準年のあいだ、少人数編成の銀河共同体《GC》使節団がトレミ・カ氏族と秘密裏に交渉をおこなっていたということです」

「トレミ人と？」ドクター・シェフの頬ひげが驚きのあまりこすれあった。その肉体反応をまねすることはできなかったが、シシックスも同じ驚きを味わっていた。トレミ人はたびたびニュースで取り上げられるような種族ではない。銀河系の中心部《コア》を囲む細いリング状の領域を支配している種族だということと、何十年ものあいだせっせと同種族内で殺しあいをしていること以外、シシックスはほとんど知らない。

アシュビーは認めると同時に信じられないというように、首を振った。「トレミ人の氏族のひとつがついさっきGC加盟を認められたんだ」

シシックスはマグカップを置いた。「何だって？」頭がくらくらした。「ちょっと待って、何だって？」

もしそれが本当なら、GC議会は正気をなくしたのだ。トレミ人は、ごくわずかな風聞によると、凶暴かつ理解不能な種族であるようだ。協調性は皆無。およそ五百標準年前にハーマギアン人により発見された。銀河系のコアのまわりを、潮流に乗った魚のようにぐるぐるとスキップ航行している（それはとんでもなく危険なことだ）トレミ人の船がレーダーに映ったのだ。そんなことをしている理由は誰にもわからず、トレミ人のほうも銀河系のおとなりさんたちと話をすることにまったく興味を示さなかった。四十標準年ほど前まで、トレミ人はそのさすらいのようなループ移動を続けていたが、それからぴたりと止まり、特定の領域をめぐってたがいに殺しあいをはじめた。これもまた、理由は誰にもわからない。近づいていってたずねることも、誰にもできなかった。トレミ人はコアへの経路をすべて遮断し、近づいた船はすべて追い払われた。うっかり流されていった船はばらばらになってもどってくるか、完全に消息を絶つかだった。だが、侵入船を血祭りにすることを除けば、トレミ人は誰とも関わりを持たず、遮断されたコアに近づけないことに不満を抱く起業家や科学者たちを別にすれば誰も気にかけてはいない。

アシュビーは人差し指を唇に当て、スクリブを指さした。「――GC使節団委員会からの公式発表によれば、トレミ・カはトレミ人のなかで現在唯一、この加盟協定に賛同している氏族だということです」レポーターが説明する。「ほかの氏族は協定に対して中立を保ち、GCに対して敵意はいっさいあらわしていないと報告されています。GCはトレミ・カの保証人となり、次のように宣言しました――そのままの引用です――『われわれはわれらが新しい加盟者、より統合された銀河系の利得を享受することに同意した加盟者の善意を支持する』新たな加盟協定の一部として、GCはトレミ・カによるほかのトレミ氏族への攻撃に助力はしません。しかしながら、トレミ・カとGCが共有する領域を守るための軍事力の使用は認めるでしょう」

ドクター・シェフがあざけった。「言い換えれば、トレミ・カは国境線にGCのでっかい軍艦を並べ、GCはその向こう側にあるアンビを楽に手に入れられるようになるってことだな」やれやれというように首を振る。「仲間内で戦争をするような種族からはろくなものは得られない。これまでも、これからも」

ドクター・シェフの目が小さくなり、深いため息が漏れた。彼の思考が自身の種族と、その戦争に向けられたことに気づいたシシックスは、手をのばして彼のいちばん上の肩をぎゅっと握った。ドクター・シェフの目がふたたび大きくなり、彼女に焦点を合わせた。もどってきたのだ。彼はぷっと頰をふくらませ、肢のひとつをシシックスの鉤爪《かぎづめ》の上にのせた。

「待てよ」アシュビーが言った。「ふむ」

「何?」シシックスが言う。

アシュビーは目をしばたたいた。「これがヨシが言ってたことか」シシックスを見やる。シシックスは理解した。

「あたしたちでやれるよ」そう言って、うなずいた。「そうとも、あたしたちでやれる」

「何をやれるって?」ドクター・シェフが訊いた。

「アンビを掘り出して採るんなら、荷物を持ち帰る道が必要だよね」

「そして貨物輸送船団用トンネルをつくる前に、とりあえず単船ホップが必要になるだろう」アシュビーがじっと考えをめぐらせながら背すじをのばす。「これこそまさにおれたちを一段上に導いてくれる仕事だ。こういう仕事は安い報酬ってことはないからな」

「仕事」ドクター・シェフがくりかえした。「あんなところで仕事をしたいのかね? あんなやつらと?」

「どんなトンネル屋だって、このニュースを聞いたら飛びつくよ」シシックスが言う。

「それならそいつらを出し抜かなきゃな」とアシュビー。「熱意あふれる売りこみメールを書こう。ヨシにも連絡しなきゃな」

「ヨシがそういうプロジェクトを率いるほどの大物だと思ってるのかい?」

「まさか。だが彼は誰とコンタクトをとればいいか知ってる。ラヴィーに彼へのシブチャット招待を出してもらおう。向こうが何時なのかおれには見当もつかんからな。おまえは現在地からGCセントラル領域までどれぐらいかかるか、概算を手伝ってくれ。パンチをはじめるのはたぶんそこからになるだろう。ローズマリーはもう起きてるか?」

シシックスは昨夜のローズマリーのようすを思い返した――片手をついて頭を支え、満面に笑みを浮かべて、ろれつがまわっていなかった。「まだ寝てると思うよ」

アシュビーはあきれ顔で目をぐるりとまわした。「〈酔い覚まし〉を飲ませろ。このために彼女を雇ったようなものだ」

「彼女用に朝食をつくろう」ドクター・シェフが言い、シシックスに向けて指を振った。「あのふたりに言ってくれ、とんでもないときに新人をつぶしてくれたものだとね」

「いちおう弁護しとくと」シシックスは立ち上がった。「GCが正気を失ったのはふたりのせいじゃないよ」

返信

暗号度:1

差出人:ヴラー・モク・ハンシブイン(パス:4589-556-17)

宛先:アシュビー・サントソ(パス:7182-312-95)

主題：トカス／ヘドラ・カ・プロジェクト

ご丁寧な挨拶をありがとう、サントソ船長。わたしはヴラー・モク・ハンシブインと言う者で、ＧＣ運輸省を代表して返信している。トレミ・カ領域へのトンネル建設についての熱意あるメールを受け取った。ＧＣ領域とわれらが加盟者たちを繋ぐ連絡路の建設はＧＣ議会にとってかなり優先度の高い事項だ。宙際《ちゆうさい》協力の新たな一章を開くためにきみのような熟練した建設者の力が大いに必要とされている。

きみの実績とこちらの要望を照合した結果、トレミ・カ相手の仕事には〈ウェイフェアラー〉が最良の選択だと思われる。この決定に至ったのは、きみの仕事の腕だけでなく、資格のある事務員を雇うというきみの最近の決断のおかげでもある。事務員の雇用はきみがＧＣ運輸省の基準を遵守する姿勢のあらわれだとわれわれは見ている。

われわれは喜んできみに次のプロジェクトの依頼をするつもりだ。ＧＣはセントラル領域（トカス・ゲートウェイ）とトレミ・カ領域の首都惑星ヘドラ・カを繋ぐ新たな単船用トンネルを必要としている。これができれば、あの領域に行くのに現在使っているピンホール・タグボートは必要なくなるし、貨物輸送船団用トンネル建設に向けての第一歩を踏み出すことにもなる。仕事を請ける前に、このプロジェクトの諸条件について慎重に考えてもらいたい。

通常なら未投錨《みとうびよう》領域に接続するにはブラインド・パンチがもっとも妥当な手段だが、ヘドラ・カは内戦の緩衝地帯にある。当然きみは気づいているだろうが、そういった場所の環境リスク要因のため、トカスからブラインド・パンチをするのはほとんど不可能だ。空間安定性と関係者の生命の双方を保護するために、ヘドラ・カとトカス・ゲートウェイ間には投錨パンチが必要となる。現在、ＧＣ領域とトレミ領域を繋ぐトンネルは皆無なので、これは困難な試みだ。そこで、〈ウェイフェアラー〉にはまず、ＧＣ辺境にあるデル＝レク監視ステーションに行ってもらいたい。そこがＧＣ領域とヘドラ・カ間のもっとも近い投錨地点だ。そこでピンホール・タグボートがきみの船と落ち合い、ヘドラ・カまで連れていく。そちらの現在位置を考えると、デル＝レクまでは〇・八から〇・九標準年かかる――ルート次第だが。ピンホール・ジャンプでさらに四日が加わるだろう。きみの宙航時間短縮を助けるために、ＧＣは別の建設業者を雇って、トカスに前もって出口ケージを設置するつもりだ。

異例の提案だということはわれわれも承知しているが、状況を考えると、このプロジェクト完遂のためにこれ以上妥当な計画はない（必要もない）。また、必要とされる航行時間を実現するにはきみの船及びクルーの状態が重要であることも承知している。ＧＣはプロジェクトの報酬に加え、航行中のきみたちの基本的な生活及び操船に関わる出費も負担する。宇宙空間航行中には予期せざる遅延が発生する可能性があることも、その道中にクルーの精神衛生のためにたびたび休憩をとる必要があることも承知している。これらの必要をかんがみて、到着日を決めることはしないが、そのかわりに必ず、３０７年１６５日までに到着してほしい。また、航路の選定及び必要に応じた休憩停泊はそちらの自由にしていいが、航路は効率を重要視して決めること。きみのクルーや船がこの条件に耐えられるという自信がなければ、このプロジェクトを断ってもらったほうがいいだろう。
ヘドラ・カ・プロジェクトの報酬は三千六百万クレジットだ（経費は別、交渉の余地なし）。306年155日までに返事をしてもらいたい。それまではほかの建設業者には話をしないので、じっくり検討してくれ。このプロジェクトについて何か質問があれば、遠慮なくわたしのオフィスに連絡してほしい。もしわたしがいなければ、わたしのAI、トゥーグーが力を貸すだろう。

敬具
ヴラー・モク・ハンシブイン

アシュビー（〇〇：一〇）シシックス、いるか？
（〇〇：一一）スクリプを取れよ
（〇〇：一四）おーい？
シシックス（〇〇：一五）メールして
（〇〇：一五）ホントに
（〇〇：一六）くそねむいったら

アシュビー（〇〇：一六）起きたか？
シシックス（〇〇：一七）うん
（〇〇：一七）朝のこんな時間にボスに起こされるなんて
アシュビー（〇〇：一七）すまん。大事な話なんだ
（〇〇：一七）さっき転送したメールを見てくれ
シシックス（〇〇：一八）どうしてあたしの部屋に来ないんだい
アシュビー（〇〇：一八）話を誰にも聞かれたくないんだ
シシックス（〇〇：一八）船は大丈夫？
アシュビー（〇〇：一八）ああ、とにかくメールを読んでくれ
シシックス（〇〇：一九）ちょっと待って

（○○：一九）ベッドをあっためないと動けない

アシュビー（○○：一九）発熱ブランケットがあるだろ

シシックス（○○：二四）よし、ましになった
（○○：二四）やっと両手が動くようになったよ、ヤッホー

アシュビー（○○：二四）**いいから読め**

シシックス（○○：二四）わかったわかった
（○○：二七）**なあんてこったい**

アシュビー（○○：二七）しっ、おまえが叫んだのが壁ごしに聞こえたぞ

シシックス（○○：二七）アシュビー
（○○：二七）これって
（○○：二八）すっげえじゃん
（○○：二八）あたしら大当たりをぶちかましたね

アシュビー（〇〇：二八）シシックス、うるさくするのをやめないと、外に放り出すぞ
シシックス（〇〇：二八）どうしてうるさく**しないで**いられると思う？
（〇〇：二八）この金額見たかい
（〇〇：二九）**しかも経費は別**
（〇〇：二九）アシュビー、これって昨年の収入を全部合わせたより多いじゃん
（〇〇：二九）しかもこれはまるまる利益になるんだよ
（〇〇：三〇）まるもうけだよ、経費抜きの
アシュビー（〇〇：三〇）わかってる
（〇〇：三〇）まだ信じられん
シシックス（〇〇：三〇）新しい穿孔機《ドリル》を買えるじゃん、楽勝で
（〇〇：三一）それに新しい機器だって何でも買える
（〇〇：三一）前に話してたみたいにさ
（〇〇：三一）すっげえよ、アシュビー
（〇〇：三二）厚かましいことを言うつもりはないけどさ、クルーにはボーナスが

出るよね
（〇〇：三二）たとえばの話だけどさ
アシュビー（〇〇：三二）ああ
（〇〇：三三）信じられんよ、まったく
（〇〇：三三）だが慎重にふるまわなきゃならん
（〇〇：三三）とんでもない長距離移動だからな
シシックス（〇〇：三四）仕事のあいだの長距離移動には慣れてるさ
（〇〇：三四）大丈夫だよ
アシュビー（〇〇：三四）こいつはほとんど一標準年かかる移動って話だぞ
（〇〇：三五）つまり長期休暇はなし、航路上にいない家族に会いに行くこともできないし、宙航食ばっかりになるってことだ
シシックス（〇〇：三五）まったく寄港できないわけじゃないよね。あたしがすっぱらしい航路を組み立ててあげるよ、市場や地に足をつけて立てる場所にたっぷり寄れるようにね

アシュビー（〇〇：三六）わかってる
シシックス（〇〇：三六）でも？
アシュビー（〇〇：三六）行くのはトレミ領域だぞ
（〇〇：三六）トレミ人ってのはずっと戦争をしてるやつらだ
（〇〇：三七）それにやつらについてはほとんど何もわかってない
シシックス（〇〇：三七）アシュビー、ＧＣは安全じゃないところにあたしらを送ったりはしないよ
（〇〇：三八）あたしらは非武装トンネル建造船だ、誰もあたしらにかまったりはしないさ
（〇〇：三八）もし問題があっても、長い移動期間中にＧＣが外交的手段ってやつで解決してくれるよ
（〇〇：三九）それにきっと目的地には役人どもやＧＣ軍がうようよしてる
（〇〇：三九）あたしたちはただそこに行って、パンチで穴をあけてぴょんとジャンプしてもどってくればいいんだよ

アシュビー（〇〇：四〇）おれたちが着くころにやつらがまた種族内で殺しあいをはじめないかぎりはな
（〇〇：四〇）やつらがどんな言語をしゃべるのかすらわからないんだ
（〇〇：四一）おい
（〇〇：四一）待てよ
シシックス（〇〇：四一）何
アシュビー（〇〇：四二）ローズマリーだ
（〇〇：四二）ローズマリーのことを考えてなかった
（〇〇：四三）彼女はこれに耐えられると思うか？
シシックス（〇〇：四三）仕事にってこと、精神的にってこと？
アシュビー（〇〇：四三）両方だ
（〇〇：四四）一標準年てのはおれたちみたいな宇宙暮らしにとっても長い
（〇〇：四四）こんなこと彼女は考えてもいなかっただろう

シシックス（〇〇：四五）まあね、仕事が続くかぎり、彼女が爪を研ぐ時間はたっぷりあるさ
（〇〇：四五）いわばね
（〇〇：四六）私生活については、彼女は家族についてのあたしの質問を全部はぐらかしたよ。それに彼女は独身だ
（〇〇：四六）実家を訪問したがってるっていう印象はないしね
（〇〇：四七）それにメールにもあったじゃない
（〇〇：四七）彼女を雇ったおかげでこの仕事にありつけたんだよ
（〇〇：四七）だからたとえ彼女がこの先ずっと役立たずだとしても、少なくともすでに役に立ってくれたんだ
アシュビー（〇〇：四八）ひでえ
シシックス（〇〇：四八）冗談だよ
（〇〇：四八）まあね
アシュビー（〇〇：四九）すごい大金だぞ
（〇〇：四九）これだけあればなんだってできる

（○○：五〇）それにしてもすごいプロジェクトだ

シシックス（○○：五〇）さっきも言ったけどさ
（○○：五〇）大当たりだよ
（○○：五一）あんたが勝ち取ったんだよ
（○○：五一）あんたとは長いつきあいだけどさ、アシュビー
（○○：五一）いいかい
（○○：五一）これはあんたが勝ち取ったんだよ

アシュビー（○○：五二）ありがとうよ、シシックス
（○○：五二）起こして悪かったな。おまえの頭脳を借りなきゃならなかったんだ
（○○：五二）この件はクルーと話しあう必要がある。決めるのはそれからだ

シシックス（○○：五三）それじゃ、みんなと話しあおう

アシュビー（○○：五三）だめだシシックス、待て

船内すべてのヴォックスがわめいた。「**全員起きろ！　ビッグニュースだよ！　クルー・ミ**

ーティングをするよ！　五分以内に娯楽室に集合！」
アシュビー（〇〇：五四）放り出してやる、シシックス
シシックス（〇〇：五五）あたしを愛してるくせに
フィード源：銀河共同体参照ファイル（公用語／クリップ語）
分類ワード：天文学　＞　われわれの銀河系　＞　区域　＞　銀河系中心部（コア）　＞
　天然資源
暗号度：0
他言語翻訳：0
複写：0
個人確認番号：9874－457－28、ローズマリー・ハーパー

銀河系中心部――通称コア――は幾多の珍しい天体現象を擁しており、そのなかには超巨大ブラックホールと高密度星団も含まれている。これら特異な条件から、銀河系中心部は宇宙船建造やテラフォーミングに使われる金属・鉱物資源だけでなく、アンビのような燃料物質資源

においてもこの銀河系最大の産出源である。推測でしかないが、学界の通説では、銀河系中心部でのアンビ埋蔵量はGC領域すべての四倍以上とされる。これらの資源の存在はハーマギアン人による遠距離探査で確認されているが、銀河系中心部はトレミ人が領有主張しているため、GC加盟種族による調査は大半の地域でなされていない。

関連項目：
ブラックホール
降着円盤
星団
アンビエント・エネルギー理論
商業的燃料資源
アンビ採取
トレミ人
恒星間探査（ハーマギアン）
宇宙船建造
テラフォーミング
銀河系諸区域と領域（われわれの銀河系）
われわれの銀河系についての伝統的呼称（種族別）

ＧＣ標準３０６年　１６３日　ポート・コリオル

　アシュビーは偏見の強い男ではないが、ポート・コリオルが好きではないと言う相手は何点か減点する。銀河共同体宙域《ＧＣ》には種族を問わず宇宙暮らしの民を歓迎する中立市場がたくさんある。ポート・コリオルはそのなかでも特別な場所で、買い出しの必要がなくとも、わざわざ立ち寄ってみる価値がある。四方八方に広がる通りには露天商がひしめきあい、衣類をはじめとする種々雑多な品々があふれている。中身を抜かれて倉庫や飲食店に変えられた元宇宙船。積み上げられたがらくたの山のわきには各種の修理職人がおり、誰もが探している部品を見つけることができる――改造した最新のエンジンの自慢を職人どもがしゃべりたてるのにじっと耳を傾ける忍耐があればだが。冷たい地下壕に並ぶ店にはボットやチップがぎっしりと詰まっていて、うさんくさい技師や改造屋《モッダー》が四六時中考えうるかぎりのインプラントを見せびらかしつつ群がっている。食べ物の屋台は、油ぎったスナックから高級珍味まであ りとあらゆるものを売っている。〝本日のお薦め〟がずらずらとメニューに並んでいる店もあれば、出すものがあまりに特殊すぎて、カウンターで「一人前をくれ」と言うしかないような店もある。さまざまな知的種族がそれぞれの言語を使って目まぐるしくしゃべり、手を振ったり前肢を打ち合わせたり、触手をこすりあわせたりしている。

こんな場所をどうして好きにならずにいられるだろう？

だが、ＧＣのいたるところにある小ぎれいなプレハブの交易センターに慣れている者には、ポート・コリオルはちょっと騒々しすぎるかもしれない。そういうセンターはどこも同じ、画一的でおもしろみがない。ポートの市場は商売のみに特化しており、こうした植民地の自由でなんでもありの雰囲気こそがみなに愛される——見る者によってはいかがわしく見える——理由だ。ポートはちょっとばかり汚いし、あちこちくたびれていることは否めない。だが、危険か？　とんでもない。犯罪にしても、おおむね、バックパッカーの学生やだまされやすい旅行客を狙ったケチくさい詐欺どまりだ。まともに働く脳みそがあるかぎり、ポート・コリオルはほかのどの場所とも同じ程度に安全だ。商取引もきちんと規制されている——一般にそうあってほしいと思われる程度には。港湾当局の怒りを買うような商人は長続きはせず、あやしげな商品をあつかう商人たちでさえ、監視の目をかいくぐるためにまっとうな許可をたくさんとり、合法的な商品もあつかっている。ポート・コリオルの闇市は秘密というわけではないが、注意深く運営されている。とはいえ、アシュビーは闇市を使うなどという運試しをするわけではない。免許を失えば一巻の終わりだし、クルーまで道連れになる可能性もある。エンジンに〝ちょっと活を入れる〟モノを買わせてよとキジーにいつも頼みこまれるが、あやしげなものには近寄らないほうが賢明だ。

クルーを連れて混みあっているシャトルドックを抜けていくアシュビーの肌を、ポートのやわらかなオレンジ色の太陽が暖かく照らしていた。いつも密閉された壁と分厚いプレキシグラスに囲まれて暮らしているため、外に出ると気分が一新する。だが、いつものことながら、彼はにおいのことを忘れていた――燃料と埃《ほこり》とスパイスと火と香料、厨房《ちゅうぼう》の油、溶けた合金と十を超える種類の知的種族の体臭が混じりあった強烈なにおい。そしてその陰に、周囲の浜から発せられる海藻くさい悪臭が常に漂っていた。ポート・コリオルは惑星コリオルの唯一の衛星上に存在するのだが、自転と公転の同期により常に同じ面を主星に向けているため、静かな海面を覆う分厚い浮き滓《かす》の上に、遮られることのない日光がさしている。この衛星に居宅をかまえている商人や事業家は暗い側《ダークサイド》に家を建てることが多い。陽光と悪臭を避けるためだ。

　多くの知的種族――シシックスやドクター・シェフをはじめとする――にとって、この悪臭はフィルターなどでごまかせるものではない。さまざまな形や材質のマスクをつけている姿はよく見られる――ここで暮らしている人々ですらも。シャトルドックには、ポート名物の悪臭について何の警告も受けずにやってきた新参者のためにマスクを売る屋台がずらりと並んでいる。だが、比較的嗅覚《きゅうかく》の鈍い地球人は、鼻をむきだして通りをうろつくことができる。まあ、ほとんどの地球人は。コービンはフルフェイス型の呼吸ヘルメット、〈外肺《エクソラング》デラックス〉をつける。空中に漂っているアレルゲンや病原菌を除去する現在最高の濾過《ろか》システムを誇るずしりとした装置だが、アシュビーにはしぼみかけた風船をつけたクラゲ水槽のように見える。

「目的地はどちらですか」クイックトラベル・デスクのAIが言った。こいつはラヴィーのような自由思考プログラムではなく、指示されたことしかできないタスク限定モデルだ。外装はハーマギアン人の頭を模しており、表情再現のために顎の触手まで正確につけてあった。白くむくんだような長い顔は皮膚に似せたポリマーで覆われ、モデルにした種族にまったく似ていないわけでもなかったが、デジタルの声はガーガーとひび割れ、触手は痙攣《けいれん》する老人のようにひくついている。どう見ても生きているようには見えなかった。

「昆虫《バグ》ファームまでふたり」アシュビーは言い、自分とドクター・シェフを指さした。AIは了解した旨を告げた。アシュビーはコービンを指した。「藻類取引所にひとり」了解の声。アシュビーはジェンクスを指した。「テック地区にひとり」アシュビーはシシックスのほうを向いた。「おまえたちは歩いていけるよな?」

「うん」シシックスが言う。「あたしたちはここのゲートからはいってあれこれ見てまわるよ」

「以上だ」アシュビーはカウンターの上のスキャナーにリストパッチをかざした。ビーッという短い音がして、料金が支払われたことが示された。

「ありがとうございます」AIが言った。「クイックトラベル・ポッドはすぐに配送されます。追加の移動や目的地が必要となりましたら、このキオスクの上に表示されているのと同じクイックトラベルのマークを探してください。もし視覚を持たないのでしたら、無料の通知器をこここから――」

「ありがとうよ」アシュビーは言ったが、AIはしゃべりつづけている。アシュビーはクルーを連れてブースから出た。ジェンクスはあとに残った。

客が出ていってしまっても、AIはしゃべりつづけていた。「通知器はあらゆる種族に適応

するモデルとなっており、クイックトラベルのオフィスに近づくとさまざまな感覚刺激により
お知らせします。感覚刺激というのは嗅覚、味覚、聴覚、触覚、神経への刺激――」

「ジェンクスは来ないの?」ローズマリーは訊いた。

「ジェンクスはいつもあのスピーチが終わるまでじっと聞いてるんだ」キジーが愛おしそうな笑みを浮かべて言った。「礼儀に反するっていう理由でね」

ローズマリーはべらべらとしゃべり続けているAIを振り返った。「あれは知的モデルじゃないんでしょ?」

「そうだな」アシュビーが言う。「でもジェンクスにそう言ってみろ。やつはいつもAIに敬意を払ってるんだ」

「ばかげてる」コービンの声はフルフェイスのマスクのせいでくぐもっていた。

「あんたの頭といっしょだよ」シシックスがささやく。

コービンが言い返すより先に、アシュビーがみんなに告げた。「よおし、みんな。要領はわかってるな」ジェンクスがAIに礼儀正しくうなずき、こちらに歩いてくるのを見守る。「いつもと同じだが、今回の買い物にはGCの支払いチップが使える。どうしても必要な買い物だけだぞ。それ以外のものは自分のリストパッチで払え。GCはフルコース料理やボディマッサージの請求書を受け取るのはよしとしないだろう」

「それじゃ、おれはひとりの午後を過ごすとするよ」ジェンクスが言った。

「ローズマリー、みんなにチップを渡してくれたな?」

「ええ」ローズマリーは言った。「それからみなさん、GCが認めてくれる出費項目の一覧表をスクリプに保存しておいてくださいね、参照できるように」

「よし。買い物リストの品を全部そろえたら、朝まで好きにしていい。十時までにもどってきてくれ」アシュビーのスクリプがピンという音をたてた。新しいメールがはいったしるしだ。

「すまん、ちょっと待ってくれ」アシュビーは肩掛けかばんからスクリプを出し、スクリーンに向けて指を振った。メッセージがあらわれた。

受信メッセージ
暗号度：3
他言語翻訳：0
発信者：不明（暗号化されている）

アシュビーの心臓がどきっとはねた。

ボロっちいトンネル建造船がドックインしたのに気づいたわよ。わたしは国境地帯からもどってきたところだけど、またすぐに出発する。三時間後に、二日間だけの休暇にはいるのよ。ひとりになることは確定してるけど、いっしょに過ごしてくれないかしら？

署名はなかったが、その必要はなかった。ペイからのメールだ。彼女がここにいる。何より重要なのは、彼女が無事だということだ。彼女は生きている。

何十日間《テンディ》もの緊張がじわじわと溶け去っていくのが感じられたが、アシュビーはどうにか平静を装った。スクリブをかばんにもどすと、顎を手でさすった。くそ。ひげを剃《そ》ってない。まあ、いいか。ペイは貨物船の船長だ。彼女の種族は無毛だが、彼女ほど身だしなみの不備を受け入れてくれる人はほかにいない。

みなのほうに向き直ると、シシックスがじっと見つめていた。アシュビーは彼女に眉を上げてみせ、それから船長顔になった。

「おい、みんな何をぐずぐずしてる？　いろいろ買いに行け」

ローズマリーは急いで同僚たちを追いかけた。迷子になりたくなかった。シャトルドックもいい加減混みあっていたが、人込みを縫うようにして市場のゲートをくぐると、人の波にさらわれてしまいそうな感覚はいっそう大きくなった。だが、彼女が恐れているのは迷子になることではなかった。恐れているのはひったくりや痴漢に遭うこと、刺されたりすることだ。数は少ないながら、いかにも人を刺しそうな輩《やから》がうろついている。それにこういう場所にはリストパッチ泥棒がいるのではないだろうか？　ポート・コリオルを訪れた人が性質《たち》の悪い店にうっかり迷いこんで、意識がもどったらパッチを埋めたほうの腕を切断されて路地にころがっていたという話があったような。まあ、ちょっと考えすぎかもしれないけど、今さっきすれちがった顔じゅうがインプラントのモザイクみたいになっているイリュオン人のことを考えると、腕を切り取るパッチ泥棒の可能性は捨てきれない。シシックスといっしょなのがありがたかった。彼女がいると心強いし、派手な服装で大声でしゃべりたてて目立ちまくっているキジーはこそ泥よけになってくれそうだ。ふたりとも、きちんと身の処し方を知っているように見える。いっしょにいる自分もそう見えますようにと、ローズマリーは願った。

「ほんとにテック巣窟《そうくつ》に行かなくていいのかい、キジー?」シシックスが訊いた。

「いいよ。ジェンクスにリストを渡してある。あとでちょっとのぞいて挨拶して、あれこれ見てみるさ。でも今はやっと外に出られたとこだからね。広い空と新鮮な空気を味わいたいのさ」両腕を大きく広げてこれ見よがしに息を吸いこむ。

「まあ。そうだね。新鮮な空気ねえ」シシックスはマスクを通して呼吸しながら言った。

「あんたならわかってくれるだろ、ローズマリー?」キジーがローズマリーに話を振った。

「あんたは惑星の地表で育ったんだから」

「本物の重力っていいものだわ」ローズマリーは言った。

「うわ、あんた、宇宙酔いしてた?」

「ほんのちょっとだけね。でも問題はないわ、慣れてきてる」

「それならバランス・ブレスレットを探しにいこう。絶対どこかで売ってるから」

シシックスがひやかした。「あんなの、インチキだよ」

「そんなことないさ」キジーが言う。「おばあちゃんがさ、ずっとはめててさ、すっごくよく効くって言ってる」

「あんたのおばあちゃんはたしか、免疫ボットと話ができるって思ってたよね」

「わかったよ、そうだよ、でもおばあちゃんは宇宙酔いにかかんな——うわ、くそ」キジーは視線をブーツに落とした。「あいつらと目を合わせちゃだめだよ」

ローズマリーはキジーのパニックのもとを見てから、目をそらした。それは飾り気のないテーブルで、テラリウムや情報チップを山盛りにした粘土製（粘土！）の鉢がぎっしりと並んでいた。フローレンスの公共の広場で見慣れていたので、店主たちのいでたちですぐに何だかわかった。大昔の月面探検者たちのような重厚なバイオスーツを着ている。密閉して膨れ上がった姿はコービンのヘルメットがまだましに思えるほどだった。そうして使い終えたスーツは密閉容器に入れ、ロケットで宇宙に打ち上げて捨てるそうだ。彼らにとっては標準的な除染ではじゅうぶんではない。免疫系を損ない、ひいては地球人の進化の自然な流れを損なう危険を冒すわけにはいかないからだ。

ガイイスト。イカれた宗派だ。

「しまった」キジーが言った。「目を合わせちゃった」

「よくやった、キジー」シシックスが言った。

「わざとじゃないって！」

ガイイストの男がまっすぐ近づいてきた。グローブに覆われた両手で球形のテラリウムを持っている。「やあ、同胞よ」スーツのフェイスプレートの下についている小さなヴォックスが男の声を伝えた。そのクリップ語は流暢《りゅうちょう》だがなまりがひどく、ふだん使いはしていないことをにおわせた。「きみらの母なる星が秘める驚異の世界のミニチュアを見ていかないか?」シシックスのことはまったく無視して、キジーとローズマリーにテラリウムを差し出す。

ローズマリーは「いいえ、けっこうよ」とつぶやき、キジーは「ちょっと用事が」というようなことを口走った。

「あたしは見たいな」シシックスが言った。

ガイイストの表情がヘルメットのなかでかたまった。ひきつった笑みを浮かべて、男はテラリウムを掲げた。プレキシグラスの容器のなかで、苔《こけ》に覆われた床面から複雑な形をした黄色い花がのびあがっている。

「これはランだ」耳慣れない単語がクリップ語のなかで奇妙に響いた。「地球の沼地や雨林に生える繊細な植物だ。地球のさまざまな植物と同様、この美しい花も〈崩壊〉のあいだに野生環境では絶滅した」男の目はキジーとローズマリーをかわるがわる見て、ふたりの興味を引こうとしていた。「故郷の同志たちの努力により、ランは小さいながら復活した雨林で無事に根づいているのだ」

「きれいだねえ」シシックスが心からのような声をあげた。花を指さして、連れに頭を向ける。「あんたたちの性器ってこの花みたいに見えるよね?」

キジーが大笑いした。ローズマリーは頬が真っ赤になった。

「ちょっと質問があんだけど」シシックスはまごついているガイイストに言い、テラリウムにふれようとした。地球の苔の上にのびる異星人の鉤爪を目にして、ガイイストはスーツのなかで縮みあがった。「サムサラ・プロジェクトの科学者たち、彼らも〝ラァン〟の保護研究をしてるよね？」

ガイイストは顔をしかめた。「まあね」か細い声で言う。「しかし空で暮らしている者たちに、土のことはわかるはずもない」愛想のいい声にわずかに敬虔《けいけん》な響きが混じっていた。

ローズマリーはガイイストが気の毒になってきた。シシックスは彼をからかって、自然復興というふりを捨てさせせガイアン清教《ピューリズム》の教義を吐かせるつもりなのだ。表向き、ガイイストの目的はほとんど住めなくなった母星を癒すという、気高いものだ。だがこれは地球を取り巻く銀色の軌道の輪《オービタル・リング》で暮らしているサムサラ・プロジェクトの科学者たちの目的とまったく同じだ。リングをつくったのは地球人ではなく、慈愛深いイリュオン人とエイアンドリスク人だし、リング上での復興研究を主導しているのは地球人だが、いっしょに働いている大勢の科学者たちはほかの星出身だ。頑迷なガイイストたちは――特にカモを求めてシャトルドックに出向いてくるようなふてぶてしい輩は――その事実に我慢ならないのだ。

ガイイストはローズマリーとキジーのほうを向いた。声がうわずり、切羽詰まってきている。「もし滞在中に時間があるなら」――つまり〝異種族のやつ抜きで〟――「どうかまた来てくれ。見せたい地球の驚異はまだまだあるし、われらの船の居住環境タンクにはさらにたくさんあるんだ」テラリウムを左手に移し、右手を肩掛けかばんにつっこむ。「ほら」ふたりにそれぞれ情報チップを渡す。「プレゼントだ。われらが母星できみたちを待っている信じられないような場所のビデオがはいってる。スクリブに入れて楽しんでくれ」にっこり笑う顔は、まるで地球という名前を口にするだけで平穏な気分になれるとでもいうようだ。「また会いにきてくれ、同胞。いつでも歓迎するよ」

ガイイストの男はテーブルにもどっていき、三人は急いでその場を離れた。

「だからさ」キジーは目にはいった最初のゴミ箱にチップを投げこんだ。「目を合わせたくないんだよ。自分たちだけで勝手にやってろってんだ」

「まあまあ、エイアンドリスク人にもイカれた種族差別者はいるよ」シシックスは言った。「でも連中はほかの種族をいらいらさせたりはしない」

「あんたんとこのイカれた種族差別者たちはどんなことをするんだい？」キジーがたずねる。

シシックスは肩をすくめた。「ゲートつきのフェンスで囲われた農場で暮らして、自分たちだけでばか騒ぎをしてるよ」

「それってふつうのエイアンドリスク人がやってることとどうちがうんだい？」

「あたしらはフェンスなんてつくらないし、ばか騒ぎには誰でも参加できる。ラルー人は別だけどね。あいつらはあたしたちにアレルギーを持ってるから」

「うへえ」キジーは市場の中心部に向かいながら、藻類パフの袋を肩掛けかばんから出し、もぐもぐと食べはじめた。「マラがあんな教義にハマったとはね」

「マラがサバイバリストだったってことが信じられないよ」シシックスが言った。「あんなに地に足がついたように見えるのに。今のはダジャレじゃないよ」

「ごめんなさい、誰のこと?」ローズマリーは訊いた。

「マラだよ、ジェンクスのママ」キジーが言う。「今はサムサラ・プロジェクトに参加して、哺乳類《ほにゅうるい》の研究をしてる。ジェンクスに頼んでマラのかわいい毛玉ちゃんたちの写真を見せてもらうといいよ。ああ星々《スターズ》よ、ウォンバットなんて――」

ローズマリーは足を止めた。話がつながらない。「ちょっと待って。そのマラって人、サバイバリストだったの?」

そんなことはありえない、その女性がリングで暮らしているというのなら。サバイバリストというのはガイイストのなかでも急進派だ。単なる異種族恐怖症というだけでなく、技術《テクノ》恐怖症でもある。そもそも自分たちの惑星を滅ぼしたのはテクノロジーであって、贖罪《しょくざい》の唯一の方法は本来の動物のように暮らすことだと彼らは信じている。厳格な狩猟採集民であり、遺伝子純粋主義者であって、よくある遺伝子療法だけでなく、ワクチン接種までをも拒否しているのだ。弱点を排除するのは自然淘汰でなければならないと彼らは信じている。そもそも地球上で彼らが暮らせるのは、科学者たちが凍結DNAと懐胎室を使ってよみがえらせた食用植物や動物でいっぱいの広大な草地を領土として太陽系共和国から与えられたからなのだが、そのことはひたすら無視している。ローズマリーはジェンクスのことはよく知らないが、あの穏やかでのんびりしたコンピュータ技師の母親がサバイバリストということがありうるだろうか?

「そうだよ、マラは十代のあいだハマってたんだよ」キジーが言う。「家出をして地球までヒッチハイクで飛んで、ガイイストに仲間入りして、本物の動物の肉だのなんだのを食べてたんだよ。想像できるかい？」芝居がかったしぐさで腰を落として歩く。「だってさ、草のなかをこそこそ歩いてさ」左右にスキップする。「ヘビだのネズミだのをよけながら進んで、こんなでっかい先のとがった棒でくそでかいバッファローを追いかけて――」

「バッファローって？」シシックスが訊いた。

「でっかい牛だか何だかだよ。で、そいつをぐさぐさ突いて、振りまわされてさ、うわ、くそって具合にさ――」キジーはでたらめに手足を振りまわした。けげんそうに彼女を見つめる通りすがりの市場客たちには気がついていないか、気にしていないかだ。袋から藻類パフがいくつか飛びだした。「んで顔に蹄《ひづめ》をくらって血があたりに――あたり一面にだよ――飛び散って、それからバッファローが死ぬんだ。それを自分の手で解体しなきゃならないんだよ。そしてそれを食べるんだ」両手を口に持っていき、ぐちゃぐちゃと噛《か》む音をたててみせる。

「おえっ、もうたくさん」シシックスが顔をしかめる。

「ジェンクスは地球上で育ったの？　ガイイストたちのなかで？」ローズマリーは訊いた。

「ちがうけど、生まれたのはそこだ。だから小さいんだよ」シシックスが言った。「出生前治療を受けてないから」

「ああ」ローズマリーは言った。「彼は遺伝子改変者だと思ってたわ。でもなんて訊けばいいのかわからなかったの」

「ああ、ちがうよ。たしかに遺伝の問題なんだけど、彼のは生まれつきなんだ」キジーが言った。「でもさ、パーティーで彼に訊かなかったことで、あんたはきっと株を上げたよ。ジェンクスは訊かれるのは気にしないんだけど、もううんざりしてるからさ」

シシックスが続ける。「でさ、マラは妊娠後、通常のスクリーニング検査を受けなかったんだ。彼女は――」

「彼女は出産のときに死ぬところだったんだ」キジーが言う。「本当にもうちょっとで死ぬとこだったんだよ。信じられるかい、出産で死ぬ人がいるなんて？　原始時代じゃないのに。それにもしマラが考えを改めなかったら、ジェンクスも死んでいたはずなんだ。イカれたサバイバリストへのマラの傾倒は、子どもを殺そうという話が出た瞬間に消えたんだよ」

ローズマリーはあんぐりと口を開けた。「彼らはジェンクスを殺そうとしたの？」

キジーはうなずき、パフをひと握り口に放りこんだ。「さあいあいすとらちは――ごくん」パフを飲みこむ。「サバイバリストたちはね、赤ん坊が病気だったりちょっとふつうとちがってたりしたら捨てるんだよ。こんな感じさ、おい、こいつはちょっとおかしいぜ、捨てちまったほうがいい、そうすりゃ弱い遺伝子を根絶やしにできる」キジーは両手を握りしめ、袋のなかのパフを粉々にした。「ふん！　ホントに愚かだよ！」そこではじめて気づいたように、お菓子の袋を見下ろす。「あーあ」

「それでどうなったの？」ローズマリーは訊いた。

「粉々になっちゃった」

「ちがうわ、マラのほうよ」

「マラはまた家出をしたんだ」シシックスが言った。「やつらと離れて、地表で働いてる科学者たちのグループを見つけた。それで——」

「だめだめ、大事なくだりを抜かしてるよ」キジーが言った。「マラは歩かなきゃならなかった、そう、途方もない距離をさ、サバイバリストたちの縄張りから出た先で誰かを見つけることに望みを託してね。艀《スキフ》もない、小型艇もない、シャトルもない。ただ歩くしかなかった。裸足《はだし》で血まみれでね。おまけに、いたるところにライオンがいた。ライオンがね」

「いたるところってわけじゃないよ」シシックスが言う。

「いいかい、ライオンの話をしてるときはそいつらが言葉どおりにいたるところにいるかどうかは問題じゃないんだ」キジーは言った。「ライオンがいるかもしれないってだけでもじゅうぶんひどいんだから」

「とにかくリングにいる科学者たちがマラとジェンクスを保護してくれた。で、彼らはそんなに悪いやつじゃないってことにマラは気づいたんだ。そして生物学が気に入って、それ以来ずっとそこにいるんだよ」

「大学にもどこにも通わずにね」とキジー。「飼育場の糞《ふん》掃除からはじめて、そこから仕事を学んでいったんだ。でもいまだにガイイストなんだよ、広い意味ではね。実をいうと、リングにいる地球人科学者の多くはそうなんだ。魂は母星と結ばれてるとかいうたわごとを信じてて、地球から離れたがらない。種族差別みたいなばかげたことは全部やめてるけどね。それにジェンクスが十代のころに銀河を見にいってやろうと決めたときも、マラはそれほどは取り乱さなかったみたいだね。今じゃまったく平気みたい。ガイイストってほとんどは冷静だからね。ああいうとんまどもとはちがってさ」うしろの伝道者たちのほうを頭で指す。

「ジェンクスはリングで遺伝子治療を受けられなかったの?」ローズマリーは訊いた。「だってほら、ガイイストの科学者たちだってきっと標準的な医薬品なら大丈夫なんでしょ」

「ああ、そうだよ。あたしたちと同じように免疫ボットを入れるし、ワクチンも打つよ、ありがたいことにね。でも遺伝子治療となるとあやしいね。彼らは通常は、生活の質をよくするっていう理由での遺伝子いじりは許すけど、美容のためっていう理由では許さないんだ」

「それなら、なぜ――」

「なぜジェンクスは遺伝子をいじらなかったか? さっきも言ったように、ただ、生活の質の問題だよ。あの幸せそうなようすを見てごらんよ。身体の大きさがどうだろうが関係ない」

「でも赤ちゃんだったころはそうなるかどうかわからなかったはずよ」

「マラがさせなかったんだよ。ジェンクスが言うには、マラは医者たちに、小さくても不健康なわけじゃないってことを認めさせたんだって。小さいことはマラにとっては問題じゃなかったんだ。その点についちゃ、ガイイストだってこととまったく関係ない。マラは自分の子どもに異常があるとみんなに言われるのにうんざりしてたんだってジェンクスは言ってる」キジーは言葉を切り、あたりを見まわした。「そしてあたしは完全に道をまちがえちゃった」

「買い物リストの最初は何なの?」シシックスが訊く。

キジーはスクリプを取り出した。「ガラス・クリーナー。それから身体洗い用ボット・ディスペンサー」

「今回は無臭のやつを買っていいかな？」シシックスが頼みこむ。「アシュビーはいっつもレモンの香りのを買うけどさ、一日じゅう掃除したあとにバスルームでかんきつのにおいをかぐのはいやなんだ」

「レモンの香りに何かいやな思い出でもあるのかい？」

「イスキって知ってる？」

「ううん」

「いや、知ってるはずだよ。ちっちゃい緑色のフルーツだよ、三つずつまとまって生《な》ってるやつ」

「ああ、それ」

「レモンみたいなにおいがするよね？」

「まあねえ」

「あたしらはイスキの汁を死者に塗るんだ」

キジーは笑った。「うえっ、そりゃだめだよね。わかった、無臭のやつにしよう」もう一度リストに目をもどし、力強くタップする。その姿はスピーチをしている政治家のようだった。

「いいかい、今日のうちらは堅固な一枚岩のショッピングチームだ。リストに忠実に買い物をする、それだけだ。ちなみにあたしはいつもここで、必要ないモノまで買いすぎるきらいがある」ローズマリーの肩の向こうにある何かが彼女の注意を引いた。「たとえばああいうモノをねッ」次の言葉はなく、キジーはジャグリング用品を満載した屋台に向かって走りだした。

シシックスはため息をついた。「ああはじまった」きらきら光るバトンの箱をかきまわしているキジーを見ながら、言う。「もし今日が備品を買う日だと思ってるんなら、それはまちがいだよ。今日はキジーが買いまくる日だ」

機械技師のあとを追って歩きながら、シシックスはローズマリーの肩に腕をかけた。親しみのこもったその仕草にローズマリーは目をぱちくりさせたが、同時に晴れがましさも感じた。この一日が終わるまでにひったくりに遭ったとしても、少なくともいい仲間はいてくれる。

ジェンクスは地下に下りる傾斜路を歩いていた。その先にあるのはテック地区——というよりむしろ、巣窟と呼ばれている——だ。入り口のスツールにスタンガンを持ったエイアンドリスク人の男がすわっており、そのわきには多言語の看板が立っている。

下記の物品は、テック、ボット、AI、身体改造者及び個人用生命維持装置の使用者に危害をもたらす恐れがあります。これらの物品を地下に持ちこまないでください。これらの物品がひとつでもあなたの体内もしくは体表にインプラントされているなら、入場前にスイッチを切ってください。

ゴーストパッチ（透視インプラント）

洗脳もしくは暗殺ボット

ハック・ダスト（風媒コード噴霧器）
密閉しきれていない放射性物質（確信が持てない場合は持ちこまないでください）
低質燃料を使うものすべて
磁石

看板のいちばん下にはクリップ語だけで手書きの追加があった。

まじめな話、これは冗談じゃねえからな。

ジェンクスが前を通ると、エイアンドリスク人は気心が知れたふうにうなずいた。両目の視覚インプラントが強烈な人工の光を受けてぎらりと光った。いくつもに分かれた洞窟に並ぶ店舗や屋台はすべて、異なる照明を使ってたがいに区別しやすくしてある。青空を模した照明に虹がかかっては消えている店、日の出がシミュレートされている店、星空が投射されている店。それぞれの店舗内では心地よい明かりなのだが、店舗のあいだの通路ではさまざまな効果が重なりあって光と影の奇妙なごちゃまぜになり、酔っぱらって万華鏡のなかを歩いているようだった。

ジェンクスはこの〝巣窟〟にいるとわが家のように落ち着くが、それはきちんと包装されたハンドメイドのハイテク機器が見渡すかぎりずらりと並んでいるからというだけではない。ここに集う人々の多くは筋金入りの改造者たち、本来の手足を除去して合成パーツに置き換えることに熱中している人々だ。巣窟内を歩いていると、金属製の外骨格や渦巻くナノボット・タトゥや、遺伝子をいじって直したとわかる、ぎょっとするほど完璧な顔が見かけられる。顔面パッチや皮膚差し込み口《ポート》、自家製インプラント。そうした奇妙なものたちに囲まれていると、彼の小さな身体など特別なものではない。みんなが変わっているところなら自分が変わっていると思うことはない。その点で、心が安らぐのだ。

ジェンクスは通路を歩きまわり、あとでチェックするものを頭のなかにメモしていった。彼はポート歩きのベテランで、クレジットを振りまきはじめる前に行くべき店はただひとつだと知っていた。

その店のかまえはほかのところほど派手ではなかった。頭上のひさしにぶら下がっている看板は壊れた回路盤でできていた。古いくずパーツが文字の形に張りつけられている。〝老朽化《ラスト・》した宇宙船《バケット》〟というのが店名で、それより小さな文字で〝テック部品交換と修理の店〟とあり、さらに小さな文字で〝経営者／ペッパーとブルー〟とあった。

ジェンクスは爪先《つまさき》立ちになって、カウンターごしにのぞいた。作業台の上にペッパーがこちらに背を向けてかがみこみ、何ごとかつぶやいている。彼女はいっさい毛のない頭のうしろを掻き、機械油の汚れが頭についた。ジェンクスに気づいていたとしても、気にかけているようすはない。

「よう、姉ちゃん！」ジェンクスはどなった。「刺激ボットはどこで買えるか知ってるかい？」

ばかげた質問へのいらだちを隠そうともせず、ペッパーは振り向いた。だが、質問の主に気づくと、ぱっと顔が明るくなった。「ジェンクス！」両手をエプロンでふきながら、カウンターから出てくる。「こんなとこで何してんだい！」膝をついて親しみのこもったハグをする。ハグは温かいが、彼女の腕は細かった。あまりにも細すぎる。ペッパーと知り合ってからずっと、ハグされるたびにジェンクスの心には同情がどっとあふれるのだった。

ペッパーと彼女の連れ合いのブルーはアガノンという急進派グループの植民星からの逃亡者だ。アガノンは〈人間を増強せよ《エンハンスメント》〉運動の最後の砦《とりで》だ。離郷移住民《ディアスポラ》とGCにきっぱりと背を向けたエンハンスメントの植民地は、社会の需要に合わせて遺伝子を設計し直し、人工授精で同胞を増やした。遺伝子は原型をとどめないほど改変され、健康、知性、社交的技能等々、将来の仕事に必要な素質はなんでも改良された。下賤な労働はふたつの点――不妊化と無毛化（簡単に見分けられるように）――以外はまったく遺伝子改変を受けずに育った人々が担っていた。増強人間たちは労働階級よりも優れていると確信しきっていたため、ペッパーの逃亡に対してはまったくの無警戒だった。ペッパーは子ども時代の終わりごろに運よくテック製造プラントから逃げ出し、巨大廃品投棄場でしばらく暮らしていた。そしてそこで、無数の廃棄ゴミに埋もれていた宝物を見つけた――廃棄された恒星間シャトルを。スクラップだけを使って、ペッパーはつぎはぎ修理をし、プログラミングし直し、どうにかシャトルを生き返らせた。シャトルを飛行可能にするまで六標準年以上を費やし、じゅうぶんな量の燃料を盗むのにさらに一標準年を要した。自由の代償は深刻な栄養失調で、GCのパトロール船にシャトルが拾われたときにはほとんど死にかかっていた。ポート・コリオルに来たのは八標準年前だが、この地のテックオタク社会で頭角をあらわすにはじゅうぶんな歳月だった。そのあいだに彼女は健康を取りもどし、見栄えも回復したが、食べるのが大好き（彼女の名前は調味の楽しみを見つけてから改名したものだ）なのにそれを消化しきれないのだ。やせこけた浮浪児の身体がふくよかになることはないだろう。

　ジェンクスとペッパーがこの同じ場所に立っていられるという事実――遺伝子操作が義務とされている世界出身のペッパーと、一般的な健康管理をすべて拒否した母親から生まれたジェンクス――がポートという場所のおおらかさと、地球人の奇妙さを真に実証するものだ。そしてまたそれが、ジェンクスとペッパーがいつも――同情心からにせよ、純粋に楽しいからにせよ――これほど仲良くしていられる理由なのかもしれない。まあともかくそれと、デジタルなものすべてにふたりが寄せる不滅の深い愛情とが。それは疑う余地がなかった。

「〈ウェイフェアラー〉はどうだい？」ペッパーが訊いた。彼女がいつも真っ先に訊くのがこれで、それはただの世間話ではない。ジェンクスの船――まあそれを言うなら、あらゆる船――に寄せる彼女の関心はまさしく本物だった。

「いつもどおりスムーズに飛んでるよ」ジェンクスは言った。「ボタス・ウェリムにブラインド・パンチをしてきたとこさ」

「それってイリュオン人の新しい植民地だよね？」とペッパー。

「そうだ」

「どうだった？」

「教科書どおりさ。ただ新入りの事務員が副層《サブレイヤー》にうまくなじめていなかった。ぶるるるっ」口で爆発音をまねる。

ペッパーは笑った。「うわ、話を全部聞きたいね。仕事が片づいたらメックを一杯飲んでく時間はあるかい？　人生が一変する醸造装置をつくったんだよ」

「そりゃノーとは言えないな」

「よかった。で、次は何だい？　ほかにも話したいことはあるんだろ？」

「ああ、実はな」ジェンクスは誇らしげに言った。「トレミとの協定の話は聞いてるか？」

ペッパーは目の玉をぐるりとまわした。「正直な話、やつらはいったい何を考えてんだろうね？」

ジェンクスは笑った。「さあな、だがそのおかげでおれたちゃとんでもなくいい仕事にありつけるんだ。トカスからヘドラ・カへ。つくるのはおれたちだ」

「まっさか」ペッパーの口があんぐりと開いた。「あんたたち、中心部《コア》に行くのかい？」

「ああ。それと投錨《とうびょう》パンチもおまけにな」

「くそ。ほんとかい？　ワオ、そりゃマジで長期仕事だね。どれぐらいかかるんだい？」

「おおよそ一標準年。だがそのあいだの経費はＧＣ持ちだ。おれたちゃただ、現地に行ってパンチしてもどってくるだけだ」

ペッパーは頭をぶるっと一度、すばやく振った。「あんたたちにはいい話だけど、あたしは自分でなくてよかったって思うね」笑い声をあげる。「そんなに長いあいだ船に乗りつづけると思うとひきつるよ。でもさ、コアなんて。コアに行った人なんて何人いるだろう？」

「わかってるさ、なあ？」

「ワオ。まあ、それであんたがここにいる理由の説明がつくよ。あたしんとこ用の買い物リストがあるんだよね？」

「ほとんどはキジーのだ。本人はがらくたを買いに行ってる」ジェンクスはスクリブを渡した。

「軌道にもどる前にぜひともここをのぞくようにキジーに言っといて。挨拶もなしに立ち去るなんて許さないからね」

「キジーはそうするつもりのようだがな。あとで暗い側《ダークサイド》であんたやブルーと落ち合えるかな。あんたがたに予定がなければだが。ディナーでもどうだ。支払いはおれが持つ」

「その話、すっごく気に入った。特にあんたが支払うってとこがね」ペッパーはリストをゆっくりとスクロールしていた。字を読むのはあまり彼女が得意とするところではない。「わかった、最新の調整器《モジュレーター》だね。ポックのとこに行きな、ボット路地の奥にいるクウェリン人だよ。知ってるかい？」

「彼のことは知ってる。とんでもなく気味の悪いやつなんだろう」

「ちがうとは言えないけど、悪いやつじゃないよ。それから、ほかのとこみたいにグラックスなんかで商品を包装しない。彼のモジュレーターは一級品だ」

「グラックスのどこがまずいんだ？」

「テック商品を包むには安くていい保護材だけどね、あんまり長く包んだままにしてるとレシーバーのノードが鈍くなるんだ」

「本当か？」

「そうだよ、グラックスを売ってるやつらは認めやしないけど、あたしのテック商品はグラックス包装のを買うのをやめたおかげでピンピンしてるよ」

「信じるぜ」

ペッパーはリストを読みつづけた。「スイッチ・カプラーはヒッシュんとこに行きな」

「ヒッシュ？」

「〈オープン・サーキット〉だよ。ヒッシュはそこのオーナーだ」

「ああ、そうか。その店には行ったことがない。おれはいつも〈ホワイト・スター〉に行ってるから」

「〈ホワイト・スター〉より値は張るけど、彼女んとこのほうがいい品を置いてると思うよ。あたしがそう言ってたって彼女に言ってみな、何クレジットかまけてくれるかもしれないよ」

さらに読みつづける。「シックストップ・サーキットはうちにあるよ、中古だってのを気にしないならね」棚に手をのばして、自家製包装の基盤パックをつかみ、カウンターに置いた。

「あんたとこの中古品はいつも、そこらの新品よりできがいいよ」ジェンクスは本気で言った。テック品を死からよみがえらせることにかけては、ペッパーは魔法使いと言ってよかった。

ペッパーはにんまりした。「かわいいこと言ってくれるじゃん」目はさらにスクリブの上をなぞっていく。「コイルラップか。ええと、たしかどこかにしまってあったような……」あちこちかきまわして、小さな金属のかたまりがはいった袋をカウンターの上に投げた。「ほらあった。コイルラップだよ」

「いくらだ？」ジェンクスはリストパッチを出しながら訊いた。

ペッパーは手を振った。「あたしとダンナに食事をおごってくれるんだろう。貸し借りなしといこうよ」

「いいのか？」

「もちろん」

「ありがたいね」それからジェンクスは咳《せき》ばらいをして、声をひそめた。「ペッパー、リスト外で探してるものがあるんだが」

「言ってごらん」

「好奇心から言ってみるだけだ。本気ってわけじゃないからな」もちろん、それはきわめて真剣な頼みだったが、ペッパーのような友人が相手でさえ慎重を要するものだった。

ペッパーは心得顔でゆっくりとうなずいた。カウンターに身を乗り出し、ひそひそ声でしゃべる。「純粋に仮定の話だね。わかった」

「よし」ジェンクスはちょっと間を置いた。「ボディ・キットのことはどれぐらい知ってる？」

ペッパーは眉をぐいと上げた――というより、もし毛があれば眉があるはずの場所を。「いきなりそんな話かい？　あ、気を悪くさせるつもりはないんだけど」

「いいよ。まあ、キットを見つけるのは難題だってことはわかってるが……」

「見つけるのは難題？　ジェンクス、その手のテックは禁じられてるから実質的には存在しないも同然なんだよ」

「でも誰かいるはずだ。どこかに誰かが隠して――」

「そりゃいるだろうけどさ。でもすぐに思いつくような知り合いはないね」ペッパーはジェンクスの顔を探った。「だいたい、どうしてボディ・キットなんかがほしいんだい？」

ジェンクスは左耳にはいっているピアスをひっぱった。「個人的なことだと言ったら、そっとしておいてくれるか？」

ペッパーは何も言わなかった。頭のなかであれこれ情報の断片を繋《つな》げているのがジェンクスには見てとれた。彼女は、彼の仕事がどういうものか知っている。彼がラヴィーのことを、何げなしにではあるが話すのを聞いている。ジェンクスは汗がにじむのを感じていた。うわ、星《ス》星《ターズ》よ、おれって必死に見えているだろうなあ。

だがペッパーはにんまりとした笑みを浮かべ、肩をすくめた。「好きにするといい」しばらく考えこんでいたが、次第に真剣な顔つきになっていく。「でも友だちとして言わせてもらうよ。もしボディ・キットが見つかるようなら――そしてそう、もし天文学的確率の幸運が働いて製造業者が見つかるようなことがあったら、あんたに連絡するよ――自分が何をしてるかちゃんとわかってることを、本当に、本当に願ってるよ」

「慎重にやるよ」

「だめだよ、ジェンクス」ペッパーの声は、話しあいの余地をまったく残さぬものだった。「あたしが言ってるのはあんたが逮捕されるって話じゃない。あんたがやろうとしてるのは危険なことだって話なんだ。〝自分の過去は悲しい物語だ〟って切り札を出すのは大嫌いだけど、聞いてほしい。人間というものを定義し直すべきだと考えてる、悪気はないけどひどく愚かな人々の産物があたしなんだ。最初はたいしたことはない。ここをちょっといじって、あそこをちょっとつぎはぎするっていうぐらいだ。でも世の常としてどんどんエスカレートして、完璧に常軌を逸するようになった。だからボディ・キットは禁止されてるんだよ。倫理についてあんたやあたしよりはるかによく知ってる人たちが、GCは新たな種類の生命を受け入れる準備もできていなければ態勢も整っていないと判断したんだ。そしてそう、今みたいなことになって、AIはくそみたいなあつかいを受けてる。あんたも知ってるとおり、あたしはAIにあらゆる権利を与えたいと思ってる。でもこれはひと筋縄じゃいかない領域なんだよ、ジェンクス。こんなことは言いたくないんだけど、ボディ・キットが解決になるとは、あたしには思えない。だからあんたの意図がどんなに無垢《むく》であろうと、まず、自分が何をやっているか考えてみて。そういう責任を負う覚悟があるかどうか、自分に訊いてみて」

ペッパーは厚みのない両手を掲げた。手のひらには一面に、投棄場で鋭くとがったスクラップをあさっていた十年間の名残の傷跡がついている。飢えと恐怖とおかしくなってしまった世界を思い出させるよすがだ。「どんな結末を迎えることになるか、考えてみて」

ジェンクスは真剣に考えたあげく、ついに言った。「そういうふうに強く思ってるんなら、どうして製造業者を見つけたら教えるなんて言うんだ？」

「あんたが友だちだからだよ」ペッパーの声がやわらかくなった。「それにコネをつくるのはあたしの仕事だ。もしあんたが本気なら、どっかの裏路地の闇業者じゃなく、あたしを通してもらいたいからね。でも本音を言えば、あたしが誰かを見つけるまでに、それはよくない考えだっていうあたしの言葉が正しいって判断してくれることを願ってるよ」カウンターに小さな表示板を置く――『奥にいます、ご用があったら呼んでください』。「さあ、メックを飲まなきゃ。宇宙酔いしたお宅の新人の話を聞きたいね」


アシュビーは一時間前に代金を支払ったホテルの部屋で、ウォーターボールのことを考えていた。特にウォーターボールが好きというわけではないが、もうひとつのことを考えるよりは楽だからだ。朝起きたときは、値切り交渉をしてクレジットを使いまくって一日を過ごすつもりだった。最高潮はシケたバーで酒とおいしい料理を楽しむところだっただろう。だが今はコリオルのダークサイドで、分厚い枕と趣味の悪いタペストリーに囲まれてペイを待っている。元気で生きているだけでなく、すぐ近くにいて彼とセックスをするつもりでいる彼女を。今のところはウォーターボールのことを考えているほうが楽だった。

『よし。303年のタイタンカップの決勝戦は。たしかホワイトキャップスが出てたはずだ。キミ・セントクレアが靭帯《じんたい》を切ってキジーが半狂乱になってたからな。相手はスターバーストだったよな？　そうだ、あの年のアヤの誕生日にスターバーストのジャージを買ったんだった。

スターバーストがお気に入りだってアヤが言ったから』
とりとめのない思考は深睡眠ポッドのようにジャンプし、ひとつとして落ち着かないままにあちこちに漂いつづけた。たくさんの感情がせめぎあい、ひとつに決められない。ペイが無事だったという安堵《あんど》。もうすぐ彼女に会えるという喜び。彼女の想いが冷めているのではないかという根拠のない不安。すべて彼女にまかせようという決意（何十日間《テンディ》も戦場の近くにいたあとで彼女がどんな気分なのか知る由もない）。そしておびえ。彼女と会うときにいつも感じる恐怖。十日間後《テンディ》には彼女はもっと危険な場所にもどっていき、今回会えたのが最後になるかもしれないという恐怖。
『いやちがう、スターバーストは302年だった、303年じゃない。その同じ誕生日にアヤは最初の入門スクリプをもらってた。つまり、学校に行きはじめたということだ。だから302年だ』
漠然とした不安もあった。今度こそばれるのではないかという不安だ。何か不注意をしたとは思えない。ふたりが注意を引くまいとするのは今や習いとなっていた。いつもホテルを見つけるのは彼だ。まったく目立たないホテル、人通りからはずれ、これまでに訪れたことのない場所にあるホテルを。休息をとる必要があり、どんな理由があろうと邪魔をされたくないと、彼ははっきりとフロント係に言う。部屋にはいってから、ホテルの名前と部屋番号だけを書いたメールをペイに送る。彼女はそれを読んだらすぐに消去する。二時間後——誰かに何かを疑われる恐れのない時間がたったころ——ペイがホテルにやってきて、彼の部屋にとなりあう番号の部屋をとる。これは簡単にできる。伝統的なイリュオン文化には複雑な数霊術《すうれいじゅつ》が含まれていることはよく知られているからだ。数字の羅列に意味を見出す方法が何種類もあるため、アシュビーがとった部屋がどんな番号でも、ペイはそのとなりの番号を要求する理由をつくりだせる。フロント係がイリュオン人でなければ、ペイが安らぎか健康のシンボルとなる数字の部屋をとりたいのだろうと考えるし、イリュオン人だったら、年齢のわりに珍しい古風な（そしてちょっとばかげている）客だと思うだろう。そうして部屋に落ち着いたあと、ペイはアシュビーの部屋側の壁をノックする。アシュビーは廊下に誰もいないことを確認して、部屋を出る。そのあとはやりたい放題だ。

ふたりで会うために手間と時間をかけて工作をするのは、そうする必要があるからだ。イリュオン人は銀河系の隣人たる他の種族にはおおむね寛大で偏見も持たないが、異種族との親密な交際はいまだに大きなタブーとされている。そうさせている理屈はアシュビーにはわからない。たいていの地球人にとってはとるに足りない問題だ、少なくとも二足歩行種族が相手ならば。だが、ペイにとって危険だということは理解していた。イリュオン人は異種族と交際したために家族や友人を失うことも珍しくないからだ。特に政府との契約仕事をしている彼女は職を失うこともありうる。ペイのような腕に自信があって忙しく働くことに誇りを持っている人物には、そのような恥辱は深い傷を残すだろう。

『集中しろ、アシュビー。ホワイトキャップス。ハンマーズ。それから……ファルコンズ？ちがう、ファルコンズはおまえが〈コーリング・ドーン〉のクルーになってからこっち、準決勝までも進んできていない。それじゃ何——おい、アシュビー。いいか。ウォーターボールだ』

抑えきれないさまざまな感情に気をとられながら、アシュビーは意志の戦いに奮闘していた。理性と感情とのあいだで戦っていた。彼がいつでもセックスをする気でいるのは双方にとって明白だが、差し出がましいことはしたくなかった。この逢い引きの前に彼女がいったい何をしてきたのかは知る由もないし、彼女の現在の状況がはっきりとわかるまでは、彼女の都合のほうを優先するつもりだった。そして、たとえ彼女が実際に彼と同じ考えだったとしても……それでも彼はお行儀よくするだろう。たとえ肉体のほうが先走っているとしても。

『アシュビー。ウォーターボールの準決勝だ。303年の。スカイダイバーズが勝った。あとはどこが——』

壁にノックがあった。静かだが明確に。

アシュビーはタイタンカップのことを忘れた。


「せっけん！」キジーが叫び、入浴グッズでいっぱいの屋台を指さした。「見てよ！　まるでケーキみたいだ！」重たくふくらんだ買い物袋を揺らしながら、走りだした。

「あたしはうろこスクラブを買いたいな」シシックスが言った。彼女とローズマリーは、すでに並べられているバスケットをかきまわしている機械技師のところに向かった。

それはハーマギアン商人の店で、いろんな種族の必要に応じた商品を置いていた。かたいブラシとハーブの束はハーマギアン人の蒸し風呂用だし、シュワシュワ溶ける錠剤と身体を温めるクリームは氷風呂が好きなイリュオン人用、うろこスクラブとクレンジング・トニックはエイアンドリスク人用、地球人向けには数は少なめだけれども楽しい品ぞろえで、せっけんやシャンプーや、何十種類もの瓶や缶や容器にはいったクリームや乳液がある。ローズマリーが見たこともないものばかりだ。銀河系の知的種族に文化的共通点はたくさん見られるが、身体を清潔にする適切な方法という話題では議論が巻き起こるのだ。

ハーマギアン人店主は――背中の斑点《はんてん》の色から男性だとローズマリーにもわかった――三人が近づいていくと、車輪つきカートの上でくるりとこちらを向いた。

「ごきげんよう、お客さんたち」顎の触手がうれしそうに丸まっている。「ひやかしに来たのかな、それとも何か思い描いているものがおありかな?」

三本の顎前の触手の先にある指が愛想よく開いた。店主は年配で、不定形の身体を覆っている淡黄色の皮膚には、若者にある潤いは見られない。

ローズマリーは以前からハーマギアン人を知っていた――ひとりはハントゥ語の教授で、さらにローズマリーの父親がディナーに呼ぶ常連客にも何人かいた――が、ずっと、彼らの外見と歴史とを折り合わせるのに困難を感じていた。今、目の前にいるのは彼の種族全員と同じく、カートの助けがなければすばやく動きまわることができない、軟体動物めいたかたまりだった。歯もなければ爪もない。そもそも骨がないのだ。だが、このぶよぶよした種族が銀河系のかなりの部分を支配していた時代があったのだ(クレジットの流れを観察するなら、彼らは今でも経済的な支配をしてはいるが、もはや原住種族を隷属させることはない)。以前ローズマリーはイリュオン人の歴史学者の論文を読んだことがあった。それによると、ハーマギアン人はまさしく肉体の無力さゆえにほかの種族以上にテクノロジーの開発を進めたのだと論じられていた。『必要と知性。このふたつが結びつくと危険だ』その歴史学者はそう書いていた。

歴史の流れを考えるとき、ローズマリーはこの店の前にいる自分たちの姿はかなり奇妙な図ではないかと考える。ハーマギアン人（かつての帝国の年老いた末裔《まつえい》）ひとり、エイアンドリスク人（この種族はハーマギアン人に対し征服した種族の独立を認めるように穏やかに説いて、最終的にGCを設立した）ひとり、地球人（ハーマギアン人が宇宙を制覇していた時代に発見されていれば隷属させられていただろう卑小な種族）ふたり。これら四人が集まり、にこやかにせっけんを買うかどうか話しあっている。時間の流れとは奇妙な釣り合い装置だ。

キジーはハーマギアン人店主の商品をかきまわしていた。「ねえ、ここに――あっ！　ハントゥ語で訊いていい？〈リンク〉の講座で勉強したから使ってみたいんだ」

シシックスが信じられないというようにキジーを見た。「いつから？」

「ええと、五日前かな？」

ハーマギアン人のふたつの眼柄《がんぺい》の先端にあるスリットがおもしろがるように細くなった。

「いいとも、聞かせてもらおうか」

キジーは咳ばらいをすると、震える音節をいくつか、咳《せ》きこむように出した。ローズマリーはぎょっとした。キジーがしゃべった言葉は無意味であるだけでなく、身振り手振りを伴わなければちょっと失礼にも聞こえるものだったからだ。

だが、ハーマギアン人は笑いだした。「おお、お客さん」触手をひくひくと震わせながら言った。「許してくれ、だがこれまで聞いたなかでいちばんひどい発音だったよ」

キジーは恥ずかしそうな笑みを浮かべた。「うわ、やばかったかな」

「あんたのせいじゃないよ」ハーマギアン人は言った。「地球人がわしらの言葉の音韻をまねるのは、そりゃむずかしいさ」

ローズマリーは鎖骨の近くに手を当て、指を小刻みに震わせた。何度となくやってきたことだ。触手ゼスチャーの雑なまねごとだったが、地球人にできるのはこれで精いっぱいだ。「パラ、ラム　タレン、ラカエ・マ　フック　アエスケット・アロ・ン、フマ　トゥ・フル　バスラキ・ホン　キブ」としゃべる。〝そうかもしれませんけど、店主さん、ものすごく努力すれば、あなたがたのすばらしい言葉をわたしたちだって使うことができるんです〟

キジーとシシックスがそろってローズマリーのほうを向いた。まるではじめて彼女を見るかのように。ハーマギアン人店主は触手を縮めて敬意をあらわした。「とても上手だよ、お客さん！」母語でしゃべる。「あんたは宇宙暮らしの商人かい？」

ローズマリーは指をのばした。「商人じゃありません、宇宙暮らしをはじめたのもつい最近です。わたしたち三人はトンネル建造船のクルーなんです」それは本当だったが、まるでほかの誰かの人生の話のように聞こえた。「わたしたちは備品を買いそろえるためにポートに来たんです」

「ああ、トンネル建造船か！　長旅暮らしだな。長い道中身ぎれいにするための品がたくさん必要だろう」店主は愛想よく触手をまっすぐにのばした。キジーに向けた目のスリットが広がる。「何か気に入ったものはあるかい?」クリップ語で訊く。

　キジーは真っ赤なせっけんのかたまりを取り上げた。「これがほしい」せっけんに鼻を押しつけ、深々と息を吸いこむ。「うわあすてき《スターズ》、これは何?」

「それはイーヴベリーを煮出してつくったんだ」店主は言った。「わしの母星じゃすごく人気のある香りだよ。だがもちろん、わしらはこれをせっけんに混ぜこんだりはしない。あんたが持ってるのはふたつの文化がうまく合わさったものだ」

「これを買うよ」キジーは店主にせっけんを渡した。店主は小さめの触手二本でせっけんを受け取った。触手はデリケートな皮膚を保護する鞘《さや》のような手袋で覆われている。店主はカウンターの向こうで、ホイルとリボンで包装しにかかった。

「ほらよ、お客さん」店主はきれいにラッピングした包みをキジーに渡した。「一度にちょっとずつ削りとって使うといい。そうすれば長持ちする」

　キジーは包みに鼻をこすりつけた。「ああ、いいにおい。かいでごらんよ、ローズマリー」

　せっけんの包みを顔に突きつけられ、ローズマリーは思わず息を吸いこんだ。ねっとりと砂糖のように甘い香りはケーキのようだった。メレンゲ風呂にはいっているような気分になりそうだ。

「八百六十クレジットだよ、ありがとう」店主は言った。

　キジーはローズマリーに手を差し出した。「チップをもらえる?」

ローズマリーは目をぱちくりさせた。意味がよくわからなかった。「会社のチップで払うの？」

「そうだよ、これはせっけんだよ」キジーは言った。「せっけんはいいんだよね？」

ローズマリーは咳ばらいをして、スクリブに目を落とした。ダメ、よくない、おしゃれなせっけんはダメ。でもそれをキジーに言えるだろうか？　わたしが船にやってきたとき、キジーは両手を広げて歓迎してくれた。キジーにたくさんお酒をおごってもらった。そしてわたしはトンネル建設や中立港での買い物の経験はキジーに比べ圧倒的に少ない。とはいえ――

「ごめんなさい、キジー、でもね、その、あのチップで買っていいのはみんなで共用するせっけんだけなの。特別なせっけんがほしかったら、自分で買わなきゃならないのよ」口から言葉が流れ出るのを感じた。せっかくの喜びに水を差すのはつらかった。

「でも――」キジーが言いかけた。

シシックスが無言でキジーの手首をつかみ、店主のスキャナーに押しつけた。ピッという音がして、決済されたことを示した。

「ちょっと！」キジーが言った。

「それぐらいのお金はあるだろう」シシックスが言う。

「あんたたちと商売できてうれしいよ」店主は言った。「次にポートに来たら、また寄ってくれ」

その声音はにこやかだったが、触手がひくひくしていたことから、さっきの支払いについてのやりとりで彼が気づまりな思いをしていることがわかり、ローズマリーは無言ですばやく、あやまる仕草をした。店主は敬意のこもったゼスチャーで触手を縮め、ほかの客のほうを向いた。

店から離れながら、シシックスはキジーに向かって顔をしかめた。「キジー、もしあたしらが危険な宙域を飛んでるとして、あたしがみんなに、やってることをすぐにやめてストラップを締めろって言ったら、どうする？」

キジーは面食らった顔をした。「え？」

「質問に答えてよ」

「そりゃ……やってることをやめてストラップを締める」キジーは言った。

「たとえ都合が悪くても？」

「うん」

「水道管を直さなきゃならなくて、しばらくのあいだみんなに水道栓を使わせないようにしなきゃならない。それはとんでもなく不都合なことだけど、どうする？」

キジーは鼻の先を指先でかいた。「水道栓を使うのをやめさせる」

シシックスはローズマリーを指さした。「ここにいる彼女は、あたしらのなかで最悪の仕事をしてるんだよ。あたしらの船に乗って、あたしらみたいなとんでもなく頑固なポンコツ頭といっしょに暮らして、あたしらのゆるみきった習慣のどれがルールに反するかいちいち指摘しなくちゃならない。あたしにはとんでもなく大変なことに思えるけど、彼女はひるまずにそれをやってのけたんだ。だから、たとえ都合のいいことでなくても、彼女が仕事で言ってるときは、ちゃんと聞かなきゃならない。だって彼女にも同じように我慢してもらわなきゃならないときがあるからね」そして穴があったらはいりたいと心の底から願っているローズマリーに目を向けた。「それからあんたもだよ、ローズマリー。あんたにはこういうときにあたしたちの尻を蹴飛ばす権利があるんだよ。監査に通らなかったり、未払いの請求書を理由に足止めをくらったりしたらとんでもないことになるからね」

「未払いの請求書のせいで宇宙に吸い出されるわけじゃないよ」キジーがつぶやく。

「あたしが言ってる意味はわかってるはずだよ」シシックスは言った。

キジーはため息をついた。「ローズマリー、あたしがとんまなやつでごめんね」つま先を見ながら言い、忠誠を誓うかのようにせっけんのかたまりを捧げ持った。「おわびのしるしにあたしのせっけんを受け取って」

ローズマリーは小さく笑った。「何の問題もないわ」自分が、いやなやつだと思われなかったことに安堵していた。「それはあなたのせっけんよ」

キジーは考えていた。「せめてランチをおごらせてよ」

「本当に大丈夫よ」

「キジーにおごらせてやって」シシックスが言う。「でないとその子、罪滅ぼしにほかのとんでもなくばかな贈り物を買おうとするから」

「ねえ、あんたは〈ジャムケーキの十二日〉が好きだったよね」キジーが言った。

「そうだよ」とシシックス。「あんたがあたしのスクリブをたびたび壊してくれたらいいとさえ思うよ」

「彼女のスクリブをスープ鍋に落としたんだ」キジーがローズマリーに説明した。

「そのあと自分の腕をつっこんだんだよ」シシックスが言う。

「反射的にだよ！」

「それから一時間、医療室でやけどの手当てを受けてたよね」

「なんだっていいさ。あんたはジャムケーキを食べたじゃないか。いやみを言うのはやめてよ」

シシックスがローズマリーのスクリブを指さした。「食べにいく前にこの区域でほかに買わなきゃならないものはあるかい？」

ローズマリーはリストをスクロールした。「ないようね。あなた、うろこスクラブがほしいって言ってなかった？」

「うん。でもさっきの店にあったのは気に入らなかった」シシックスは言った。「ほかのとこを見てまわってもいいかい？」

三人はうろこスクラブを求めて、次々と屋台をはしごした。あちこちですまなそうな顔でないと言われた――なかのひとりは当惑した顔をして、別のひとりは首の長いラルー人で、当店の健康にいい沙漠《さばく》の塩は同じ働きをすると断言した――あと、キジーがシシックスのベストをひっぱった。「きっとあの女性のとこにあるよ」と指さす。

「どこだって？」シシックスはそちらを向いた。小さな織物でつくったひさしの下にすわっているエイアンドリスク人の老女を見て、シシックスの顔が和らいだ。老女はコの字形に組まれた手作り商品でいっぱいのテーブルのなかにすわっていた。羽根は色あせ、襟毛はすりきれてまばらになっている。皮膚は古い革のようにひび割れていたが、唯一身につけているやわらかなズボンは色鮮やかで清潔だった。そしてうろこに覆われた肩のあたりには厳粛さが漂っていた。

シシックスはレスキトキシュ語で何ごとかつぶやいた。歯擦音《しさつおん》だらけの言葉はローズマリーにはわからなかったが、キジーの眉がぎゅっと寄るのが見てとれた。シシックスは片方の手のひらを仲間ふたりに向けた。「悪いけどここで待ってて。長くはかからないから」そして店主のほうに歩いていった。店主は何か温かいものがはいっているカップをかき混ぜていて、シシックスが近づいていくのに気がついていなかった。

ローズマリーとキジーは顔を見合わせた。「さっきシシックスがなんて言ったかわかる？」ローズマリーは訊いた。

「あたしのレスキトキシュ語はひどいんだけどさ、シシックスはうろたえてるようだった。何をするつもりか知らないけどさ」キジーは近くのベンチを顎で指した。「ちょっと気まずいことになりそうだね」

ふたりは腰を下ろした。向かい側で、店主がシシックスを見上げた。エイアンドリスク人の老女は笑顔になったが、たじろいでいるように見えた。まるで、何かに困惑しているかのように。シシックスの口が動くのが見えたが、遠いせいで言葉は聞こえなかった（聞こえたからといって、ローズマリーにその言語が理解できるわけではないのだが)。シシックスはしゃべりながら、微妙な模様を描くように両手を動かしていた。鳥の小さな群れのようにひらひらと指が動いている。老女の両手もそれに応じて動いていた。最初のうち、ふたりの動きは調和していなかったが、話が進むにつれてたがいに鏡映しのようになっていった。

「エイアンドリスク人の手話って知ってる?」ローズマリーは訊いた。

髪を三つ編みにしていたキジーは目を上げた。「ちゃんとは知らない。でもシシックスにいくつか教えてもらった。ごく基本的なやつをね。『こんにちは』『ありがとう』『お会いできてうれしいけどセックスをしたくはありません』」シシックスと店主のやりとりを、キジーはしばらく見つめていたが、首を振った。「全然わかんない。あれは速すぎる。でもシシックスは声に出してもしゃべってる。それって興味深いよね」

「身振り言語を使ってるのにどうして口でもしゃべるのかしら?」

「ちがうよ、あれは身振り言語とはちがうんだ。手話はレスキトキシュ語とはちがうんだ」

ローズマリーは面食らった。「それならあれは何なの? 表情みたいなもの? それともハントゥ語のゼスチャーみたいなもの?」

「ちがうよ」キジーはポケットからリボンを出して、三つ編みを縛った。「手話で表現するのは、あまりに基本的すぎてわざわざ言葉にする必要のないこととか、きわめて個人的なことなんだ」

「きわめて個人的なこと?」

「そう、本当に大事なことや言いにくいこと。愛とか憎しみとか、恐れていることとか。何かすごく大事なことを誰かに言おうとするとき、どもっちゃったり、鏡の前で言い方を練習したりするよね？　エイアンドリスク人はわざわざそんなことはしない。言いにくいことは全部手話ですませるんだ。彼らは大きく深い感情は普遍的なものだから手や何かをひと振りすればあらわせると考えてるんだ。たとえそういう感情を引き起こすできごとは別々だったとしてもね」

「それだとずいぶん時間の節約になるでしょうね」これまでの人生でどれだけの時間を、言いにくいことに適切な言葉を探すことに費やしてきただろうと、ローズマリーは考えた。

「マジでね。でも昔はしゃべりながら手話も使うことができた。声に出して言っていることを強調するために使われてたんだ、本気で言ってるんだってことがみんなにわかるようにね。シシックスが言うには、今でもそういうふうに使うことはできるけど、そういうのは時代遅れなんだって。今は特殊な状況のときに使うだけなんだってさ」キジーは屋台のほうを顎で示した。今やふたりのエイアンドリスク人は完全に同じ動きをしていた。「今はシシックスが超敬意をあらわしてるところなんだ。それと誠実さとを」

「でもシシックスはあの店主と知り合いじゃないんでしょ？」

「たぶんね。でもあの店主は年寄りだから、もしかしたらシシックスはわざと古風なやり方をしてるのかもしれない」

　ローズマリーはふたりのエイアンドリスク人を見つめた。ふたりの手は優美な忙しいダンスを踊っているようだった。「どうやって合わせてるのかしらね？」

キジーは肩をすくめた。「どうやら何かで合意したみたいだ」両眉がくいと上がる。「ほら。見て」

シシックスがテーブルのひとつに背中をくっつけてすわり、がばと両脚を開いた。老女がその前に重なるようにして、シシックスのお腹側に背中をあずけ、尻尾の位置を調整した。老女は頭をシシックスの胸にあずけ、目をぎゅっと閉じた。シシックスは片方の手のひらを老女のお腹に押しつけ、老女を抱き寄せた。もう一方の手は大きく指を広げ、老女の頭皮から羽根の先端までなであげながら、やさしく羽軸《うじく》をひっぱっている。地球人の目には、寝室のドアを閉じたあとで睦《むつ》みあう恋人たちのように映った。露天の市場にいる見知らぬどうしのふたりとはとても思えない。通りをはさんだここからでも、老女の表情は簡単に読み取れた。至福に浸っている。

ローズマリーはうろたえていた。エイアンドリスク人には性的なタブーはない（地球人の基準から考えると、と心のなかで念を押す）ことは知っていたが、こんなのは想定をはるかに超えている。「ええと、その……」

「あたしは知らないよ」キジーが言う。「まったくエイアンドリスク人って。あたしは知らないからね」何秒間か黙りこんだ。「あのふたり、や、ろ、うとしてると思う？」小声で言いながら、子どものように好奇心満々で身を乗り出す。「絶対やってるね。うわくそ、ここでは合法なのかな？　ああ、法を犯してないことを祈るよ」

だがふたりのエイアンドリスク人は性交をしているわけではなかった。それでもたっぷり半時間、睦みあいを続け、通行人の視線も気にせずに羽根をなでたり頬をすりあわせたりしていた。ほかのエイアンドリスク人がふたり通りかかったが、何げなく目を向けただけで、何ごともないかのように通りすぎていった。ローズマリーは目をそらすべきかどうかわからなかった。シシックスはどう見ても、人の目など気にしていなかった。見ているうちにだんだん、その行為が奇妙とは思えなくなってきた。たしかに異質で唐突ではあるが、不快ではない。その行為には――ふたりの手の動きやたがいにふれあう気取りのない仕草には、奇妙な美しさがあった。そう思ってしまうことにまごつきながらも、ちょっとうらやましく思えた――うらやましいのは老女なのかシシックスなのかはよくわからない。誰かにあれぐらい注意を向けてもらえたら。そしてそのお返しができるほど自分に自信があれば。

やがてとうとう、老女の両手がひくひくと震えた。シシックスは身体を離し、老女を立ち上がらせた。それからふたりは老女の屋台の品物を見ていった。うろこスクラブの容器を選び、シシックスの手首がスキャンされた。会話がいくつかやりとりされたが、手話はなかった。客と店主のごくふつうの会話だったが、先ほどのできごとを考えるととんでもなく現実離れした光景に思えた。

老女は手を上げて自分の頭から羽根を一枚、顔をしかめながら引き抜いた。そしてその色あせた青い羽根をシシックスに差し出した。シシックスは羽根を受け取り、深く頭を下げるお辞儀をした。彼女の表情は感謝のそれだった。

「うわっ」キジーが両手を胸に当てた。「何がどうなってるのかよくわからないけど、今のにグッと来ちゃった」

「え?」ローズマリーはシシックスたちから目を離せなかった。見つめていれば説明が得られるわけでもないだろうに。「あれはどういう意味なの?」

「あんた、シシックスの部屋にはいったことある?」

「ないわ」

「ええとね、シシックスの部屋の壁には大きくてきれいな額が掛かっててね、そこにさまざまなエイアンドリスク人の羽根が飾ってあるんだ。エイアンドリスク人は全員、そういう額を持ってるんだよ、まああたしの知ってるかぎりではね。いいかい、エイアンドリスク人は何らかの形で本当に人生に関わってきた相手に自分の羽根を一枚やるんだ。そしてそうやってもらった羽根を飾っておくんだ、自分がどんなにたくさんの人と道を交えたかの象徴としてね。壁にたくさんの羽根が飾ってあるってことは、たくさんの人々に深い印象を与えたっていうしるしで、ほとんどのエイアンドリスク人はそれをとても重要視してるんだ。でも気軽に羽根をあげるわけじゃないんだよ。たとえば何か運ぶのを手伝ってもらったりとか、タダでいっぱいおごってもらったりとか、そういうことじゃダメでさ、心に沁《し》みる経験でないといけないんだ。でもまったくの他人どうしでもそういうことが起こるときがあるんだよ。あ、ほら、見て」キジーはシシックスを顎で指した。彼女も老女に自分の羽根を一枚渡していた。

「シシックスはあなたにも羽根をくれた?」ローズマリーはたずねた。

「うん、ちょっと前に一枚くれたよ。彼女が孵化《ふか》父親のひとりが死んだっていう知らせを受け取ったときにね。その人は年老いてたけど、シシックスは本当に打ちのめされてた。だからシャトルに乗せてこの星雲のど真ん中に連れてって、二、三時間ぐらい叫ばせてやったんだ。その次の朝、羽根をもらったんだ。うちのクルー全員が今までにシシックスから羽根をもらってると思うよ。まあ、コービンは別だけど。コービンはたぶんもらってない」

シシックスがベンチのほうにもどってきた。うろこスクラブの容器を持っている。彼女はキジーとローズマリーと目を合わせようとしなかった。「ちょっと……説明したほうがいいかな」

「ああ、うん」キジーが言った。「そうしてもらえるとありがたいね」

シシックスは屋台のほうにうなずいてみせた。「彼女ぐらいの年齢の人は、ふつうなら家ファミリーといっしょに定住してひなを育ててるものなんだ」

ローズマリーはエイアンドリスク人の家族構成について思い出そうとした。幼いエイアンドリスク人は生物学的な両親ではなく、コミュニティの年配者たちに育てられる。ローズマリーが習ったのはそれぐらいだった。そしてエイアンドリスク人は年をとるにつれてさまざまな家族の段階を経ていく。だがそのあたりの細かいことについてはよく知らない。

「彼女はそうしたくなかったのかも」キジーは言った。「もしかしたらここで暮らすほうを選んだのかも」

「ちがうよ」とシシックス。「彼女はあんまり社交上手じゃなかったんだ」

「人見知りがひどいってこと?」ローズマリーは訊いた。

「彼女はラシェクなんだ。クリップ語にはない言葉なんだけど、彼女には障害があって、そのせいで他人と交流するのがむずかしいんだよ。他人の意向を理解するのがむずかしいんだ。それに話し方も変でね、それは最初からはっきりわかるほどだった。あたしは睦みあいしようって申し出たんだけど、彼女はすぐには受けようとしなかった。そう、たしかに彼女は人見知りだ。でも彼女も他人を理解するのにずっと苦労してきたんだよ。そのせいでちょっとばかり……ええと、いい言葉がないから使うけど、変になったんだ」

「どうして変人と睦みあったりするんだい？」キジーが訊いた。

「変人だからってつきあうに値しないってことはないんだよ。どこかのファームで暮らさずにここで店を経営してるってことは、彼女には家ファミリーがひとりもいないってことだ。そう、家ファミリーを持たないことを選ぶ年配者もいるにはいるけど、彼女には羽根ファミリーすらいないんだよ。それって……」シシックスは身震いした。「ああ星々《スターズ》よ、それ以上にひどいことなんて想像すらできないよ」

ローズマリーはシシックスを見つめた。家族の話をされても心には響かないが、それでも腑《ふ》に落ちるものはあった。「あなたは彼女を慰めてただけだったのね。ただ、彼女のことを気にかける人もいるってことを知らせたかっただけなのね」

「ひとりぼっちで当然なんて人はいやしないよ」シシックスは言った。「ひとりぼっちで誰ともふれあわないなんて……それよりひどい罰なんてありやしない。それに彼女は何も悪いことなんてしてないんだよ。ただちょっと人とちがってるだけなんだ」

「ここにはエイアンドリスク人がたくさんいるんでしょ。その人たちはどうして彼女に何もしないの？」

「それはしたくないからだよ」シシックスの声がどんどん激しくなってきた。「あたしが彼女と睦みあってるときにエイアンドリスク人がふたり通りかかったのを見ただろう？　あれは地元民だよ、しかも彼女を知ってた、目つきでわかったよ。わざわざ彼女に関わりあう気はないんだ。邪魔者あつかいしてるんだ」シシックスの羽根が逆立ってふくらんでいた。しゃべっている口から鋭い歯並びがちらちらとのぞく。

「心温まるたわごとや睦みあいなんかにホダされるんじゃないよ」キジーがローズマリーに言った。「エイアンドリスク人はエグいこともけっこうやるんだから」

「とにかく、あたしたちはたしかに羽根を分かちあったんだ」シシックスは言った。「何にせよ、待たせちゃってごめん。きまり悪い思いをさせてないことを願うよ。地球人ってのはときに――」

「ううん。大丈夫よ、今のはすごく親切なおこないだったのね」ローズマリーは並んで歩くエイアンドリスク人女性を見つめた。奇妙な身体を持ち、いろいろと不思議な慣習を有しているが、心の底から敬愛を感じた。

「うん、偉いよ、シシックス」キジーが言った。「でももうお腹がぺこぺこだ。何にする？　麺類？　串焼き？　アイスクリーム？　うちらはもう大人だから、食べたかったらアイスクリームをお昼ご飯にしたっていいんだよ」

「それはやめよう」シシックスが言った。

「わかった。忘れてた」キジーは笑った。「シシックスはアイスクリームを食べると口が動きにくくなるんだったね」

シシックスは異議を唱えるように舌をちらりと出した。「食べ物を凍らせるなんて、あたしの理解を超えてるね」

「そうだ！　ホッパーは？」キジーが言った。「心の底からホッパーを食べにいきたいよ。うーん、スパイシーなコショウとさくさくしたオニオンと、こんがりとトーストしたでっかいバンズ……」熱意のこもった目でローズマリーを見る。

「最後にホッパーを食べたのはいつだったか思い出せないわ」ローズマリーは言ったが、それはうそだった。ホッパーなど食べたことがなかった。バッタバーガー《グラスホッパー》はB級グルメで、彼女が親しんできた料理の範疇《はんちゆう》にはないものだ。改造屋《モッダー》や密輸人や腕をぶった切るパッチ泥棒どもと相席して、油じみた紙に包まれた昆虫バーガーを娘が食べていると知ったら、母親はどんな顔をするだろう。そう想像して、ローズマリーはにんまりした。「いいわね」

アシュビーは自分の身体に押しつけられた裸の胸に手のひらをすべらせた。彼女以前にも恋人は何人かいた。たくさんの肌にふれてきた。だが、ペイのような肌を持つ女性はいなかった。彼女は細かなうろこで覆われていた——シシックスのような何層にもなった分厚いうろこではなく、継ぎ目がなくしなやかに連動するうろこに。光を反射する銀色のうろこは、川にいる魚のようだ。長らく彼女を見てきて、快い時間をともに過ごしてもなお、その美しさに言葉が喉にへばりついてしまうときがたびたびある。

もちろん、〝地球人が一般に魅力を感じる点〟リストでイリュオン人が満点をとれるのはまったくの偶然だ。銀河系というスケールでは、美というのは相対的なものだ。地球人はみな、ハーマギアン人は恐ろしいという意見に同意するだろう（ハーマギアン人もそれに応じるように同じ心情を地球人に抱いている）。エイアンドリスク人については――まあ、訊く相手による。羽根が好きという地球人もいれば、鋭い歯と鉤爪《かぎづめ》を見すごせない地球人もいる。すばやく動く脚と大きく鋭い顎をもつロスク人は、たとえ辺境植民地に絨毯《じゆうたん》爆撃を仕掛ける慣習がなくとも悪夢の種とされるだろう。だがイリュオン人は、進化の奇妙なまぐれ当たりのおかげで、たいていの地球人にあんぐりと口を開けさせ、両手を挙げて「わかったよ、あんたたちはたしかに優越種だ」と言わしめる容貌の持ち主だ。イリュオン人の長い手足と指が異質であることはまちがいないが、所作は優美だ。目は大きいが、大きすぎるというほどではないし、小さい口も小さすぎるというほどではない。アシュビーの経験では、たとえきわめて客観的な美学的見地にかぎってもイリュオン人を称賛しない地球人を見つけるのはむずかしい。イリュオン人女性にはおっぱいがないが、ペイと出会って以来、アシュビーはおっぱいなどなくても何の問題もないとわかった。十代のころだったらぞっとしていただろうが。

ペイのかたわらに寝そべっていると、自分が毛むくじゃらのむさくるしいかたまりに思えてくる。だがこの二時間の大部分、ふたりでしていた行為を考えれば、それほどは不快な存在ではないはずだ。それとも、彼女が毛むくじゃらのむさくるしさを気にかけていないだけだろうか。まあ、それならそれでいいだろう。

「お腹すいてる?」ペイが言ったが、その口は動いてはいない。イリュオン人はみなそうだが、彼女の〝声〟は喉に埋めこんだトークボックスの合成音声だ。その人工喉頭は神経伝達によってコントロールされている。ペイによれば、言葉を考えながらタイプするようなものだという。イリュオン人は生まれつき聴覚がないので、本来はしゃべる言語は必要ない。イリュオン人どうしのコミュニケーションは色を通じておこなわれる——とりわけ、頰に浮かぶ、ちらちら光って泡の表面のように揺れ動く玉虫色の斑点を通じて。だが、ほかの種族との交流がはじまると、言語によるコミュニケーションが必要不可欠になり、そのためトークボックスが考案されたのだ。

「腹がぺこぺこだ」アシュビーは言った。彼の口から出る声は彼女のひたいに埋めこまれている宝石のようなインプラントに集められる。彼女の脳には音声を解析する能力が備わっていないので、そのインプラントが彼の言葉を彼女に理解できるように変換し、神経入力する。具体的な仕組みをアシュビーは理解しているわけではないが、それはたいていのテックについても言えることだ。それでちゃんと機能している。大事なのはそれだけだった。

「きみの部屋でとる? それともおれの部屋にするか?」彼は訊いた。いつもの逢い引きでは、これもまたおなじみのことだ。ルームサービスがやってきたときに、部屋にいるのはひとりでなければならない。

「まずどんなものがあるか見てみましょう」ペイはベッドから手をのばし、サイドテーブルのメニューを取った。「オッズはどうする？」

これもまた、ふたりのあいだではおなじみのジョークだ。ルームサービスのメニューでそれぞれが好きなものをどれだけ見つけられるかという競争だ。多種族対応メニューは悪くはないのだが、当たりはずれが常にある。「七十対三十」アシュビーは言った。「きみが有利だ」

「どうして？」

アシュビーはメニューを指さした。「だってまるまるひと項目、魚卵がある」

「うわ、そうね」

魚卵の項目に丹念に目を通しているペイの身体を、アシュビーは目でなぞった。お尻の上に何かがのぞいている――乳白色の太い線、傷跡の端だ。これまで気づかなかったのはほかのことに気をそがれていたからだ。「この傷は新しいな」

「え？」ペイは首をのばしてそちらを見た。「ああ、それね。そうよ」メニューに目をもどす。

アシュビーはため息をついた。胃のあたりがじわじわとかたくなるおなじみの感覚が意識された。ペイの身体にはたくさんの傷跡がある――背中をつっきる縦縞《たてじま》のような数本の畝、両脚や胸の弾痕《だんこん》、パルス・ライフルが残した歪んだ傷跡。その身体はさながら暴力のタペストリーだ。貨物船の船長が直面する数々の危険について、アシュビーは何の幻想も抱いてはいないが、ペイのこぎれいな服装やつややかなグレーの船や、機知やなめらかな声のせいで、なんとなくすべてが非常に洗練されているように感じてしまう。誰かが彼女に危害を加えた証拠が刻まれた肉体を目にしてようやく、彼女がどれほど危険にさらされた暮らしを送っているかを思い出すのだ。彼にはその暮らしを共有できないことを。

「訊いていいか?」アシュビーはでこぼこした傷跡の上に指をすべらせた。くつろいだ姿勢のためにその傷がのびている先は見えないが、それは背中まで続き、しかもだんだん広がっている。「くそ、ペイ、こいつはでかすぎる」

ペイは胸の上にメニューをのせ、アシュビーを見やった。「本当に知りたいの?」

「ああ」

「あなたの心配をふやすようなことを言いたくないわ」

「おれが心配してるって誰が言った?」

ペイの指先が彼の眉間に刻まれたしわをなぞった。「あなたはやさしいけど、とんでもないうそつきよね」くるりと寝返りを打ち、アシュビーの顔と向き合う。「荷下ろし場でちょっと……事故があったの」

「事故ね」

ペイの第二のまぶたがひくひくと震え、両頬が赤い斑点の散る淡黄色に変わった。イリュオン人の繊細複雑な色彩言語はアシュビーにはとうてい学びきれるものではないが、感情の見分けがつく程度にはなじんでいた。たとえばこの色合いはいらだちときまり悪さが入り混じったものだ。「話をすると実際よりはるかにひどく聞こえちゃうのよ」

アシュビーは彼女のヒップを指先で細かくたたきながら、続きを待った。

「わかったわ。わたしたち、小さな——すごく小さなって言っておくわ——ロスク兵の襲撃チームのせいでジャンプするはめになったの。彼らはわたしたちじゃなく、基地を狙ってたんだけど、その最中にちょっとこんがらかっちゃったのよ。長いややこしい話を縮めて言うと、最終的にわたしはロスク兵の頭に乗っかって——」

「どうしたって？」ロスク兵は遺伝子レベルで戦闘用につくられている。通常の地球人の三倍の大きさがあり、すばやく動くばかでかい脚にスパイクがつき、ケラチン膜に覆われている。ロスク兵が突進してきたら逃げずにいられるとは思えなかった。ましてや頭の上によじ登るなど。

「話で聞くとひどいって言ったでしょ。とにかくしばらくもみあったあとで、相手はわたしを梱包箱《こんぽうばこ》の山に振り飛ばして、そこにぶつかって落ちたわたしをつかんで口に持っていったのよ。わたしはちゃんと保護ギアをつけてたけど、ロスク兵の顎ときたら——」ペイは悲しげに首を振った。「腰についてるのは嚙み裂かれた跡。でも結果的にはそれでよかったのよ。口のなかは撃つのにちょうどいいやわらかさだったから」

アシュビーはごくりとつばを吞んだ。「それじゃ、きみは……？」

「ちがうわ、それだけじゃ殺せなかった。でもうちの操縦士の二発めで仕留めたわ」ペイは頭を起こし、第二のまぶたを横にすべらせた。「あなたって心配性ね」

「心配しないではいられないよ」

「アシュビー」ペイは手をのばして彼の頰にふれた。「訊かないほうがいいのよ」

アシュビーは彼女の腰のくびれに手のひらを押しつけ、彼女を引き寄せた。「心の底から、この戦争が終わってほしいと願うよ」

「わかってるでしょ、こ、う、い、う、こ、と、のほとんどは」彼女はアシュビーの手を取り、自分の傷跡の上に重ねた。「GC域内で起きたことなのよ。この傷はアカラク人がうちの船に乗りこもうとしたときのもの。こっちのはインチキボットのことでわたしに通報されるのをいやがった密輸業者。それからこれは、単に機嫌が悪かった遺伝子改変者の変人に襲われたの。紛争中でない宙域にいるときは、誰にも守ってもらえない。自分で守るしかないの。軍関係の仕事のときは、恒星間空間に出る際には護衛を雇うし、惑星地表に荷下ろしをするときは武装した警備員を雇ってる。いろんな意味で、軍関係の仕事のほうが安全なの。報酬もいいしね。それに戦闘の激しい場所に送られるわけじゃない。荷物を下ろしたらすぐにまわれ右して帰ってくるのよ」

「その……非常事態ってやつはよく起きるのか?」

「いいえ」ペイはアシュビーの顔をじっと見つめた。「わたしが襲われたと聞くのと、誰かを撃ったと聞くのと、どっちが心配?」

アシュビーはしばらく押し黙った。「襲われたってほうだな。きみがロスク兵を撃つのはまったく気にならない」

ペイは片脚をのばし、アシュビーの脚にひっかけた。「離郷人《エクソダン》にしてはちょっとおかしな言い草ね」GCのほかのみんなと同じように、ペイも離郷人が平和主義者だということをよく知っている。地球を離れて広い宇宙に飛び出す前から、避難民たちは生きのびる唯一の道は力を合わせることだと知っていた。離郷人に関するかぎり、戦争で血にまみれた地球人類の歴史は彼らと共に終わったのだ。

「うまく説明できるかどうかはわからんが」アシュビーは言った。「戦争が起こらないことを願うとしても、ほかの種族がそれに参加することは責められない。つまりだ、戦地でイリュオン人のしていることは何もまちがっていない。ロスク人は自分たちのものでもない宙域で無辜《むこ》の人々を殺していて、しかも説得にも応じない。こんなことは言いたくないが、こういう場合は暴力という選択肢しかないと思う」

ペイの頬がくすんだオレンジ色に変わった。「そうよ。わたしはただその端っこにいるだけ、そしてわたしが見てきたことからすると……信じてちょうだい、アシュビー、これは必要やむをえない戦争なの」考えこむように息を吐き出す。「あなたはわたしが——その、軍からの仕事を請け負っているのはよくないと思う？」

「いいや。きみは傭兵《ようへい》じゃない。ただ、人々にさまざまな物資を届けているだけだ。それには何の悪いこともない」

「でもわたしがロスク兵を撃ったことは？　わたしを口に持っていったやつよ？　わたしが自分の身を……守らなきゃならなかったのはこれがはじめてじゃないわ、知ってるでしょ」

「知ってる。でもきみは何も悪くない。何をしようとそれが変わるわけじゃない。それにきみの種族は——きみたちは戦争の終わらせかたを知っている。本当に終わらせる方法をね。戦いはきみの血にしみこんでいるわけじゃない。きみはやる必要があることをやっている、それでいいんだ」

「常に正しかったわけでもないのよ」ペイは言った。「わたしたちの歴史にも、ほかの種族と同じように暗黒の部分があるわ」

「そうかもな、でもおれたちの種族ほどじゃない。地球人は戦争を制御することができない。おれの知ってるかぎり、戦争が人間の最悪の部分をさらけ出すことを地球人の歴史は示している。おれたちは単純に……成熟していないんだ、戦争にしても何をするにしても。おれたちはいったんはじめると、止めることができない。おれ自身、自分の心にもそれを感じることがある。怒りにまかせて行動する傾向があるのをね。きみに見せていないだけだ。戦争がどんなものか、知ってるふりをするつもりはない。だが地球人は――おれたちの内には危険なものが宿ってるんだ。そのせいでほとんど自滅するところだった」

ペイはアシュビーの縮れ毛に長い指をからめた。「でもあなたたちは自滅しなかった。それに、その事実から学習して、進化しようとしてる。ほかの種族はそのことを過小評価してると思うわ」少し間を置く。「まあ、少なくとも離郷人についてはね」そう言う彼女の頰はかすかに緑色になっていた。「太陽系人についてはちょっと疑問の余地があるけど」

アシュビーは笑った。「ひいき目で見てるんじゃないだろうな」

「もしそうなら、それはあなたのせいよ」ペイは枕に両肘《りょうひじ》をついて上体を起こした。「話を変えないで。最初に思ってたことを、あなたはまだ全部話してないわ」

「どれのことだ?」

「あなたを心から悩ませているものは何なの?」

「ああ、それか」アシュビーはため息をついた。ペイに戦争を説くなんて、おれは何様のつもりだ？　そもそも戦争について、ニュースフィードと参照ファイルを通じて以外に何を知ってるというんだ？　彼にとって戦争は話に聞くものでしかない。行ったこともない場所で知らない人々の身に起きていることなのだ。そんな自分が戦争をどう思っているか彼女に告げるなど、侮辱しているようなものだろう。

「続けて」ペイは言った。

「きみに噛みついたロスク兵だが。そいつは死んだんだろう」

「そうよ」ペイの口調は淡々としていた。自責の念もなければ誇らしさもない。

　アシュビーはうなずいた。「それがおれを悩ませてることだ」

「それって……ロスク兵が死んだこと？」

「いや」アシュビーは自分の胸を軽くたたいた。「これだ。ここにあるこの感情。それがおれを悩ませてるんだ。きみが誰かを撃ったと聞く、そしてそれをうれしいと思っている自分がいる。きみがロスク兵を阻止したことはうれしいと思う。ロスク兵が死んだのもうれしいと思う、そのおかげできみがここにいるんだからな。だが、だからといっておれに何がわかるというんだ？　自分の種族がやったことを非難していながら、同じことをきみがしたことに安心している、こんなおれに何がわかる？」

　ペイはまじまじとアシュビーを見つめ、それから身体を彼に押しつけた。「それはね」彼のひたいにひたいをくっつけ、しなやかな手足を彼の身体に巻きつける。「あなたが自分で思ってる以上に、暴力についてよく理解してるってことよ」アシュビーの頬に指先を押し当てたペイの顔に、うっすらと不安の色がよぎった。「そしてそれはいいことよ、あなたが次に向かう場所を考えるとね」

「おれたちは戦闘地帯に乗りこむわけじゃない。現地の状況は完璧に安定してると運輸省は言ってる」

「ふうん」ペイの声は抑揚がなかった。「トレミ人をこの目で見たことはないけど、彼らが安定しているという話は聞かないわ。あの種族はね、あなたたちがわれわれ他種族の存在を知りもしないころに、わたしたちの探検隊をばらばらにして送り返したのよ。わたしはこの協定がうまくいくとは思わない。あなたを行かせたくはないわ」

　アシュビーは笑った。「どの口で言うかね」

「わたしの場合とはちがうのよ」

「たしかに」

　ペイの目が不服そうに動いた。「本当よ。わたしは銃のどちら側を相手に向ければいいか知ってる。あなたは銃を手にしたことすらないでしょう」息を吐き出す彼女の頬は、淡いオレンジ色になっていた。「まあ、こういうのはフェアじゃないわね、ごめんなさい。あなたのことはよくわかってるつもりよ。きっと時間をかけてじっくりと考えたんでしょう。でも、トレミ人のことはわからない。話で聞いたことぐらいしか知らないわ、そして――ああ、お願いよ、アシュビー。とにかく気をつけてちょうだい」

アシュビーは彼女のひたいにキスした。「これで、きみが出かけるときのおれの気持ちがわかるだろう」

「こんな形で知りたくはないわね」ペイは苦笑いを浮かべた。「あなたにこんな思いはさせたくないわ。でも、ある意味ではこれでいいのかも。わたしがあなたを想っているように、あなたもわたしを想ってくれてるってことだもの」アシュビーの手を取って自分の腰に導く。「うれしいわ」

ルームサービスを頼むのは一時間延期になった。

GC標準306年　180日　衰微

専用居住区画の窓の前のシートにゆったりとすわり、オーハンはブラックホールをのぞきこんでいた。ちょっと努力をすれば、彼らの宿主が感染前の子どもだった時代に銀河系がどのように見えていたかを思い出すことができる。平板。虚無。虚空。ささやく者《ウィスパラー》にふれられていない精神は、いろんなものを感じることができない。豊かな精神を持たない異種族のクルー仲間がオーハンにはあわれに思えた。

肉眼のみでは、ブラックホールの降着円盤の周縁に沿って起きている活動しか見えず、ほかのクルーが見ているのと何ら変わるところはない。無人のスキマー・ドローンの一隊が、事象の地平線に近づいて無事でいられるところ——重力につかまる領域の縁ぎりぎりのところを飛んでいた。巻き上がる微砂《シルト》のなかを飛んでいるドローン隊は、ふつうの見物人には、その櫛《くし》のような腕《アーム》で土埃《つちぼこり》の尾を引いているだけのように見えるだろう。けれども、オーハンが精神を投じて見れば——そのすべてを正しい数字と認識とをもってマッピングすれば——宇宙空間は壮大で粗暴な場所となる。スキマーのアームのまわりではむきだしのエネルギーが渦巻き沸き立ち、さながら海面をたたいて浮き滓《かす》をかき混ぜているかのようだ。櫛のまわりで物質が巻きひげのように巻き上がり、弧を描いてしなり、のたうちながら収集ホッパーのなかに吸いこまれてゆく。というか、オーハンの想像ではそうなっている。彼らは窓に顔を押しつけていた——目では見えない嵐に畏敬《いけい》を抱いて。そしてまた、クルー仲間が見ているものに思いを馳《は》せる。うつろな宇宙の切れ端、黒よりも黒い空間、目に見えない荷物を集めている小さなスキマーたち。

『みんなの目に見えている宇宙はどんなに静かだろう』オーハンは考える。『どれほど静まりかえっていることか』

あの目に見えない荷物こそ、彼らの船長が買いにやってきたものだ。おそらく今このとき、アシュビーはアンビ・セルの値切り交渉をおこなっているだろう。生《なま》のアンビ——スキマーの櫛に回転しながらまとわりつくさまをオーハンが思い描いている物質——は集めるのがむずかしい。アンビエント・エネルギー、すなわちアンビはどこでも、どんなもののなかにでも見つかるが、ふつうの物質の周縁に織りこまれているような形で存在するため、抽出するのは困難だ。適切な技術を使えばアンビをもぎ離すことはできるが、そのプロセスはきわめて長ったらしく、割に合わない。どこか、どんな知的種族にもつくり出せないほど大きな力によってアンビがすでにちぎれ飛んでいるところ——たとえばブラックホール——で集めるほうがはるかに簡単なのだ。ブラックホールは浮遊するアンビの荒れ狂う海に取り巻かれているが、アンビを採集できるところまで近づくのはきわめて危険だ。

だがアンビ業者にとって、そのリスクは冒す価値があるものだ。とりわけ、そのためにアンビにさらに付加価値がつくとなると。アンビ・セルは高価だが、〈ウェイフェアラー〉の時空間穿孔機《ドリル》を動かせる唯一の燃料なのだ。〈ウェイフェアラー〉のような船にとっては必要な出費だが、いつもあとになってアシュビーがちょっと青ざめる原因ともなっている。何もかもがアンビ・セルで動く船の話をオーハンは読んだことがあったが、そんなとんでもない贅沢《ぜいたく》が許されるような暮らしぶりを思い描くのはむずかしかった。

オーハンは足元の洗面器の横の剃刀《かみそり》を取り上げた。毛を刈りこんで模様をつくりながら、彼らは舌ではずむようなリズムを鳴らしていた。毛のうねりと舌で刻むリズムはクルー仲間には何の意味も持たなかったが、オーハンにとってはあらゆるものを意味していた。あらゆる模様が宇宙論的な真実をあらわしていたし、舌で刻むあらゆるリズムの流れが宇宙の根底にある数学を抽象化したものだった。シアナット・ペアなら誰でも知っている模様とリズムだ。彼らは肌の上に宇宙の層《レイヤー》をまとい、口で宇宙のビートを刻んでいるのだ。

手首の奥深くに鋭い痛みがさし、一瞬、手のコントロールを失った。剃刀がすべり、皮膚が切れた。オーハンは痛いというよりも驚いて、さえずるような声をあげた。傷をもう一方の手で押さえ、痛みの感覚がだんだん薄れてやけど痕のようになるまで、身体を前後に揺する。オーハンは息を吐き、切り傷を見下ろした。血がじわじわと出て、毛の上に小さなしみをつくっていた。だが深い傷ではない。オーハンはこわばった動きで立ち上がり、ドレッサーの前に歩いていって、包帯を探した。

これが〈衰微〉の第一段階だ——こわばりと筋肉の痙攣《けいれん》。最終的にはこの痛みが骨にまで広がり、筋肉のコントロールがどんどんむずかしくなっていく。やがて痛みは完全に消えるが、それは神経線維が死にはじめたことを示す、一種皮肉な慈悲のようなものだ。そのあとゆっくりと死が訪れる。

〈衰微〉はシアナット・ペアには避けられない運命だ。ウィスパラーは宿主の精神を啓《ひら》くが、同時にその生命を縮めもする。孤独者《ソリタリー》――感染を拒むのは冒瀆《ぼうとく》とされ、流刑に処される犯罪者――はゆうに百標準年以上生きると報告されているが、ペアで三十標準年以上長く生きた者はいない。ときおり、異種族の医師が〈衰微〉を治す手助けをしようと申し出てくるが、ペアたちはいつもそれを断る。ウィスパラーの遺伝子安定性を損なう治療をするという選択はありえない。感染は神聖なものだ。それに干渉することはありえない。〈衰微〉は啓蒙のために支払われる正当な代償なのだ。

だがそれでも、オーハンは恐れを抱いていた。彼らは恐怖に目をつぶることはできるが、それは喉の奥の不快な味のようにしつこくしみついていた。恐怖。そういう先祖返り的な感情は、原始的生命を捕食獣から逃れさせるためのものだ。生命は宇宙で普遍のものだ。拒絶の恐怖、批判の恐怖、失敗の恐怖、喪失の恐怖――それらはすべて、生存のための原始的な反射によって引き起こされているのだ。感じている死の恐怖は、宿主の脳内で原始的なシナプスが出す火花にすぎないと、オーハンは知っている。熱いものにふれてさっと手をひっこめる反射と同じだ。精神のより高次の階梯《かいてい》に到達した彼らは、死は恐れるべきものではないと知っている。すべての生命に訪れる現象をどうして恐れることがあるだろう？　ある意味で〈衰微〉がはじまったことは慰めとも言えた。時期尚早の死を突然迎えることは避けられたということだからだ。

オーハンに〈衰微〉がはじまったことを知っているのは、アシュビーとドクター・シェフだけだ。船長はいつもどおりに過ごそうとしているものの、たびたび声をひそめてオーハンに、具合はどうか、何かおれにできることはあるかとたずねてくる。ドクター・シェフはもともと親切なのもあり、わざわざシアナット人の医師たちに連絡をとって〈衰微〉についていろいろと調べていた。〈ウェイフェアラー〉がコリオルを出た数日後、ドクター・シェフはオーハンに、さまざまな種類の手製のチンキ剤とお茶をプレゼントしてくれた。どれも痛みを和らげるとされるハーブからつくったものだ。オーハンは胸を打たれたが、いつものことながら感謝の意をどうすれば適切にあらわせるのかがわからなかった。プレゼントを贈る行為はシアナットの文化にはないので、感謝のあらわし方がわからないのだ。ドクター・シェフはこういう社交上の限界を理解してくれていると彼らは信じていた。ある意味で、ドクター・シェフは他人の心のなかを、オーハンが宇宙を見るのと同じように見通すことができる。それがどれほどすばらしい天与の才か、ドクター・シェフはわかっているのだろうか。そうオーハンはたびたび考える。

包帯を巻いて血をきれいにぬぐうと、オーハンは窓の前にもどった。剃刀を取り上げ、舌を鳴らしながら毛の上に刃をすべらせる。そうしながら、目的という概念について考えた。ドクター・シェフの目的は癒しと栄養を与えること。アシュビーの目的はクルーをひとつにまとめること。〈衰微〉を受け入れることはそれらの目的とは相反している。みんなにとって、クルー仲間の死を受け入れることはむずかしいのだ。その労力にどれだけ感謝しているかみんなにわかってもらえたらと、オーハンは願った。

オーハンの目的はナビゲーターとなり、宇宙の秘密を見ることのできない人々のためにそれを明らかにすることだった。死ねばもうその目的を追求することはできなくなるので、その点を悲しく思うことは否定できない。少なくとも、あとひとつ仕事をこなす時間はあるだろう。このヘドラ・カへの新しいトンネルをつくる時間は。〈衰微〉は第一段階がはじまったところだ。倒れ伏すまでにトンネルをひとつつくる時間はある。〈ウェイフェアラー〉内で〈衰微〉の最終段階を迎えたとき、ほかのクルーへの対処にアシュビーが苦労しなければいいがと、オーハンは願っていた。オーハンには、自分の目的を宿している場所は死ぬのにふさわしいと思えるのだが。

ふたたび、オーハンはブラックホールを見つめた。目を閉じて、物質がばらばらになって際限なく落ちていき圧縮するとてつもなく大きなうねりを思い描く。ララブ――彼らの母言語ではそう呼ぶ。形をあらわす単語だ。また、グルスとも呼ぶ。目に見えない物質の色をあらわす言葉だ。目に見えない色や形をあらわす言葉はクリップ語にはない。オーハンはこれまでにたびたび、〈ウェイフェアラー〉のクルーにこうしたことを説明しようとしたが、クルー仲間の限られた精神を啓くことのできる言葉も抽象概念も存在しなかった。だがこの眺めはひとりで見るほうがいい、とりわけ今は。ブラックホールは死に思いを馳《は》せるには完璧な場所だ。宇宙には永遠に続くものなどありはしないのだ。恒星にしても、物質にしても。ありはしない。

剃刀の傷。手首が痛かった。空は目に見えない渦を巻き、どよめいている。

フィード源：レスキト自然科学博物館――古記録保管所（公用語／レスキトキシュ語）
記事名：銀河系についての考察――第三章
著者：オシェット＝テクシェレケト・エスク＝ラヒスト、アス＝エハス・キリシュ・イスケット＝イシュクリセト
暗号度：0
他言語翻訳：（レスキトキシュ語↓クリップ語）
複写：0
個人確認番号：9874＝457＝28、ローズマリー・ハーパー

はじめて異種族の個人と対面するとき、即座に相手との生理学的な差異を意識しない知的種族はこの銀河系にはいない。誰もがまっ先に目にとめるところだ。肌のちがいはどうだろう？　尻尾はあるのか？　動き方はどうだ？　ものを取り上げるときのやり方は？　何を食べる？　わたしにはない能力を持っているか？　その逆はあるか？

重要なちがいはいろいろとあるが、大事なのはその次におこなう比較だ。いったん頭のなかで差異リストをつくってしまうと、あれこれ比較をはじめてしまう――だがそれは異種族とわ

れわれ自身との比較ではなく、異種族と動物との比較なのだ。われわれの大多数は子どものころから、そういう差異を口にするのははしたないことだと教えられてきた。たしかに、口語使用時の種族差別語の多くは非知的種族を指す共通名称となっている（たとえば、地球人がエイアンドリスク人を指すときに使う〝トカゲ〟、クウェリン人が地球人を指すときに使う〝ティク〟、エイアンドリスク人がクウェリン人を指すときに使う〝セルシュ〟などだ）。

これらの用語は不愉快ではあるが、客観的に吟味してみると、生物学的興味のあらわれである点が見えてくる。軽蔑的な含蓄を除けば、われわれエイアンドリスク人は地球に原生する爬《は》虫類《ちゅうるい》種にたしかに似ているし、地球人はクウェリンの都市の下水溝に生息する無毛の霊長類《れいちょうるい》が大型化して二足歩行になったように見える。クウェリン人はハシュカスのいたるところで見られる大きなはさみをカチカチ鳴らす甲殻類《こうかくるい》にいくぶん似ている。だがわれわれはそれぞれの世界で独自に進化してきた。われわれと地球のトカゲとは進化系統ではまったくの別物であるし、地球人とティク、クウェリン人とセルシュについても同じことが言える。われわれ知的種族の発生地は銀河系じゅうに散っている。われわれはそれぞれが、何億年も自給自足を続け、それぞれ異なる時間による進化の時計を持つ星系の出身だ。銀河系の隣人とはじめて出会ったときに、みなが瞬時に故郷の世界の生き物を――またときには、われわれ自身を思い出すのはなぜなのだろう？

この問題は、うわべのちがいから類似点に目を向けると、いっそう複雑になってくる。知的種族はすべて脳を持っている。明白に思える事実をちょっと考えてみよう。われわれはそれぞれ孤立した進化を遂げながらも、すべての種族が中枢を持つ神経系を発達させてきた。みな、内臓を持ち、肉体的感覚のいくつかを共有している——聴覚、触覚、味覚、嗅覚《きゅうかく》、視覚、電気受容器などだ。知的種族の大多数は手足が四本あるいは六本のいずれかだ。二足歩行とものをつかめる構造の指は全宇宙に共通とは言えないにせよ、驚くほど共通している。われわれはみな染色体とDNAからできており、それらはごくわずかな種類の基本要素からできている。われわれはみな、生存するためには水と酸素を安定的に摂取する必要がある（量はさまざまであるが）。われわれはみな、食べ物を必要とするし、濃すぎる大気や強すぎる重力場では生存できない。凍えるような寒さや燃えるような暑さに遭うと死んでしまうし、われわれ全員、いつかは死ぬ、終止符《ピリオド》。

どうしてこのようなことになったのだろう？　銀河系じゅうの生命が表面はまったく多彩に異なりながら、等しく同じパターンをたどる——今この現代だけでなく、何度も何度もくりかえしながら——こんなことが、どうして起きているのだろう？　このパターンはシェッシャのアーケイン文明の廃墟《はいきょ》や、今は荒れ果てているオキクの古代の化石層に見られる。これは科学界が何世紀もずっと格闘してきた問題で、近い未来に答えが得られることもなさそうだ。理論はいろいろある——小惑星がアミノ酸を運んでいるからとか、超新星が近隣の星系に有機物を吹き飛ばすからとか。加えて、超越的に進化した知的種族が銀河系に遺伝物質を〝種蒔《たねま》きした〟というおとぎ話も存在する。〝銀河の庭師〟仮説がわたしの大好きなサイエンスフィクション・シミュレーションゲームのプロットのネタとなったことは認めるが、科学的に言えばこの仮説は希望的観測でしかないだろう。証拠《エビデンス》なしに仮説を立てることはできないし、この理論を支持するエビデンスはいっさいない〈リンク〉のフィードにひそんでいる陰謀論者たちが何を言い張ろうが関係ない)。

わたしが考えるに、最良の説明はもっとも簡単なものだと思う。銀河系は法則に支配されている。重力は法則に従っているし、恒星や惑星のライフサイクルも法則に従っている。原子を構成する粒も法則に従っている。赤色矮星《わいせい》や彗星《すいせい》やブラックホールの形成をもたらす具体的な条件を、われわれは知っている。なのになぜ、宇宙が同じように確固たる生物学の法則に従っていると認めることはできないのだろう? これまでに生命が見つかっているのは、好適な恒星の周囲の狭い範囲内に軌道を描いている一定の大きさの衛星と惑星の上だけだ。これほど似たような星の上でそれぞれ進化してきたとすれば、われわれの進化の経路に共通点が多いのは驚くべきことだろうか? 特定の環境要因が適切に組み合わされれば、その結果として常に予測可能な身体的適応がなされると結論づけてもいいのではないか? これほどたくさんのエビデンスが目の前に突きつけられているというのに、なぜこんな論争が続いているのだろう?

答えは、むろん、生物学の法則は検証することがほとんど不可能であり、科学者たちがそれを嫌っているからだ。重力や時空連続体についてのさまざまな理論を検証するために、探査機を放つことはできる。教室で岩石を圧力なべに入れ、原子を分裂させることもできる。だが、進化のような長い長い時間がかかるうえに多面的な経過を検証することなどできるだろうか? 今日では、三標準年間のプロジェクトの資金を得るのにさえ苦労している研究所があるというのに、何千年という時間をかけるプロジェクトにどれほどの資金が必要か、考えてみてほしい！　現状では、特定の生物学的適応を生み出す諸条件を効果的に検証する方法はない。せいぜいでごく初歩的な観察ができるくらいだ（水の多い気候風土の生物にはひれがあり、寒い気候帯の生物は長い毛や脂肪層に包まれている、等々）。イリュオン資本のテップ・プリーム・プロジェクト（これは狙いはいいが、生物学の法則のさまざまな謎を解くには至っていない）のように進化の経路を正確に予測できるソフトウェアをつくろうという大胆な試みもおこなわれている。この場合の問題は、考慮しなければならない変数的要素があまりにも多いこと、そしてその多くがわれわれにはまだ未知のものだということだ。われわれは単純に、じゅうぶんなデータを手にしていない。そして実際に手にしているデータすら、いまだに理解しきれていないのだ。

われわれは物理的な銀河系については熟知しており、テラフォーミングされた天体や巨大な軌道上居住地で暮らしている。副層《サブレイヤー》にトンネルを穿《うが》ち、恒星間空間を飛びまわり、玄関から踏み出すような気軽さで、惑星の重力から脱している。けれども進化に関しては、おぼつかない手つきでおもちゃをあつかうひなにすぎない。これこそが、遺伝物質が小惑星や超新星によってまき散らされるなどという仮説にわたしの同僚の多くがいまだ固執している理由だと思う。いろんな意味で、銀河系じゅうに遺伝子の種が漂っていてそれが共有されているという考えのほうが、生命の本当の働きを理解できるだけの知性がわれわれにはないのかもしれないという恐るべき認識よりもはるかに受け入れやすいのだ。

GC標準306年　245日　ハーマギアン植民史序説

シシックスはドアの陰からそっとのぞいた。通路には誰もいない。すばやく動けば、誰にも見られずに医療室に行けそうだ。

キジーの洗濯ずみの服の山から拝借したバスローブを身体に巻きつけ、急いで歩きだす。動くにつれて、太腿《ふともも》からかゆみが上にのぼり、腹部いっぱいに広がった。鉤爪《かぎづめ》を突き立てたいという衝動にかろうじて抵抗しながら、バスローブの上から両手のひらでかゆいところをこする。バスローブをかなぐり捨て、金属製の床の上でころげまわりたかった。もしくは立ち木のざらざらした樹皮でも、砥石《といし》でも、なんでもいいからこすりつけたかった——この乾燥して焼けつくような、痛みを伴う耐えがたいむずがゆさを止めることができるなら。

「おっと、シス」シシックスが角を曲がったとき、走ってきたジェンクスが急停止した。「ぶつかるとこだった——」彼女に目をやったとたん、ジェンクスの言葉がとぎれた。「うわあくそ、ひどいありさまだな」

「ありがとう、ジェンクス。あんたってほんと、助けになるよ」そう言って、シシックスは進みつづけた。恥ずかしいわけじゃない、と自分に言い聞かせる。腹が立っているだけだ。そう、腹が立っているのだ——こんなことが起きてしまうことに、人生で何度となくこれに耐えなくてはならないことに、そして自分をそっとしておいてくれないみんなに。

「あ、シシックス」ドアの向こうからローズマリーがあらわれた。スクリブを手にしている。「あなたを探してた——うわ」湿りを帯びた哺乳類《ほにゅうるい》の目を驚きのあまり見開き、ローズマリーは口に手を当てた。

「大丈夫だよ」シシックスは一瞬も間を置かずに言った。この程度の大きさの船なら、A地点からB地点まで誰にも会わずにたどりつけると思っていたのに。「くそ、来るな、コービン」ちょうど下層デッキから上がってきたピンク色の地球人に、シシックスは言った。階段のてっぺんで凍りつき、わけがわからないというようなまぬけ面をしているコービンの前を、シシックスは急ぎ足で通りすぎた。

医療室に駆けこむと同時にドアを閉める。ワークステーションにいたドクター・シェフが顔を上げ、同情したように喉を鳴らした。

「ああ、かわいそうに。脱皮がはじまったんだね」

「ずいぶん早いんだよ」シシックスは鏡に映る自分の姿に目をやった。死んだ皮膚があちこちで水膨れのようになって顔からはがれ、ぎざぎざの縁が垂れ下がっている。「あと三十日間《テンディ》ははじまらないと思ってたし、これまでも——あああッ！」またもやかゆくなってきたが、かゆみが本当におさまることはない。顔全体にハエがたかって這《は》いずりまわっているようだった。こらえきれず、シシックスは鉤爪でかきむしった。

「おい、ちょっと、やめなさい」ドクター・シェフが出てきて、彼女の手首をつかんだ。「傷になってしまうぞ」

「ううん、傷にはならないよ」シシックスは言った。子どもじみたふるまいをしているとは思うが、かまいはしなかった。今にも顔がはがれ落ちそうだった。こらえられないのも無理はない。

　ドクター・シェフがシシックスの袖をまくり上げた。「ほら」そう言って、彼女の腕を持ち上げ、ぼろぼろとはがれかけた皮膚についている爪痕《つめあと》が見えるようにした。夜中にひどくかきむしったところにはうっすらと血がにじんでいた。

「ちぇっ、あんたはときどき、保護者面をするよね」シシックスはぼやいた。

「クルーの腹を満たして治療する、それ以外の何をするというんだ？　そのローブを脱ぎなさい。ちょっと診てみよう」

「ありがとう」シシックスがローブを脱いでいるあいだに、ドクター・シェフは貯蔵庫を開け、医薬スプレーのボトルとリクシス――片側が粗くコーティングされている小さな平たいボード――を取り出した。以前キジーがそれのことを〝あんたまるごとのための爪やすり〟と言ったことがあった。

「いちばんひどいのはどこだね？」ドクター・シェフが訊いた。

　シシックスは診察台にそっと横たわった。「全部だよ」ため息をつく。「ひどいのは両腕かな」

ドクター・シェフはシシックスの血まみれになっている右腕をやさしく持ち上げ、スプレーを吹きかけた。乾いた皮膚が透きとおり、端がめくれはじめた。次に彼はリクシスを使って、湿り気を帯びた皮のかけらをこすり落としはじめた。シシックスはちょっと楽になった息をつき、身体の残りの部分に我慢しろと言い聞かせた。ドクター・シェフはシシックスの指の一本をそっと自分の指のあいだにはさみ、しげしげと観察した。「ここの皮膚はどんな感じだね？」

「かたい。まだはがれそうにないね」

「おや、わたしははがれそうだと思うがね。きっかけしだいかな」ドクター・シェフはシシックスの皮膚を湿らせ、一定の圧力をかけながら手首から鉤爪までマッサージをはじめた。数分後、手首近くの皮の縁がゆるんできたのが感じられた。ドクター・シェフは慎重にその下に指をもぐらせ、指の腹で皮膚をつまむと、さっと一気に手全体の死んだ皮膚を引きはがした。まるで手袋を脱がすように。

シシックスはギャッと悲鳴をあげ、それからうめいた。新しい皮膚はきわめて敏感だが、かゆみは消えていた。シシックスは息を吐き出した。「ああ、あんたは上手《スターズ》だね」

「修練を積んでるからね」ドクター・シェフはリクシスでシシックスの腕をこすりつづけた。

シシックスは首をのばして、ドアが完全に閉まっているかたしかめた。「あんたは地球人たちにうんざりすることはないかい？」

「ときどきね。ちがう種族の人々と暮らしているならふつうのことだと思うよ。きっと向こうもわれわれにうんざりしてるだろう」

「今日はもう、あいつらにはホントにうんざり」シシックスは頭をもとにもどした。「あの肉づきのいい顔にはうんざりだよ。なめらかな指先にも、Rの発音のひどさにもうんざり。においが全然わからないのにも、自分の家族でもない子どもにべたべたするのにも、裸になるのを病的にいやがるのにもうんざり。ひとりひとり張り倒してやりたいよ、家族だの社会生活だの――なんでもかんでもを不必要にややこしくしてることに気がつくまでさ」

ドクター・シェフはうなずいた。「きみは彼らを愛してるし、よく理解してる。でもときどき、彼らが――それからわたしとオーハンもだな、きっと――もっとふつうの人々みたいになってほしいと願わずにはいられない」

「そのとおりだよ」シシックスはため息をついた。いらだちがだんだんおさまってきていた。「別に彼らが何か悪いことをしたってわけじゃないんだよ。ここのクルーがあたしにとってどんなに大事か、あんたも知ってるよね。でも今日は……よくわからないけど、あたしのおもちゃで遊ぶのをやめようとしない小さなひなたちに悩まされてるような感じなんだ。向こうは何も壊したりしないし、あたしを喜ばせようとしてるだけだってわかってるんだけど、ちっちゃいしこうるさいしで、まとめて井戸にぶちこんでやりたくなる。まあ、一時的なものだけどね」

ドクター・シェフは低く重たげな声で笑った。「きみの症状は、単に脱皮が早すぎるだけじゃない、複雑なもののようだな」

「どうして？」

ドクター・シェフはにっこりと笑った。「きみはホームシックにかかってる」

シシックスはまたもやため息をついた。「うん」

「標準年末前にハシュカスに寄るとしよう。それほど遠いわけじゃないからね」ドクター・シェフはシシックスの頭をぽんぽんと軽くたたいた。こするのをやめ、シシックスの羽根のひとつを指の腹でなでる。「ミネラルのサプリメントは飲んでるかね?」

シシックスは目をそらした。「ときどきね」

「きみはいつも飲む必要があるんだ。羽根がちょっとへたってる」

「脱皮の最中だからね」

ドクター・シェフは顔をしかめた。「脱皮のせいじゃない。エイアンドリスク人に必須の基本的な栄養素が欠けているからだ。定期的にミネラルを飲むのがいやなら、苔《こけ》ペーストを食べさせるよ」

シシックスは顔をしかめた。その名前を聞いて、子ども時代に経験した味や苦さ、しつこく残る後味の記憶がよみがえってきた。「わかったよ、孵化《ふか》父ちゃん。何とでも言ってくれ」

ドクター・シェフは喉を鳴らして考えこんだ。

「何?」

「ああ、なんでもない。今の言い方はちょっとおかしいように思えるな」明るい声で言った。

「わたしはずっと母親だったからね」

「ごめん」シシックスは言った。「そんなつもりで言ったんじゃ――」

「いや、いいんだ。そのとおりだ」彼はシシックスに目をもどした。その目にはきらめきがもどっていた。「それに、もしわたしを親だと思ってるのなら、いまいましいミネラルを飲めと言ったら聞いてくれるんだろうね」

シシックスは笑った。「そりゃどうかな。あれは、孵化家族にスナップフルーツしか食べさせてもらえなかった子ども時代の延長だからね」肩にへばりついている頑固な部分にリクシスをかけられて、シューッとうなり声を漏らす。

「少なくともスナップフルーツはきみの身体にいい。それにまあ、きみが頑固な子どもだったと聞いても驚きはしないよ」ドクター・シェフは考えるようなつぶやきを漏らし、笑った。「きっときみは本当にやっかいな子どもだったんだろうね」

「もちろんだよ」シシックスはにやりとした。「まだ一人前じゃなかったからね」

ドクター・シェフの頬が異議を唱えるように波打って揺れた。「まあ、きみの種族はわたしなどにはけっして理解できないんだろうね」

シシックスは同感だというようなため息をついた。「あんたにも、銀河系のほかの種族にもね」正直なところ、なぜほかの種族には理解してもらえないのだろう？　子どもが、とりわけ赤ん坊が、社会に益するのに必要な技能をすべて備えている大人よりも価値があるという考えが、彼女にはまったく理解できなかった。孵化したばかりのひなが死ぬのはよくあることだ。そろそろ羽根が生えそろうかという子どもが死ぬのは、そう、たしかに悲しいことだ。でも、本当の悲劇は友人や恋人や家族のいる大人が失われることだ。未来の可能性を失うほうが達成と知識を失うよりもひどいという考えこそ、シシックスの脳にはけっして理解できないことだった。

ドクター・シェフがちらりと肩越しに振り返ったが、部屋にはいってくる者はなかった。

「いいかね、ちょっと告白しなきゃならないことがある」

「え?」

「このことは誰にも話したことがない。秘密の話だ。それも最高機密のね」彼は物理的に可能なかぎりで声をひそめていた。

シシックスは大げさなほど真剣な顔でうなずいた。「誰にも言わないよ」

「きみはよく、地球人はにおいがわからないと言っているだろう?」

「ああ、まあね」

「きみはきっと、この船に乗っている地球人たちもほかの地球人同様においがわからないことに気づいているだろう」

「うん。それにはもう慣れたよ」

「いいや」ドクター・シェフはわざと重要性を強調するように間を置いた。「わたしはいつも、シャワー室のソープ・ディスペンサーに強力な消臭パウダーを混ぜてるんだ。キジーの固形せっけんにもすりこんでる」

シシックスはしばらくのあいだじっと彼を見つめ、それから小さく笑い声を漏らした。「うわ」息をしようとあえぎながら言う。「うわ、まさか」

「やってるんだよ」ドクター・シェフは頰をぷっとふくらませた。「この仕事についてから十日間《テンディ》もたたないうちにやりはじめたんだ。で、この話のどこが傑作かわかるかね?」

「彼らはそれに気づかない?」

ドクター・シェフはおもしろがるような和声を放った。「そう、彼らはそれに気づかないんだ!」

アシュビーがドアからはいってきたときも、ふたりはまだ笑っていた。髪が濡れているところを見ると、シャワーを浴びたばかりのようだ。シシックスとドクター・シェフは一瞬黙りこみ、それからふたたび笑いだした。前よりもさらに大きな声だった。

「何がそんなにおかしいんだ?」アシュビーはふたりをかわるがわる見ながら言った。

「地球人を嗤《わら》ってたんだよ」シシックスが言った。

「そうか」アシュビーは言った。「それならおれは知らないほうがいいな」シシックスにうなずいてみせる。「脱皮が早めにはじまったのか?」

「うん」

「気の毒に。洗濯当番はおれが代わろう」

「ああ、ありがたいよ、ご親切に」それはすばらしい知らせだった。洗濯という作業と新しい皮膚は折り合わないのだ。

「この次、おれたち下等な霊長類《れいちょうるい》のことを嗤うときに思い出してくれ」

ローズマリーはオフィスで――まあ、オフィスだと言われた部屋で、ファイルに目を通していた。そこは彼女がやってくる前は倉庫室だった。奥の壁に梱包箱《こんぽうばこ》が積み上げられているところを見ると、今でも倉庫室と言えるだろう。全体のしつらえはレッドロック運輸でインターンをしていたときのおしゃれなデスクとは比べ物にならなかったが、味もそっけもない企業のカフェテリアよりもドクター・シェフのスナック・カウンターのほうがずっと気に入っていたし、そもそもこの仕事には見栄えなどいっさい必要なかった。ここにはシンプルなデスクと大きなインターフェース・パネルと、ジェンクスがくれた小さなピクセル鉢植え植物があった。窓がない埋め合わせだ（数字をあつかう仕事をする者はどうしていつも、奥まった部屋にひっこんでいなくてはならないのだろう？）。植物はもちろん、とうてい本物には見えない。スマイル顔と色が変わる花びらは、本物の花とは似ても似つかない。だが行動認識ソフトウェアがプログラムされていて、ローズマリーがある程度の時間、立ったり何か飲んだり、休憩をとったりせずに過ごしていると、朗らかな声でさえずるのだ。「ねえちょっと！　水分を補給しなさいよ」「おやつにしたらどう？」「散歩しなさいよ！　身体をのばしなさい！」その効果はあやしげで、集中しているときにはこうるさく感じることも多かったが、ジェンクスの思いやりはありがたく思えた。

たいくつなお茶を飲みながら、ローズマリーはキジーの必要経費申告表に頭を悩ませていた。この機械技師は本人にしかわからない略記の注釈をつける癖があった。最初のころは技師特有の用語かと思っていたが、そうではなかった。ジェンクスが小声で認めたところによると、これはキジー独自の、ものごとを整理するための方策のようだった。ローズマリーは目をすがめてスクリーンを見つめた。『五千五百クレジット（ぐらい）―WRSS』左手をひと振りして、〈キジー語〉というタイトルのファイルを呼び出す。これは、これまでに判読したキジーの頭字語を記したカンニングペーパーだ。ES（エンジン関連《Engine Stuff》）。TB（道具だの何だの《Tools and Bits》）。CRCT（回路《Circuits》）。だが、ダメだ。WRSSはない。キジーにたずねるべく、メモする。

ドアが開き、コービンが部屋にはいってきた。ローズマリーが挨拶をするより先に、デスクに黒い機械を置く。

「これは何だ?」コービンは言った。

ローズマリーの心臓がどきどきと打ちはじめた。コービンが近づいてくるといつもこうなるのだ。彼と話をするといつも、会話というよりは奇襲攻撃を受けているような気分になる。ローズマリーはその物体に目を向けた。「塩フィルターよ、あなたのために注文したの」

「ああ。何か気づかないか?」

ローズマリーはごくりとつばを呑み、フィルターを食い入るように見つめたが、〈リンク〉の通販ページにあった画像と同じとしかわからなかった。おずおずと笑みを浮かべる。「わたしは藻類のことをよく知ってるわけじゃないから」努めて気軽な声を出そうとする。

「そりゃ見るからに明らかだ」コービンはフィルターをくるりとまわし、ラベルを指さした。「型番4546－C44」当然わかるだろうという目でローズマリーを見つめる。

うわ、まずい。ローズマリーは必死で注文のページを思い出そうとした。似たようなのが山ほどあった……「それじゃなかったの?」

コービンの渋面がその答えだった。「おれははっきりと、C45を頼んだぞ。C44の連結ポートはタンクの接合部よりも狭いんだ。こいつをちゃんと繋《つな》ぐためには新しい部品をつけなきゃならん」

彼がしゃべるのを聞きながら、ローズマリーは保存フォームを呼び出した。あった。トリトン改良型塩フィルター、型番4546‐C44。まずい。「本当にごめんなさい、コービン。どうしてこんなことになったのかわからないわ。ちがう型番を選んじゃったみたい。でも少なくとも動くんでしょ、ね?」言葉が口から出た瞬間、まちがいを犯したとわかった。

「問題はそういうことじゃないんだ、ローズマリー」コービンは子どもにさとすように言った。「おれが発注したのが、塩フィルターじゃなくはるかに重要なものだったらどうだ? あんたはさっき自分で言ったが、藻類のことにはくわしくない。気楽な惑星地表の会社ならこういうミスを見逃してくれるかもしれないが、長距離航行船じゃそうはいかん。ごく小さな部品の差で、無事に港にたどりつけるか、宇宙でばらばらになるかのちがいが出るんだ」

「ごめんなさい」もう一度、ローズマリーはあやまった。「次はもっと慎重にするわ」

「気をつけてくれよ」コービンはフィルターを取り上げて、ドアに向かった。「実のところはそこまで厳しくはないがね」背中を向けたまま言う彼の背後でドアが閉まった。

ローズマリーは凝然とデスクを見つめていた。シシックスからコービンを怒らせるなと言われていたが、今回はしゃれにならないへまをしてしまった。それも不注意で。今ならばらばらになるのもそれほど悪くないように思えた。

「そう、そんなに悪くない！」ピクセル鉢植えが甲高い声をあげた。「自分をハグしてやんなさい！」

「お黙り」ローズマリーは言った。


機関室を歩いていたアシュビーは長い管につまずいた。「おっと——」首をのばして角の向こうを見ると、壁からケーブルが雪崩《なだれ》のように流れ出ていた。壁面パネルがまるごとはずされている。液体が詰まっている管を踏まないように、もつれたケーブルを慎重に迂回して進む。開けられた壁に近づいたとき、誰かが洟《はな》をすする音が聞こえた。

「キジー？」

壁のなかに機械技師が膝を抱えてすわりこんでいた。周囲には工具が散らばっている。キジーの顔はいつものように機械油や何かのどろどろした汚れにまみれていたが、今は頬に涙のきれいなすじができている。見るからに哀れな顔で、キジーは彼を見上げた。髪につけたリボンすら、しおれているようだ。

「今日はひどい一日だったんだ」キジーは言った。

アシュビーは開いた壁のなかに身を乗り出した。「何があった？」

キジーはまたもや洟をすすりあげ、手の甲で鼻をこすった。

「悪い夢にうなされてよく眠れなくてさ、やっと眠れたと思ったら目覚ましが鳴って、おかげで今日はしょっぱなからぼうっとしてさ、それからああそうだジャムケーキがまだ残ってたって思ってちょっと元気が出たんだけど、キッチンに行ったら誰かが昨晩《ゆうべ》最後のケーキを食べちゃってたんだよ、あたしに何も訊かずにさ、そいで誰が食べたのかもわかんないし、でそのあとシャワーに行ってシンクに膝を思いっきりぶつけてすんごいあざになって、おまけにそのとき口いっぱいに歯磨きボット《デント》を入れてたからいくつか飲みこんじゃって、そいでドクター・シェフは大丈夫だって言うけどお腹が痛くって、そうなるもんだってドクター・シェフが言って、それからやぁっとくそシャワーを浴びたけど水圧が変だって気がついて、水再生システムを調べてみてイカれてるのは配線だってわかったけどまだどこだかわかんなくて、床いっぱいにこんなぐちゃぐちゃになっちゃって、でもまだ今日を乗り切るのに必要なものがほかに見つかんなくって、それから今日がいとこのキップの誕生日だって思い出して、キップはいつもサイコーのパーティーを開くのにすっかり忘れちゃってたんだ」また洟をすすりあげる。「こんなのみんな、すごくばかげてるってわかってるよ、でも今日はダメなんだ、あたし。全然ダメ」

アシュビーはキジーの両手に手を重ねた。「誰だってそういう日はあるさ」

「そうだろうね」

「だがまあ、まだランチの時間にもなってない。そろそろここから出たほうがいいぞ」

キジーはしょんぼりとうなずいた。「うん」

「今日の予定は何がある?」

「主に掃除だよ。エアフィルターは全部こすり洗いしなきゃならないし、〈金魚鉢〉の太陽灯は配線を新しくしなきゃならない。それに、オーハンの部屋のフロアパネルもがたついてきてる」

「どれも絶対に今日しなきゃならないことか?」

「ううん。でもやんなきゃならないことだよ」

「今日じゅうに配水系統だけは直してくれ。残りはあとでいい」アシュビーはキジーの手をぎゅっと握りしめた。「それから、おまえのいとこの誕生日については、おれにできることは何もない。とはいえ、どんなにつらいかはわかるよ。今回はこんなに長期の航行になってしまってすまん」

「うわ、やめてよ。おかげでお金はたんまりはいるし、あたしはこの仕事が大好きなんだよ。あたしは年季奉公人ってわけじゃないからね。家を出たのは自分で選んだことだよ」

「家を出たからといって、家のことが気にならないわけじゃないだろう。そうでなきゃホームシックなんかにならないさ。それにおまえが家族を気にかけてるってこともわかってる。おれが〈リンク〉のやりとりに目を光らせてるのは知ってるだろう。家族にしょっちゅうビデオパックを送ってるのを知ってるぞ」

キジーは思いっきり洟をすすりあげ、廊下を指さした。「そろそろ行ったほうがいいよ。あたしは仕事をしなきゃなんないけど、あんたがいるともっと泣いちゃうからさ。それが悪いってわけじゃないけど。でもあんたがいるとあたしはべそべそしちゃうし、あんたをハグしたらそのカッコいいシャツにどろどろがべっとりついちまう。ところでそのシャツ、あんたの目の色に本当によく合ってるね」

「ハーイ、みなさん」近くのヴォックスからラヴィーが言った。「郵便ドローンが来るわよ。アシュビーとコービンとジェンクスとドクター・シェフとキジー宛ての小包が十分ぐらいで着くわ」

「やった！」キジーが叫んだ。「郵便だって！　郵便ドローンだって！」ころげるように壁から飛び出し、両腕をシャトルの両翼のようにのばして廊下を走っていく。「恒星間小包が来ターァァァァッ！」

アシュビーはにやりとした。「今日はいい日になりそうだな」背後から声をかける。キジーは〝キーン〟と飛んでいくのに忙しくて、返事はなかった。

貨物室のハッチが自動的に調節され、郵便ドローンの発着ポートのサイズまで縮んだ。アシュビーとほかのみんなが待ちかまえているところに、シシックスがドアからはいってきた。ズボンをはいている。脱皮の問題はドクター・シェフにうまく手当てをしてもらったようだった。

「やあ」アシュビーは言った。「ましになったか？」

「ぐっとよくなったよ」シシックスの皮膚は奇妙に明るい色合いになり、背中のすじにはまだ乾いた皮が残っていたが、皮がぼろぼろむけかけた玉ネギのようにはもう見えなかった。

「おまえ宛てのはないようだが」

「そう？」シシックスは肩をすくめて笑みを浮かべた。「あたしは好奇心が強いんだよ」

「もうちょっと待ってね」ラヴィーが言った。「中身に汚染がないかスキャンしてるところよ」

「うわ、うわ、うわッ」キジーが言った。「今日はあたしの誕生日だ！」

「おまえの誕生日はまだしばらくあとだろう」ジェンクスが言う。

「でもそういう気分なんだよ。郵便を受け取るのって大好き」

「どうせおまえが注文したロックジョー・クリップぐらいだろう」

「ジェンクス。ロックジョー・クリップがどんなにすごいか知ってるかい？　はさめないものはないんだよ。あたしの髪だってはさんだらはずれないんだ、そう言えばすごさがわかるでしょ」

アシュビーは肩越しにキジーを見やった。「今のはおれが買う技術備品《テック》をおまえがへアアクセサリーにしてるって意味じゃないってことにしとくよ」

キジーは唇を引き結んだ。「非常事態のときだけだよ」

「汚染なし」ラヴィーが言い、ハッチが開いた。すべり出てきたトレーの上に、大きな密閉コンテナがのっていた。アシュビーがコンテナを取り、スキャンシールの上にリストパッチをかざした。コンテナからビーッという承認音が出て、それに応じるように隔壁の向こうの郵便ドローンからビーッという音がした。トレーがひっこみ、ハッチが閉じた。ガチャンというくぐもった音がして、郵便ドローンが離れていった。次の受取人に向かっているのだ。

アシュビーがふたを開け、なかの小包をより分けた。どれもみな簡素な包装だったが、クルーそれぞれの名前のついた箱や筒からは魅力のようなものがあふれていた。たしかにちょっと祝日めいた気分が醸し出されていた。

「ほらよ、キジー」アシュビーが大きな包みをキジーに渡した。「待ちきれなくて爆発すると困るからな」

キジーの目がまん丸くなった。「これはロックジョー・クリップじゃない！　ロックジョー・クリップじゃないよ！　こんなラベルをつくるのは誰か知ってる！」歓呼の声。「父ちゃんたちからだ！」床にすわりこんであぐらをかき、ふたを開ける。スナックや日用雑貨の上にのっているのは――情報チップのようだ。キジーはベルトに留めていたスクリブを取り、チップを差しこんで、スクリーンにあらわれた文章を読みはじめた。なつかしさのあまり顔がゆがむ。「これ、好物詰め合わせ箱だ。これって最高だよ。サイコーだ」ファイアー・シュリンプの新しいパックを開け、メールを読みつづける。

アシュビーはバイオハザード警告ランプがチカチカしているドーム形の小さな容器を取り出した。「こいつは何だ？」

ドクター・シェフがぷっと頰をふくらませた。「それはわたしの新しい苗だ。まったくの無害だよ、保証する。生体貨物はどんなものでもその警告をつけなきゃならないんだ」

「わかってる。ただちょっと……びっくりするんだ」

ドクター・シェフはアシュビーの顔に顔を寄せ、目をきらめかせた。「もしわたしが思ってるとおりの注文品なら、植物のローズマリーの苗がはいってるはずだ」

見慣れたブランドロゴの箱をアシュビーはひっくり返した。藻類関連の多くに見られるロゴだ。「コービン、こいつはおまえさん宛てのようだ」

コービンは箱を開け、循環ポンプを取り出した。ちらりとラベルを見て、そっけなくうなずく。「われらが事務員は注文書を読むことはできるようだな」彼は出口に向かった。

「ああ……よかった」アシュビーはあいまいにつぶやいた。それからコンテナから小さな箱を取り出した。「ジェンクス」

ジェンクスは箱を開け、情報チップを取り出した。

「それ、何？」シシックスが訊いた。

「ペッパーからだ」ジェンクスはしばらくそのチップを見つめた。「きっとこの前会ったときに言ってたラテラル回路の仕様書だな」

「よさげなものじゃないか」そう言ってから、キジーは顔をしかめた。「それならスクリブに直接送ってくるんじゃゃ？」

ジェンクスは肩をすくめ、チップをポケットに入れた。「ペッパーを知ってるだろう。あいつのやり方は独特なんだ」

アシュビーはコンテナの底をのぞきこんだ。小さな平たい包みがひとつ残っていた。彼宛てのものだ。ラベルには送り主の名前は出ていなかったが、リストパッチのスキャンが必要だった。包みの上に手首をかざすとパチンとふたが開き、もろそうな長方形の物体が手のひらの上に落ちた。

「それは何？」シシックスが訊いた。

ジェンクスが低く口笛を吹き、寄ってきた。「そいつは紙だな」

キジーがぱっと顔を上げた。「わあ」声をあげ、その物体をまじまじと見つめた。「それは手紙、紙ってやつ？　本物の？」ぴょんと立ち上がる。「さわっていい？」

ジェンクスがキジーの手をぴしゃりとたたいた。「その指にはファイアー・シュリンプの粉くずが一面についてるだろう」

キジーは指を口につっこんでなめてきれいにし、つなぎの作業着にこすりつけた。

ジェンクスがまたもや彼女の手をたたく。「今度は粉くずの上につばまでついた。手紙ってのはスクリブとはちがうんだ、キジー。ついた汚れを洗い流すことはできないんだぞ」

「それってもろいものなの？」

「紙ってのは乾燥させた木の繊維でできたすごく薄いものなんだ。もろくないと思うか？」

アシュビーは箔《はく》のように薄い縁に沿って指をすべらせながら、努めて何げないふうを装った。ペイからだ、きっとそうだ。ほかに誰が、見られてはならないメッセージを送るのにこれほどの手間をかけるだろう？　手のなかで手紙をひっくり返した。「これはいったい……どうやって……」

「ほら」ジェンクスが手のひらを差し出した。「おれの手はきれいだ」アシュビーは手紙を渡した。「キジー、ナイフを持ってるよな？」

キジーは折りたたみの多目的ナイフをベルトから取り、ジェンクスに渡した。はっとしたように目が丸くなる。「待ってよ、それを切る気？」

「そうやって手紙を封筒から出すんだよ」ジェンクスはパチンと刃を広げた。「おれがやってもいいか？」

キジーは恐怖に駆られた顔になった。

ジェンクスは器用に紙を切り開いた。「おれが子どものころ、特別な行事があるたびにおふくろが手紙をくれたんだ。すごく特別な行事のときにな。こいつはとんでもなく高価なんだ」アシュビーに向けて茶化すように片方の眉を上げる。「こんなものを送ってくるなんて、誰かさんは相当あんたが好きなんだろうな」

「誰かさんって誰？」キジーが訊いた。

ジェンクスはさっとこぶしを口に当て、ひどくわざとらしい咳《せき》ばらいをした。

「へえええ」キジーが聞こえよがしに言う。「それじゃあたしはスナックのほうにもどるよ」わけ知り顔で含み笑いをして、あとずさった。

アシュビーはほかの面々を見渡した。シシックスはつくり笑いを浮かべ、ドクター・シェフはおもしろがるように頬ひげをひくつかせている。「わかったわかった、黙ってくれ、みんな」新しくやってきた品々を検《あらた》めるみんなから離れ、アシュビーは誰にも邪魔されずに手紙を読んだ。

『こんにちは、アシュビー。手で文字を書くわたしの能力に感動する前に、まずスクリブに下書きしたってことを白状するわ。最初にやってみたときは紙を破っちゃった。正直な話、何千年ものあいだこんなもので通信を続けるなんて、あなたの種族はよく神経がまいらなかったものね？　ああ、ごめんなさい。いいわ、気にしないで。

ポート・コリオルから何年もたったみたいな気がするわ。あなたの手が恋しい。ベッドを共にしたくてたまらないわ。いろんな話を打ち明けあいたい。何十日間《テンディ》も話ができないなんて、あなたはよく辛抱できるわね。同じ種族の男なら、ずっとわたしといっしょにいてくれるのかしら。あなたたち地球人ってとんでもなく頑固なんだから。でもまあ本当のところ、これは――』

「ジェンクス、アシュビー、シシックス、みんな」ラヴィーだった。取り乱しているように聞こえた。「問題が起きたわ」

貨物室にいる全員が手を止めてヴォックスを見つめた。宇宙空間では、〝問題〟というのは地上にいるときよりもはるかによろしくないものだ。「問題って?」アシュビーが訊いた。

「船よ。ほかの船がまっすぐこちらに向かってきてる。分散フィールドでワタシのスキャンをブロックしたのよ。アシュビー、本当にごめんな――」

「おまえのせいじゃない、ラヴィー」ジェンクスが言った。「落ち着け」

「船の種類は?」アシュビーが訊く。

「わからないの」ラヴィーは言った。「この船よりは小さくて、ピンホール航行をしてる。すごく小さい移民船に見えるけど、移民船がどうしてこんな――」

コービンが貨物室に駆けこんできた。「船だ」あえぎながら言う。「窓の外に。ありゃ――」

船全体が大きく揺れた。いろんなものが落ちる音が廊下から響いてきた。みんなが叫びはじめた。アシュビーの胃が締めつけられた。船に何かがぶつかったのだ。

「ラヴィー、いったい何が――」

「攻撃されたのよ。ナビゲーションがやられたわ」

シシックスが冒瀆《ぼうとく》的な言葉をつぶやいた。キジーはジェンクスにうなずいて、さっと立ち上がった。「行こう」声をかける。

「だめ」ラヴィーが言った。「五分後には動かせるけど、主ナビゲーション・ハブが完全に溶けちゃってるのよ。どの方向に向かえばいいかわからない」

「溶けた?」キジーが叫んだ。「いったい全体、何でやられたんだ? ラヴィー、本当なの?」

シシックスがアシュビーを見た。「あたしは古風なやり方のナビゲートはできるけど、五分じゃ無理だ。安全な航行をしたいんならね」

「海賊だ」ジェンクスが言った。「ほら、ニュースに出てただろう。くそ海賊どもが郵便ドローンを尾行してきて、スキャター・バーストを使ってナビ・システムをフライにした――」

「うわ、やめてくれ」コービンがうめいた。

アシュビーはジェンクスをにらんだ。「ラヴィー、やつらがここまでたどりつくのにどれぐらいかかる?」

「三十秒よ。ワタシにできることはないわ。ごめんなさい」

「こんなこと、ありえない」キジーが言った。「ありえないよ」

「くそ」ジェンクスが言う。「急げ、みんな。品物を隠すんだ」空のコンテナを開け、キジーの包みを放りこむ。ドクター・シェフがそれに倣った。すさまじい衝撃が轟《とどろ》いた。ガリガリとすりつけてねじりながら激突したような衝撃が、貨物室のドアを直撃した。コービンが梱包箱のうしろに飛びこみ、頭を両手で覆った。

「ドアコントロールを無効にされたわ」ラヴィーが言った。「アシュビー、こんなの――」

「大丈夫だ、ラヴィー。おれたちでどうにかする」そう言いはしたものの、いったいどうすればいいのかアシュビーには見当もつかなかった。

「ああ、くそッ」キジーが髪の毛をひっぱりながら言う。「ああ、くそ、くそ、くそォォッ」

「落ち着きなさい」ドクター・シェフがキジーの肩に肢をまわした。「みんな、落ち着いておくれ」

アシュビーは茫然《ぼうぜん》とした顔で貨物室のドアに近づいた。こんなのは現実じゃない。こんなこと、ありえない。だが、ドアの向こう側のガタガタという音がそうではないと告げていた。ドアが開いた。アシュビーの横にシシックスが立った。肩ががっくりと下がり、羽根が逆立っている。「どうしたらいいかわからないよ」シシックスは言った。

「おれもだ」アシュビーは言った。考えろ、とんま！　脳内でさまざまな選択肢がぐるぐるとまわる――武器を見つける、逃げる、隠れる、やつらを攻撃する……いったい何で――だが、時間がなかった。大きくかさばるメカスーツを着た知的種族が四人、戸口からはいってきた。全員、使いこまれたパルス・ライフルを持っている。スーツは地球人用よりも大きかったが、なかにいる生物は小さくひょろりとした鳥のようだった。

アカラク人だ。

アカラク人を見たことはあった。ポート・コリオルで。アカラクを植民地支配していた時代、ハーマギアン人がアカラク人にひどい仕打ちをしたことは、誰もが知っている。アカラク星は荒れ果てて不毛の地になり、水源は汚染され、森林は根絶やしにされた。彼らにとって故郷の星はないも同然になり、ほかのどこにも住める場所はなかった。銀河系内で彼らを見ることはあまりないが、たまに見かけることはある――廃品処理場で働いたり、街角で物乞いをしたりする姿を。

もしくは、万策が尽き、宇宙船に乗りこんでほしいままに略奪する姿を。

アシュビーは両手を上げた。アカラク人どもの声がヘルメットの下にはめこまれたヴォックスから出て、甲高いさえずりのような叫び声が響いた。彼らがしゃべっているのはクリップ語ではなかった。

「撃つな」アシュビーが言った。「頼む。あんたたちの言ってることがわからない。クリップ語は話せるか？　あんたたちはクリップ語を話せるのか？」

こちらに理解できる応答はいっさいなかった。ただ甲高い叫びと舌打ちと、怒ったようにパルス・ライフルが振りまわされるだけだ。彼らの言葉はアシュビーには何の意味も持たなかったが、銃はちがう。

アシュビーは汗の粒がひたいをすべり落ちるのを感じ、顔をぬぐった。「よし、聞いてくれ。

おれたちは抵抗はしない、ただ――」

　痛みの火花が散った。アカラク人のひとりがライフルの台尻でアシュビーの顎を殴りつけたのだ。アカラク人ども、貨物室、叫んでいるシシックス、悲鳴をあげているキジー、罵《ののし》りの声をあげているジェンクス。すべてが真っ赤な光の帳《とばり》の向こうに消え去った。膝ががっくりと折れ、床が目の前に迫ってきた。それから、何もなくなった。


　貨物室に駆けこんだとき、ローズマリーは心の準備がまるでできていなかったが、あまりに多くのことが進行中でまともに考えられなかった。貨物室のドアがこじ開けられていた。メカスーツを着て武装した四人のアカラク人が――アカラク人？――クルーに向かってハーマギアン人ふうの奇妙な方言でどなり散らしている。その意味はローズマリーにはわからなかった。アシュビーは気絶して（と思いたい）床に倒れ、キジーが泣きわめきながら揺すぶっている。ほかのクルーは両手を高く上げ、膝立ちになっていた。状況をよく呑みこめないでいるうちに、突然あらわれたローズマリーに仰天したアカラク人どもに銃を向けられた。アカラク人どもはどんな言語でも怒っているとわかる口調で奇妙な言葉をしゃべりたてている。

「あの――」両手を高く上げながら、ローズマリーは口ごもった。「いったい――」

　ローズマリーのいちばん近くにいたアカラク人――青の縁取りのメカスーツを着ている――がガアガアどなりながら走ってきて、彼女の顔にパルス・ライフルを突きつけた。ジェンクスがほかのアカラク人どもに向けてどなりはじめた。「その娘《こ》は武器を持ってないぞ、くそけだものどもめ、その娘《こ》に手を出すな……」いちばん大きいアカラク人――ジェンクスのほぼ三倍の大きさのスーツを着ている――がジェンクスにライフルを向け、アシュビーを指さした。その意味は明白だった――静かにしろ、さもないとおまえも同じ目に遭わせるぞ。ジェンクスは両手をぐっと握りしめた。アカラク人のライフルがチャージをはじめるブーンという音がした。

わたしは死ぬの？ ローズマリーは考え、縮みあがった。

「ローズマリー」シシックスが騒音に負けじと呼びかけた。「ハントゥ語。ハントゥ語をためしてみて」

ローズマリーは鼻先に突きつけられたライフルを無視しようとしながら、唇を湿らせた。シシックスの目を見る――おびえてはいるが力強く、励ましてくれている。手のひらに爪を食いこませ、手の震えが誰にも見えないようにする。ライフルの銃身を見つめながら、しゃべった。

「キバ・ヴス・ハントゥ・エム？」

アカラク人どもが沈黙した。全員が凍りついた。

「ああ」青スーツが言った。仲間を振り返り、ローズマリーを指さした。「通じる人がいました」銃は動かない。

大きなアカラク人がずかずかと歩いてきた。「あなたたちの食料とこっちのために使う資材や備品すべてを取り上げます。応じなければあなたたちを殺します」

「わたしたちは応じるわ」ローズマリーは言った。「暴力に訴える必要はありません。わたしの名前はローズマリーよ。ロス＝カと呼んでちょうだい」これは選択科目のハーマギアン文化の授業で自らつけた呼び名だった。「あなたがたがほしいものをわたしのクルーに伝えるわ」

青スーツは銃をうしろに引いたが、狙いはローズマリーにつけたままだった。アカラク人どもはガアガアと何ごとか話しあった。

大きなアカラク人がローズマリーに挨拶のような仕草をした。「わたしがうちの船の船長です。わたしの名前はあなたには発音できないでしょうし、別の名前があるふりをする気もありません。この船のほかの場所にほかの乗員はいますか？」

「ナビゲーターが持ち場にいるわ。彼は温厚で誰にも危害を加えたりはしないわ」オーハンのことを〝彼ら〟などと言って混乱させるのはやめておいた。

でかぶつ船長は息まいた。「うそだったらあなたを撃ちます」うしろを向いて仲間のひとりに何か言う。仲間は階段を駆け上がった。

「どうなってるの？」シシックスが訊いた。

「オーハンをつかまえにいってる」ローズマリーは言った。「オーハンは恐れるような相手じゃないし、わたしたちは歯向かうつもりはないって説明したわ」咳ばらいをして、ハントゥ語に切り替える。「わたしの仲間は協力することに同意してるわ。何がほしいのか言ってちょうだい」

「食料です」青スーツが言った。「それと資材や備品」

ある考えが頭に浮かんだ。アカラク文化についてはほとんど知らないが、資料で読んだ情報から、彼らがバランスと公平性を非常に重視していることを、ローズマリーは知っていた。自分たちで使える以上のものを取るという発想は、ハーマギアン人に侵略されるまで、彼らの頭にはまったくなく、その価値観はいまだに彼らにしみついているという。それはでかぶつ船長が選んだ言葉遣いにもあらわれている——『あなたたちの食料とこっちのために使う資材や備品すべてを取り上げます』ハントゥ語では、そういう言い方の場合には〝それ以上はない〟という意味が強く含まれる。ローズマリーの頭が目まぐるしく回転し、この断片的な知識に賭けてみる価値はあるだろうかと考えた。大部分は自己保存本能に傾いていた——お黙り、とにかくすべてをこいつらに渡しなさい、さもないと撃たれるわよ——が、勇敢な意見のほうが勝った。「あなたがたの船には何人乗ってるの？　子どもはいる？」

青スーツがうなり、またもや銃をかまえた。「わたしたちの人数が関係ありますか？　わたしたちの言うとおりにしなさい！」

ローズマリーは指を小刻みに振り、落ち着きなさいというゼスチャーをした。「するわ。でもわたしたちが次の市場にたどりつくまで保《も》つ程度の食料を残しておいてもらえるなら、心から感謝するわ。わたしたちもあなたがたと同じようにこんなところで死にたくないの。それに、アカラク人の子どもは特に栄養が必要だという話を読んだことがあるわ。もしあなたがたの船に子どもが乗ってるんなら、わたしたちの食料で栄養が足りるかどうか確認しなきゃならないでしょ」

でかぶつキャプテンは考えをめぐらした。「たしかに子どもたちが乗っています」とうとう答えた。これはいい徴候だとローズマリーは思った。アシュビーが顎を殴られたこととパルス・ライフルを除けば、彼らは特に凶暴そうには見えない。ただ、必死になっているだけだ。

「たしかにそうです、子どもたちに必要なものがいろいろあります。あなたたちの船にわたしたちに必要なものはないかもしれませんが」

「それじゃ、こういうのはどうかしら」ローズマリーは慎重に踏みこんだ。「わたしたちのひとりがあなたに食料のストックを見せるわ。わたしの知るところだと、ケシュ・トゥ＝ヘムの市場がここから十日間《テンデイ》足らずのところにある。わたしたちはそこには行けないのよ、今の航路からはずれるわけにはいかないから。ここから取るのは、あなたたちがケシュ・トゥ＝ヘムまでたどりつくのに必要なものだけにして。あなたたちにはお金と、交換価値のある備品をあげるから、それであなたたちに必要な食品を買うといいわ。そうすれば子どもたちに必要なものが手にはいるし、わたしたちも道中で飢えずにすむ」

アカラク人どもは話しあいをはじめた。ローズマリーはいっそうきつく爪を食いこませ、その痛みで肌の下の震えを鎮めようとした。この提案は、一学期だけ受けたハーマギアン植民史の導入講座で聞きかじった情報のかけらの上に成り立っている。もしまちがっていれば……まあ、すぐにわかるだろう。少なくとも、今はまだ全員が息をしている。アシュビーも息をしている、そうよね？

「ローズマリー？」シシックスが言った。「どうなってる？」

「大丈夫よ」ローズマリーは言った。そう願おう。「待ってて」

「その申し出はよさそうですね」でかぶつ船長が言った。「あなたたちが使ってる燃料は何ですか？」

「藻類よ」

「それもちょっともらっていきます」

「そいつらは燃料のことを訊いてるのか？」コービンが言った。「昨日浮き滓《かす》を吸い上げたから、そのタンクが使えるようになるまでに五十日間《テンディ》かかる――」

「コービン」ドクター・シェフが恐ろしいほどの冷静さで言った。「静かにしろ」

さすがに今回は、コービンもそれ以上何も言わなかった。

「そっちのピンク色の男性はなんと言ったのですか？」でかぶつ船長が訊いた。

「彼はうちの藻類学者よ」ローズマリーは言った。「彼はただ……ずっとすごく苦労して手入れしてきた藻類の心配をしてるだけ。でもあなたたちにあげる燃料はあるわ。何の問題もない」

でかぶつ船長はメカスーツのなかで顎を軽くたたいた。「こちらが十バレル取ったとして、そちらは次の目的地にたどりつけますか？」

ローズマリーはコービンにたずねた。コービンはむっつり顔でうなずいた。「ええ、十バレルなら問題はないわ」ローズマリーは言った。会話は恐ろしいものから奇妙なものへと変わっていた。でかぶつ船長が使っている声調はクリップ語とは似ても似つかなかったが、ハントゥ語をしゃべっていると、彼らはきわめて礼儀正しかった。このような話し方はお店かレストランで聞くもので、銃を突きつけている状況にはそぐわない。アカラク人はローズマリーを商人のように考えており、暴力の脅しを通貨がわりにしているかのようだった。

「テック製品も必要です」でかぶつ船長は言った。「エンジンを修理しなければならないので」ローズマリーはゼスチャーで理解をあらわした。「キジー、この人たちの船のことはわかる？　うちの備品で使えるものはあるかしら？」

「多少はあるだろうね。わかんないけど」

「うちの技師は、あなたたちの船に使える備品はあると思うけど、約束はできないと言ってるわ。あなたたちが必要なものを見つけるのを、彼女が手伝うわ」

「いいでしょう」でかぶつ船長は言った。「あなたもその技師といっしょに来て、通訳をしてください。彼女は——」と青スーツを指さす——「そっちのクルーのひとりといっしょに食料を集めます。あとのふたりはここに残すクルーを見張ります。あなたたちは話のわかる相手のようですが、わたしたちを倒そうなどとしたら、ためらわずに殺します」

「こちらは全面的に協力します」ローズマリーは言った。「こちらのクルーの誰ひとりとしてけがをしないことを望んでるわ」

それから、ほかのクルーにこの取り引きについて説明をはじめた。全員、ちょっと安心したような顔になってうなずいたが、まだおびえていた。パルス・ライフルのうなりはやんでいた。どうにかこの苦境を切り抜けられるかもしれない。そう思ったとき、四人めのアカラク人がふたたびあらわれ、オーハンを部屋に投げこんだ。

ほかのアカラク人どもが半狂乱になった。取り乱した会話が交わされ、われ先にとしゃべりたてている。ローズマリーは口をはさむ隙はないかと探した。

「いったいどうなってんの？」シシックスが訊く。

「この人たち、オーハンを連れていきたがってる」ローズマリーは言った。

〈ウェイフェアラー〉のクルーがいっせいに声をあげた。

「なんだって？」とキジー。

「ばかな！」とジェンクス。

「どうして？」とシックス。

「オーハンを売るためよ」ローズマリーは言った。

「何だってェ⁉」キジーが叫んだ。

「シアナット・ペアは惑星によっては相当いい値段がつくんだ」ドクター・シェフが言った。

「それでみんなが危害を受けずにすむなら……」オーハンが言いかけた。

「だめだ」ジェンクスが言った。「とんでもない。ローズマリー、その海賊スーツを着たくされ鳥野郎どもに言ってやれ――」

「ジェンクス、黙りな」キジーがアシュビーの頭を守るように抱きしめた。その手についたアシュビーの血がねばっこく見える。

「やめろやめろ、みんな。おまえたちのせいでみんな殺されちまう」コービンが言った。

「あんたも黙りな、コービン」

「クルーを静かにさせなさい」でかぶつ船長が言った。「さもないと暴力が吹き荒れますよ」

「黙って、みんな黙って」ローズマリーは叫び、でかぶつ船長のほうを向いた。「オーハンはうちのクルーの一員なの。ほかの要求はすべて協力する、でもこれだけは——」

「こいつがいればわたしたちは貧乏におさらばできるんです」でかぶつ船長は言った。「こいつはわたしたちに大きく役に立ちます。あなただってこっちの立場なら同じことをするでしょう」

「いいえ、わたしはしないわ」

でかぶつ船長はちょっと考えた。「そうかもしれませんが、今のあなたたちに選択する権利はありません」

「何かほかの提案をしてみて」シシックスが言った。

「たとえば?」ローズマリーが訊く。

「アンビを」キジーが言った。「アンビ・セルをそいつにやって」

アカラク人が凍りついた。ついに、クリップ語で彼らが理解できる単語が出てきたのだ。

「この船にはアンビがあるんですか?」

「ええ」ローズマリーは言った。「ナビゲーターを残してくれるんなら、アンビをただであげるわ」

「アンビとナビゲーターの両方を取ると言ったらどうしますか?」青スーツがライフルを持ち上げて訊いた。

ローズマリーは胃がずしりと落ちこむのを感じた。たしかにそうだ。「彼らはアンビとオーハンの両方を取りたいと言ってる」

「くそ」ジェンクスが言った。

「どうしてあたしは余計なことを言っちゃうんだろう?」キジーがうめいた。

ドクター・シェフが口を開いた。「オーハンはそっちには何の価値もないと言ってみてくれ」

ローズマリーが通訳すると、アカラク人どもは説明を求めた。「なぜなの?」ローズマリーはドクター・シェフに訊いた。

「なぜなら、オーハンは死にかけているからだ」

〈ウェイフェアラー〉のクルーがいっせいにドクター・シェフを見つめた。オーハンは目を閉じ、何も言わない。ローズマリーは気を取り直そうとした。これはきっとはったりだ、きっとそうだ。そしてその知らせをアカラク人どもに伝えた。

アカラク人どもはたじろいだ。オーハンを連れてきたやつがすくみあがった。「それは伝染病ですか?」

「ち……ちがうと思うわ」ローズマリーは言った。「ドクター・シェフ、助けてちょうだい、お願い」

「オーハンはシアナット・ペアの生涯の最終段階にいるんだ」ドクター・シェフが説明した。

「彼らは保《も》って一年というところだろう」ちょっと間を置いて、付け加える。「シアナット・ペアを欲しがるような買い手は、この種族の見せる徴候については熟知しているだろう」

ローズマリーは通訳した。

「うそをついてるんでしょう」でかぶつ船長は言った。「ですが、不確実な利益より役に立たない荷物を乗せて燃料と食料をむだにするリスクのほうを重視しましょう。何せアンビですから。それでは、そいつは残していきます。ですが貯蔵しているアンビ・セルは全部もらっていきますよ」

ローズマリーは同意した。「オーハンは残してもらえるわ」そうクルーに言う。

「ああ、よかった」キジーが言った。

「でもアンビを全部ほしいって言ってる」

「いいよ」シシックスが言った。

「アンビの勘定もGCにつけられるってのはいいことだな」ジェンクスが言った。

ローズマリーはでかぶつ船長と実務的なことを話しあった。双方のクルーはそれぞれ分かれて組み、ジェンクスとオーハンとかろうじて意識を取りもどしたアシュビー――ああ、ようやく目が開いた――は貨物室に監視つきで残された。ローズマリーはキジーの手を取り、でかぶつ船長といっしょにドアから出た。キジーに強く握りしめられ、手の関節がはじけそうだった。

ジェンクスの声が追いかけてきた。「どうぞ好き勝手に盗んでくれ、くそったれ野郎ども！ローズマリー、今のを通訳してくれないか？」

ローズマリーは無視した。


アシュビーは医療室のベッドに横になり、なるべく動くまいと努めていた。右手はのばして医療スキャナーの下に置かれ、強力な光線に照射されてリストパッチの位置が示されている。

スキャナーの反対側にドクター・シェフがすわり、アシュビーの免疫ボットへの指示をせわしなくインプットしていた。アシュビーの皮膚の下のどこかで免疫ボットの二個小隊が毎日の巡回から離れ、顎のひびと脳の打撲傷を修理しているのだ。ドクター・シェフがしきりに〝肉芽《にくが》組織〟だの〝骨芽《こつが》細胞〟だのと言っていたが、鎮痛剤のゆるい流れにたゆたっていなくとも、何のことだかさっぱりわからなかっただろう。だが、じっと横になって顎を動かさないようにという指示はしっかりと理解できていた。そしてどうにか守れていた。

もう一方の手はシシックスの鉤爪の手にがっちりと握られていた。シシックスは彼の横にすわり、彼が気を失ったあとに起きたことをすべて、くわしく報告していた。そしてたびたび彼の手を放し、彼がスクリブに質問をタイプするにまかせた。ドクター・シェフがしばらくのあいだしゃべるのを禁止していたからだ。

ほかにはけが人はいなかった。アンビも食料も、何も惜しくはなかった。どれもただのものにすぎず、置き換えがきく。だがクルーはそうはいかない。医療室にいるけが人は自分ひとりだとわかって感じた安堵《あんど》は、鎮痛剤のどんな効果よりも勝っていた。

『みんなは今どこにいる?』アシュビーはタイプした。

「キジーとジェンクスは貨物室の扉を修理してるよ。おおむね表面的な損傷だって言ってた。ナビゲーション・ハブはすでに直したから、ちゃんと作動してる。コービンはアカラク人どもが飛び去った瞬間から藻タンクの世話をはじめてる。ローズマリーのおかげでずいぶん損失が抑えられたと思うよ」シシックスは笑った。「それで、オーハンはどこにいると思う?」

『居住部屋か？』

シシックスは首を振った。「技師たちといっしょに貨物室にいるんだ」

アシュビーは目をぱちくりさせて彼女を見つめた。

「わかるよ。オーハンはしゃべりもしないし、何もしてない。ただ片隅にすわってるんだ。いつものように、ほとんど隙間のない狭いところにね。でも自分の部屋にもどろうとはしないし、キジーが道具を取りにいくときは、あとについて廊下に出てる。こんなことを言うとは思ってなかったけど、オーハンは今はひとりきりになりたくないみたいだ」

アシュビーはまたもや目をぱちくりさせた。『へえ』とタイプする。

一時間がすぎた。ドクター・シェフは満足げな顔でうなずき、モニターをまわしてアシュビーに見せた。スクリーンにはアシュビーの免疫ボットから送られているカメラ画像が出ていた。そいつは大きな白いスポンジみたいな壁（顎の骨だろう、とアシュビーは推測した）に何かを……していた。ほかの免疫ボットたちは画像のフレーム周辺をせかせかと動きまわっている。まるでたくさんのクモが泳いでいるようだ。

「もう大丈夫だろう」ドクター・シェフの言葉をアシュビーは素直に信じた。体内で何が起きているか見当もつかなかったし、自分の身体の内部を見るといつも落ち着かない気分になる。

「もう話してもいいが、口を大きく動かさないでくれ、いいね。ひびはまだ完全に治ってはいないからね。脳もまだ手当てが必要だ」

「ほら、そう言ったよね」シシックスが言った。

「ありがとう」アシュビーはおそるおそる口を動かした。「おまえがいてくれてありがたいよ」唇をなめる。口のなかがからからだった。「水をもらえるかな?」

シシックスが流しでコップに水を入れ、アシュビーの口に当ててくれた。「ほかに何かいるものはある?」

「いや」アシュビーは言った。「いや、ちょっと待ってくれ。ローズマリーを連れてきてもらえるか?」

シシックスはヴォックスのほうに首をのばした。「ラヴィー、今のが聞こえた?」

「ローズマリーをそちらに行かせるわ」ラヴィーが言った。「あなたの声をまた聞けてうれしいわ、アシュビー」

「ありがとう、ラヴィー」アシュビーは言った。

数分後、巻き毛頭が戸口からひょいとのぞいた。「わたしに会いたいって?」

「やあ、ローズマリー。すわってくれ」鎮痛剤のせいでろれつがちょっとあやしく、飲みすぎたときのようになっていた。よだれが垂れていないことを心から願った。

ローズマリーはシシックスの横にスツールをひっぱってきた。「大丈夫?」

「大丈夫だ。顎を殴られたけど、撃たれるよりはましだ」アシュビーは頭を枕に沈め、脳震盪《のうしんとう》と鎮痛剤の靄《もや》のなかで懸命に考えをめぐらせようとした。「どうしてあいつに殴られたのかわからない」目をこすって、ぼんやりする感じと闘おうとする。

「あたしたちを怖がらせようとしたんだよ、たぶん」シシックスが言った。「誰がボスなのかを見せつけたんだ。たしかにあたしはあれでおびえたからね」アシュビーの腕に頭をのせる。

ローズマリーがアシュビーの顔をじっと見つめていた。何かに注意を引かれたようだ。

「何だ?」アシュビーは訊いた。

「あなた、アカラク人の船長と話をしてたときに自分の顔に手をふれた? 今やってるみたいに?」

「ああ……うん、たぶん」アシュビーは霞《かすみ》を押しやり、思い出そうとした。「よくわからないな、あまりに速い展開だったから」

「こんな動きをしたんじゃない?」ローズマリーは手のひらで目をこすった。頭が痛いときのように。

「そうかもな。ああ。そうだ、やったと思う」

ローズマリーは顔をしかめた。「それで説明がつくわ。見て、こういうことをすると――」親指を立てて残りの指をまっすぐ平らにのばし、ハーマギアン人の指節《しせつ》に大雑把《おおざっぱ》に似せた形をつくる。その手を目の上にかざして、二回曲げてみせた。「――ハーマギアン人にとっては本当に不愉快で攻撃的な仕草なのよ。あのアカラク人たちはゼスチャーも方言もひどくハーマギアン文化の影響を受けてたから」

「その仕草はどういう意味なんだ?」

ローズマリーは咳ばらいをした。「このまま話を続けるよりおまえの目に糞《くそ》をすりこんでやるほうがいいって意味よ」

アシュビーは目をぱちくりさせ、それからシシックスとふたりで笑いだした。「あ痛」顎をつかんで言う。「ああ、痛い」顎はまだ笑えるほどにはなっていなかった。

「気をつけなさい」ドクター・シェフが言った。「ちゃんと治らなかったら、もう一度最初から全部やり直さなきゃならないんだぞ」

シシックスはまだアシュビーを見て笑っていた。「あたしだってそんなことを言われたらあんたを殴るよ」

「ああ」アシュビーは口をしっかりと閉じ、顎を動かすまいとした。「おれもだ」

「少なくともあんたはやつらをうろたえさせたんだね？」

「ああ」アシュビーは顎を動かさないように笑みを浮かべた。「きっとおれが偶然やった侮辱の仕草がやつらの心に深いダメージを与えたんだ」

「ダメージと言えば」ローズマリーはスクリブを持ち上げてみせた。「損失をすべて計上して、事件報告書をつくったわ。今は運輸省に提出するリストを作成しているところ。だから損失はカバーできる——」

アシュビーは彼女に向けて手のひらを振った。「その話はあとにしよう。きみをここに呼んだのはその件じゃないんだ」

「あら」

「お礼を言いたかったんだ。きみがいなかったら、こんなにうまく切り抜けることはできなかった」

ローズマリーは面食らったような顔になった。「どうかしら。ただ、運がよかっただけよ。わたしがまったく知らない文化もたくさんあるから」

「そうかもしれんが、それでも幸運に恵まれたのはきみがいてくれたからだ。そしてもっと大事なのは、きみが冷静に頭を働かせてみんなを危険から救ってくれたことだ。きみがいなかったら、本当に、本当にひどいことになっていただろう」アシュビーはローズマリーの手を取った。「きみがクルーになってくれて、本当によかった」

ローズマリーは何か言おうとしたが、それは小さな叫び声に変わった。「あら、いやだ」手がさっと上がり、頬を伝う涙の粒をぬぐった。「あらまあ、ごめんなさい」またひと粒の涙が落ち、さらにまたひと粒流れた。ローズマリーは両手で顔を覆った。ダムが決壊したようだった。

「うわ、まあまあ」シシックスが温かな笑い声をあげ、ローズマリーのわななく肩に腕をまわした。「これまでわっと泣き伏す機会もなかったのかい？」

ローズマリーはかぶりを振り、鼻に手を押し当てた。顔じゅうが涙と洟にまみれている。かわいそうに、とアシュビーは考えた。こんなことがあったからには、安全な惑星地表での仕事に就きたいと彼女が考えても、責めることはできない。ちくしょう、おれだってその考えにはそそられるぜ。

「まったく地球人ってさ？」シシックスがドクター・シェフに言った。「あたしはちゃんと泣く時間をつくったよ。あんたはどうだい？」

「わたしもだ」ドクター・シェフが言い、ローズマリーにきれいな布を渡した。「アシュビーの手当てをして免疫ボットのプログラムをすませたあと、自分の個室で鍵をかけて、たっぷり十分はわめいたね」

「あれはそうだったのか？」痛みの波状攻撃を貫いて聞こえてきた、何層もに重なる幽霊の声のような和音のことがぼんやりと思い出された。「歌ってるんだと思ったよ。すごくきれいだった」

ドクター・シェフは短く大きな笑い声をあげた。「アシュビー、目に糞をすりこむことをアカラク人どもがひどいと考えるとしたら、わたしが個室で言っていたことはやつらの心に永遠に残る傷をつけただろう」低く重々しい声でクークーと漏らす。「だがシシックスの言うとおりだよ」そう言って、ローズマリーの頭のうしろに肢を当てた。「きみの種族は、たしかに感情を抑えこむ傾向がある。医師として言うなら、銃を突きつけられての交渉を終えた直後に書類仕事に没頭するのは、健康的とは言えないね」

ローズマリーのすすり泣きのなかに、くすっという笑い声が生まれた。「次は覚えておくわ」

「〝次〟なんてやめてよ、頼むからさ」シシックスが言った。「こんなのは二度とごめんだ」

「賛成するよ」ドクター・シェフが言い、免疫ボット・モニターに目をやった。「アシュビー、完全に繋ぎ終えるまで、あと二時間はかかる。そのあいだはここに横になって楽に過ごすしかないね」

「大丈夫だ」アシュビーは言った。「せっかくだからひと眠りするよ」薬がだんだん効き目をあらわし、会話がつらくなっていた。

「それならわたしは食事をつくるとしよう。お嬢さんがた、キッチンまで来てもらえるかな？　アカラク人どもが残していったもので何かおいしい食事がつくれるかどうかやってみよう」ドクター・シェフはローズマリーの背中を軽くたたいた。「きみを笑顔にしてくれる新しい苗が届いたんだよ」

　ローズマリーは息を吸いこみ、背すじをのばした。「もうひとつあるわ。オーハンのことよ」

「ああ」ドクター・シェフは言った。「オーハンね」

「あの話は――」

「本当かって？　そう、残念ながらね。それから、オーハンのプライバシーをあんなふうに暴露しなければならなかったのも残念だ。ただあのとき思いつけたのがそれだけだったんだ」

「ああ星々《スターズ》よ、なんてこと」ローズマリーは言った。「信じられないわ」

「あたしも今知ったんだよ」シシックスがアシュビーに向けて顔をしかめた。「どうしてそんなことになってるのか、いまだに理解できてないんだけどね」

　アシュビーはため息をついた。「その話はまたあとにしよう、シス。今は頭が泳いでるんだ」

「いいよ。今回は〝けがでお休み〟カードを使えるよ」シシックスは鉤爪の先で彼の胸を軽くたたいた。「あとでね」

　医療室にひとりきりになると、アシュビーはポケットにしまってあった紙の手紙を取り出した。もうあと数分だけ、薬による眠りへの誘いを押しもどす。

『――わたしが好きな性質だわ。

今回の仕事がどれだけ長くかかるかはわからないし（微妙な問題なの）、あなたが来年までセントラル領域にもどってこないこともわかってる。でも紙はまだあるから、少なくとも市場に寄るたびにあなたに挨拶を送ることはできるわ。余裕ができしだい、スクリブ・レターも送るわね。この紙ってやつは小さすぎて、言いたいことを全部書くことができないもの。だから今はこれだけ――愛してるわ、いつでもあなたのことを考えてる。

旅の無事を。

ペイ』

貨物室の扉の修理を終え、食事を平らげると、ジェンクスはいろんなことをした。まず、シャワーを浴びた。メカスーツ野郎どもにあちこちかきまわされ、船全体がひどく穢《けが》されたように感じられた。船をこすり洗いすることはできないが、少なくとも自分の身体をきれいに洗うことはできる。彼は〝シャワーはひとり十五分〟ルールを無視した。水再生システムの修理仕事と海賊騒動のあとだから、キジーも許してくれるだろう。

自室にもどると、しわくちゃのズボンのポケットから情報チップを取り出した。裸のままベッドにすわり、チップをスクリブに差しこんで、メッセージを読んだ。

『こんちは、お仲間。この前話したアップグレード・ソフトウェアを売ってるやつを見つけたよ。キットまるごとに何もかもをつけて売るけど、全額前払い、返金なし、交渉の余地なしを望んでる。ま、すっごく特殊なテックだってことはわかってるよね。

あんたが交渉する相手はミスター・クリスプって男。こいつの名前は以前あちこちで聞いたことがある。手堅いって評判。小惑星を個人で所有してて、なんでも持ってるって話。すご腕のプログラマーで、カスタマイズはお手のもの。あんたからの連絡を待ってるって。連絡先は次のとおり。誰にも漏らさないでおくれよ。

それからさ――あたしが言ったことを考えてみて。本当にそれはあんたのためになるアップグレードなのかい？

近いうちにまた会いにおいでよ。今度はディナーをこしらえるよ。てか、まあ、買ってあげるよ、少なくともね。

ペッパー』

ジェンクスの目は〝キットまるごと〟という言葉にじっと注がれていた。ペッパーが言わんとしている意味はわかっていた。ポート・コリオルで、責任や結末について考えてみて、と彼女に言われたことを思い出し、じっくり考えたと言えるほどの時間をかけて考えた。それからズボンをはき、ラヴィーのAIコアに歩いていった。

ふたりは何時間も話をした。これまでに十回以上、あらゆるリスクと危険について話しあっていたが、コンピュータ技師とＡＩの双方が熟知しているとおり、安全性という点については念には念を入れるにこしたことはないのだ。

「気になっている問題がふたつあるわ」ラヴィーが言った。「ノーと言うほどじゃないけど、そのことについて決めておかなきゃ」

「言ってくれ」

「その一、もしワタシがキットにはいったら、この船のモニター・システムがなくなるってこと。ワタシは事実上、大好きな仕事をやめることになるんだから、ちゃんといい後釜《あとがま》が据えられるようにしておきたいの」

ジェンクスは唇を指先で細かくたたきながら考えた。「なぜかはわからんが、こういう状況で新しいＡＩをインストールすると思うと妙な気がするな。自分はＡＩコアで暮らしているのにあんたが歩きまわっているのを見たら、彼女《ＡＩ》は嫉妬すると思わないか？」

「それはそのＡＩによるし、そもそも彼女が肉体に興味を持ってるかどうかによるわね。でも実際、それがいろんな問題を引き起こす可能性はあると思うわ。たとえば、ワタシが歩きまわってるのを見て、どうして自分には同じチャンスが与えられないんだろうと考えるとか。なぜワタシには、彼女にはない選択肢があったのかと思うとか」

「いい点を衝《つ》いてるな」ジェンクスは顔をしかめた。「そしてそれはフェアとは言えない」ため息をつく。「それじゃ――」

「まだあきらめないで。ワタシの話はまだ終わってないわ。ワタシの後釜を非知性的モデルにするのはどう？」

　ジェンクスは目をぱちくりさせた。そうだ、たしかに非知性的モデルでもかなりいじってやればラヴィーの仕事ができるだろう。だが、こんなにうちとけて話ができる相手にはならない。クルーの一員にはなりえない。「それであんたがいらだつことにはならないか？」

「どうして？」

「あんたより知性が劣るように設計された、、、ＡＩ、ハードワークができる程度には賢いがそれ以上には成長しないＡＩと暮らすんだぞ？　まあ、おれはいつもそこのところはあいまいにしてきたんだが」

「あなたはやさしいけど、そういう考えはばかげてるわ」

　ジェンクスは苦笑いをした。「どうしてだ？」

　ラヴィーはちょっと間を置いた。「あなたは荷役獣ってものを受け入れられる？　荷車を引く馬とか、そんなものが当たりまえの存在だと思える？」

「ああ、そいつらがちゃんとした待遇を受けてるかぎりはな」

「それならそれでいいじゃないの」

「ふうむ」この点はじっくり考えてみなくてはならないだろう。「まあ最終的に決めるのはアシュビーだからな」

「それが、気になってるふたつめの問題。ワタシたちがしようとしてることを知ったとき、アシュビーは支持してくれるのかしら」

ジェンクスはふたたび、重いため息をついた。「正直なところ、おれにはわからん。彼は喜びはしないだろうからね。だが、通報はしないだろう。そういうことをするやつじゃないからな。運がよけりゃ、おれはきついお目玉をくらうが、いっしょに船に残れるだろう。最悪の場合は、おれたちは船を去らなきゃならない」

「その最悪の場合も、ありえないとは言えないわね。もし違法なテック製品とわかってて所持してるのを見つかったら、アシュビーは免許を失うこともありうるもの」

「ああ、だがこの船が捜索を受けることがあると思うか？　そんな可能性は――」

「ジェンクス」

「何だ？　おれたちがつかまる可能性は――」

「あるわよ。ワタシはその危険を冒してもいいけど、アシュビーはそうは思わないでしょう。あなたにはそこまでの覚悟はあるの？　ワタシのせいであなたが仕事と住む家を失うようなことになってほしくないの。あなたがそれを選ぶとしても、ワタシはそうじゃないわ」

ジェンクスはラヴィーのコアに手を置いた。「わかってる。おれはこの船を愛してるし、仕事も愛してる。ここのクルーも愛してる」手のひらをすべらせ、傷ひとつないなめらかな曲線をなでる。「おれはここを去りたくはない。でもいずれにせよ永遠に〈ウェイフェアラー〉に乗っているつもりもないんだ。いつか、時が来たら、ここを出てもっとほかのことをやるつもりだ。もしその時が今だというんなら、まあそれで……いいんだ」

「本気なの？」

自分の指のあいだで輝くラヴィーのライトを、ジェンクスは見つめた。この船のよくなじんだ壁の内側について考え、それを好きにいじらせてくれるアシュビーの信頼について考えた。自室のマットレスの、彼の形をしたへこみについて考えた。〈金魚鉢〉でシシックスの笑い声やドクター・シェフの鼻歌を聞きながら飲むメックについて考えた。キジーについて考えた――六十年後、どこかのシケた宇宙船乗りのたまり場になっている酒場で、年老いてみすぼらしい姿になった彼の横にすわっている、同じく年老いた彼女について。「ああ、本気だ」

しばらくのあいだ、ラヴィーは何も言わなかった。「たとえそうなっても、みんなはあなたを嫌ったりはしないわ。ここの人たちはいつだってあなたの味方になってくれる」

「あんたの味方にもな」

「それはどうかしら」

「そうだとも」ジェンクスは静かに声を落とした。「で。やってみるか?」

「そうね」ラヴィーの声には笑みが感じられた。ジェンクスはずっと、その笑みを実際に見たいと思っていた。

「よし」ジェンクスはうなずき、笑い声をあげた。「よし、わかった。明日その業者に連絡するよ」

その夜、彼はAIピットで眠った。冷たいインターフェース・パネルに頭をもたせかけ、肌に食いこむ鈍い金属部品の圧迫を感じながら。胸にまわされるやわらかな腕を、頬にあたる温かな吐息を思い描きながら、彼は眠りについた。

GC標準306年　249日　コオロギ

それは衛星にしては奇妙な名前だった。植民星と呼ぶには大げさなところで、付近には建物が十棟あり、その向こうの丘陵や断崖に点々と小さな孤立住居が散っているだけだ。道路は土の上にのびる浅いわだちにすぎず、発着場の照明と歩行者用通路はどうも後知恵でつけられたもののように見える。空は硫黄《いおう》の色をしており、地面は赤錆《あかさび》色だ。アシュビーたちの呼吸マスクの溝やゴーグルのフレームに微細な砂がすでに厚く積もっていた。あたりに、ほかの知的種族はまったく見当たらない。

アシュビーは片手を上げ、白い太陽のぎらつきを遮った。「シシックス?」

「んん?」シシックスの声も彼の声と同じく、マスクのせいでくぐもっている。

「おれたちはどうしてこんなところにいるんだ?」

「それは哲学的質問かい、それとも――」

アシュビーはじろりと彼女をにらんだ。「おれたちは今、どうしてこんなところにいるんだ?　こんなプラットフォームの上に?」

問題のプラットフォームは工業用の分厚い金属板で、継ぎ目のまわりがオレンジ色になっており、今いち信頼できそうにない支持梁《はり》の上にのっていた。プラットフォームの縁にはキジーとジェンクスが腰かけ、何かのアクション・シミュレーションゲームについて大声で話しあっている。しゃべりながらキジーは廃棄された金属のかけらを折り曲げて動物の形をこしらえていた。ローズマリーはすぐ近くのキオスクで、ちゃんと機能しないAIを相手にドッキング料をめぐって言い争っている。キオスクの屋根から、色あせた看板がぶら下がっていた――『ようこそコオロギに』。その看板の下に、非認可の皮下インプラントは武器検知器にひっかかりがちだという警告が長々と書かれている。

シシックスはゴーグルを調節した。「あたしの記憶だと、キジーがこう言ったんだ、『うちらに必要なものが何かわかるかい?』って、そしてあんたが言った、『何だ?』、でキジーが言った、『銃だよ』、あんたはこう言った、『銃はだめだ』、でキジーが『それじゃせめてシールド・グリッドがいる』って言って、それからそれを取りつけてくれる友だちがいるよって言ったんだ、航路からそれほどはずれてないところだって」

「それは覚えてる」アシュビーは言った。「たぶん本当に訊きたかったのは、どうしてこんなことにおれは賛成したのかってことだ」

「あんたは脳震盪《のうしんとう》になって、鎮痛剤でちょっとぼうっとなってたからね」

「ああ。それで説明がつく」

「言っとくけど、アシュビー、今回の仕事のために多少の武器を船に積んでおくのは悪い考えじゃないよ。特に最近あんな目に遭ったことを考えるとね」

「それを言うなよ。船に乗りこまれたのは例外的なできごとだ。おれは生まれてこのかたずっと飛んでるが、あんなことはこれまでになかった。恐ろしい思いをしたからといって、自分の家を武器だらけにするつもりはないね」

「アシュビー、あたしらが行くところは、つい最近まで戦場だったんだよ。向こうは向こうで切羽詰まった危険なやつらがいるとは思わないかい？」

アシュビーは顎に手をふれた。アカラク人のパルス・ライフルで殴られたあざは薄れつつあった。貨物室でのあの恐ろしい時間がよみがえり、見知らぬ者たちに無理やり家に押し入られたときの気持ちが思い出される。あの事件を頭のなかで再現し、自分の手に銃があったらと想像する。発砲しただろうか？　わからなかった。が、あのとき武器があったらと考えると、安心できる気がした。それなら手も足も出ないという気はしない。自分が強くなったような気がするだろう。そしてそれが怖かった。「この件に関して、おれは信念を枉《ま》げるつもりはない。断じてだ」

「くそったれ離郷人《エクソダン》め」シシックスは笑みを浮かべていた。

アシュビーはふんと笑った。「キジーもまったく同じことを言ってたよ。惑星を吹っ飛ばせるほどの弾薬を船体にくくりつけなきゃとか言ってた」

「キジーはすごく怖い思いをしたんだよ、アシュビー。あたしらみんなそうだ。あたしらみんな、今もすごく怖いんだよ」シシックスはアシュビーの手を取り、彼の肩に頬をこすりつけた。

ローズマリーがキオスクのドアを荒々しく閉めて出てきた。「いまいましいバカＡＩったら」

顔をしかめて、ゴーグルから頑固な埃《ほこり》のかたまりを払い落とそうとする。「あれだけ高いドッキング料を払ったんだから、せめてまともな顧客サービスをしてもらわなきゃ」

「どれだけ払ったんだ？」アシュビーが訊く。

「七千五百クレジットよ。そのうえ管理費まで。管理人なんてどこにも見当たらなかったのに」

アシュビーは口笛を吹いた。「くそ。キジーの友だちとやらにそれに見合う価値があるといいがな」

ローズマリーがおそるおそる言った。「アシュビー、ここはちょっと怪しいわ。書類をちょっとごまかすくらいならいいけど、でも――」

「心配はいらないさ。おれは違法な装置を船に載せるつもりはない。特にクウェリン宙域のこんな近くとあっちゃな。キジーの友だちもきっと信頼のおけるやつらだろうし」

「あんたはキジーと知り合ってどれぐらいになる？」シシックスが言った。アシュビーは彼女の視線を追い、プラットフォームに向かってくるオープントップの小型艇を目に留めた。近づいてくると、操縦士は小型艇がまだ動いているのに、シートから立ち上がった。がっちりした体格の地球人で、アシュビーより若く、上半身につけているのはエアマスクと、いくつもの彫り物のペンダントと、ショルダー・ストラップつきの小型のロケットランチャーだけだった。赤っぽく日焼けした縮れ毛が肩の下まで、マントのように垂れかかっている。同じく縮れたひげは頬のあたりは短く刈りこまれ、顎の下では縄のれんのように垂れ下がっていた。肌は日に焼けて黒かったが、その下にうかがえる白桃色が、地球から遠く離れた古い辺境の植民地で孤立していた祖先の血が混じっていることを示唆している。隆々とした筋肉は一面、差し込み口《テックポート》や複雑なタトゥで覆われ、左前腕はマルチツール義肢に置き換えられていた。その義肢は自家製のようだった。小型艇が近づいてくると、男の皮膚と機械義肢の継ぎ目の太い傷跡が見てとれた。その手術もやはり自分でおこなったのではないかと思えた。

「うわ、すげえな」アシュビーは口のなかでつぶやいた。シールド・グリッドはたしかにいいアイディアだ。が、好き勝手に人体をいじりまくる改造屋《モッダー》の手作りとなるとまったく別の話だ。どうしてこんなことに同意したのだろう？

「キジー！」小型艇の操縦士が楽しげな声で呼ばわった。両腕を大きく空に広げている。

「熊！」キジーが歓声をあげ、折りかけの金属のウサギをわきに放り投げた。ウサギはドック使用者向けの掲示の前をかすめてゴミ箱に飛びこんだ。キジーは一度に二段ずつ、プラットフォームの階段を駆け下りた。「熊、熊、熊、熊ァッ！」小型艇の側面を飛び越えて男の広げた腕に飛びこみ、ふたりして座席に倒れこんだ。ジェンクスがキジーのあとから笑顔で歩いていき、熊と心のこもった握手をした。キジーは熊の頭をハグして、「ヤッホーッ！」と叫んでいる。

ローズマリーはアシュビーのほうを向いた。「あの人の名前は熊なの？」エンスク語で訊く。

「そのようだな」アシュビーが言った。

「〝熊〟っていうのは何かを意味してるのかな？」シシックスが訊いた。エンスク語の単語はクリップ語のなかでは変な具合に目立つ。特に、シシックスのアクセントでは。「熊って何だい？」

アシュビーは歩きはじめた。太い両腕で機械技師を押しつぶさんばかりにしている毛むくじゃらの大男を顎で指す。「あれが熊だ」

「コオロギへようこそ！」熊が大声で言い、こちらに手を振った。少なくとも、にこやかではある。

アシュビーは階段を下りると、手を差し出した。「やあ。アシュビー・サントソだ」

「やあ、船長！」熊はアシュビーの手を握った。アシュビーは相手のもう一方の腕、ワイヤーと傷跡のついた腕を見るまいとした。「キジーがあんたのことをほめちぎってるぞ」

キジーの顔が赤くなった。「しいっ。あたしがあんたにお世辞を言えって頼んだと思われちゃう」

「あんたはきっとシシックスだな」熊が手をのばしてシシックスの鉤爪《かぎづめ》の手を握った。「会えてうれしいよ」シシックスを見つめる。彼の握手はちょっとばかり長すぎた。熊は目を覚まそうとするかのように、ぶるっと頭を振った。「本当にすまん」気恥ずかしそうな顔になって言う。「おれはあんまりよそに行くことがない。このへんでほかの種族を見ることはあまりないんだ」

「いいんだよ」シシックスはちょっと困ったような顔になった。握手がちょっと長すぎたことには気づいてもいないようだ。

「それから……」熊はちょっとのあいだ考えた。「ロージーだっけ？　そうだっけか？」

「ローズマリーよ」ローズマリーは笑顔で言い、彼の手を握った。

「ローズマリー。そうだった。ちょっと前にあんたがAIのとこから出てくるのが見えたが？」

「ええ。ここのドッキング料金は安くはないわね」

熊は首を振った。「その金はあとで払い戻すよ。あれはマイキーっていういたずら者が据えつけたんだ、事情を知らないよそ者から手っ取り早く金をまきあげるためにな。ありゃまったくのペテンなんだ。あんたたちはおれの家族だってやつに言っとくよ。まあ、実質そのとおりだからな」

「あうう」キジーが熊をぎゅっと抱きしめた。

「よし、みんな乗ってくれ」熊が言った。「ちょっと狭苦しいのを気にしないでくれるといいんだが」

小型艇は五人の客が（とりわけ、尻尾のある客が）乗れるようにつくられてはいなかったが、ちょっと身をくねらせて入れ替わったりしたあと、汚れ古びてあちこちへこんでいる艇内にどうにか全員がぎゅうぎゅうにおさまった。

「キジー、よかったらドライブミュージックを頼む」熊が間に合わせのサウンドシステムを指さした。改造したスクリブと小型スピーカー三個を工業用ボルトで留めつけたものだ。スピーカーは見かけによらない強力なもので、どこかの人気バンドの強烈な最初のフレーズが爆発するように流れると、全員が飛び上がった。三人の技師は満足顔でうなずきあい、小型艇は舞い上がった。

ズンズンと低音を響かせる音楽と周囲を流れていく風の轟音に取り巻かれ、会話はほとんどできなかった。ぎゅう詰めの座席から、アシュビーは流れていく風景を見ていた。行く先はいくつもそびえたつ断崖のどれかに隠れているまっとうな居住地だろうと思っていたが、そうではなかった。コオロギは何もない衛星だった。ごつごつした岩と土がどこまでも果てしなく広がり、ときおり窪地に住居があらわれる。あちこちに頑丈そうなサボテンがそそり立っているが、農業の気配は——それを言うなら水源も——いっさい見られなかった。だが、どこかに水があるはずだ。植民地をつくるには適度な重力と適した大気環境だけでは足りない——どこかよその星から水を輸入する手段があるなら別だが。これまでに見たわずかな情報から考えて、コオロギの人々がそれほど裕福だとは思えなかった。

遠くのほうで、何かが地面の割れ目に走りこんだ。小型艇の動きがひどく速いためよく見えなかったが、それはかなり大きく、大型犬ほどもあった。おそらく熊のロケットランチャーはただの見せびらかしではないのだろう。

小型艇は断崖のひとつにのぼっていく曲がりくねった道路の上を飛んでいた。道路は小型艇がかろうじて通れるほどの幅しかない。断崖の縁から下をのぞいたアシュビーは即座に後悔した。生粋の宇宙船暮らしの多くと同じで、アシュビーも地上の高いところはあまり好きではなかった。軌道上から惑星を見下ろすのは何の問題もない。宇宙空間では、落ちることはすなわち浮かぶことだからだ。宇宙船のなかで長い落下をする——たとえば大きな移民船のエンジンシャフトを落ちていくとか——と、「落ちてるううう！」と叫ぶだけの時間がある。するとそれを聞いた船のＡＩが人工重力ネットを調整してくれ、落下が突然やんで身体が浮かび、手近な手すりにつかまることができる。近くでメックを飲んでいたり、小さなテック部品をあつかう仕事をしている人を巻きこんでいらだたせることになるだろうが、生きていられることを思えばそれぐらいの代償はしかたがない（〝落下〟防止策は子どもがいたずらで使うこともよくある。混みあった通路や教室で不意に重力を反転させて大喜びするのだ）。だが惑星地表には人工重力ネットはない。わずか数メートルでも、落ち方がまずければ死んでしまうのだ。スイッチを切ることのできない重力が、アシュビーはあまり好きではない。

角を曲がると、地面から顔を出した平たい岩盤の上につくられた住居が出現した。建物を内部に収めている岩の張り出しを除けばすべて、高い板状の金属フェンスで囲われている。小型艇が自動開閉ゲートをはいると、住居の全体像が目にはいった。住居の一部は、二度と地上から飛び立つことのない小さな貨物宇宙船でできていた。その側面にはくすんだ色合いの居住ブロックが接合されており、醜い種から発芽してまだ開いていない球形の芽のように見えた。屋根には円盤形の受信アンテナが突き出ており、その横で瞬《また》いているライトは飛行物体を追い払うためのものだ。住居から安全な距離を置いたところにある発着パッドに二台の配達ドローンが止まっている。この場所は工場や要塞のように見えたが、地球人の職人の手による仕上がりには親しみやすい雰囲気があった。

「愛しのわが家だ」もう一台の小型艇の隣に着陸しながら、熊が言った。「はいってくれ。おっと、ここならマスクをはずしていいぞ。フェンスの内側にはあらゆるものを遮断するシールドが張ってあるし、内部には呼吸できる空気を満たしてるからな」顔からマスクを取る。「ああ。こっちのほうがいい」

アシュビーは後部座席から出てのびをした。シシックスがうめいていた。「尻尾がしびれちゃったよ」顔をしかめて、尻尾を左右に振る。

一行は熊について住居の玄関ドアに向かった。建物の横の巨大なゴミ箱にアシュビーの目が留まった。満杯のためふたがちゃんと閉まっていなかった。目を細めてよく見ると、機械ゴミの上に何かの生物の殻のようなものがあった。パリパリして半透明のそれは、以前ドクター・シェフのキッチンのゴミ箱で見かけた昆虫《バグ》の外皮を思わせる。ただ、こちらのほうが大きかった。はるかに大きかった。

「わあ」住居の壁を見上げて、ローズマリーが言った。「この家、あなたがつくったの？」そもそもローズマリーはモッダーの住居を見たことがあるんだろうかとアシュビーは考えた。折折にローズマリーは銀河系についてほとんど何も知らないように見え、そこがかわいいと思えたが、同時にちょっとあわれにも思えた。自分はそんな箱入り育ちでなくてよかったと思う。

「ほとんどはちがう」熊は言い、機械の手のひらで壁のパネルを押した。バスンという音をたてて、玄関のスライドドアが開いた。「兄貴とおれで——ブーツは脱いでくれよ——五年ぐらい前にここを買ったんだ。つまり、その……およそ三標準年前か？　ちがうっけな？　GC標準時なんて絶対に覚えられねえ。とにかく、ここは年とったコンピュータ技師の持ち物で——ああ、マスクはここのラックに吊り下げてくれ——彼女は孫たちのそばで暮らすことに決めたんだよ。作業場とたっぷりの収納スペースはすでにあったから、付け加えなきゃならないものはたいしてなかった。発着パッドと受信アンテナと、あっちこっちにちょっと快適な設備を——」

「ようこそ！」男がひとり、玄関ホールにはいってきた。不気味なほど熊にそっくりなのを見ると、先ほど熊が言っていた兄貴にほかならないようだ。この男の肌も皮下テックポートやタトゥだらけだったが、こちらは髪をうしろで縛り、顎ひげにはきちんと櫛《くし》を入れていた。折り目のついたズボンの上に、趣味のいいボタン開きのシャツを着ている。右の眼窩《がんか》は光学プレートで覆われており、そこに埋めこまれているスキャナーの表面がぎらりと、貝殻の内側のような光を放っていた。この男も武装していたが、こちらの武器はベストのホルスターにおさめた、まだしも使い勝手のよさそうな光線銃二丁だった。小脇に抱えているスクリプをさっきまで読んでいたのだろう。この男にははっきりと、知的な雰囲気があった。この男が本の虫的モッダーで、あいまいなデータの解析や発明の歴史を楽しむタイプだということは、すぐにアシュビーにもわかった。

「ニブ！」キジーが歓声をあげ、走っていってハグした。「うわうわうわ、元気？」

「元気だとも」ニブのお返しハグは熊ほど盛大な喜びようではなかったが、顔に浮かんだ笑みから、弟に負けない愛情がうかがえた。「本当に久しぶりだな」

「まったくだよ」

「おい、おれには挨拶なしか？」ジェンクスが文句を言った。

ニブは大げさな仕草で壁の上の縁をぐるりと見まわし、それから目を下に向けてジェンクスを見た。「おやおやジェンクス！　こんな下にいるから見えなかったよ！」

「そういう口は自分の目をぶち抜くとんまどもからよく聞くよ」ジェンクスはにやりと笑って言い、ふたりとも大笑いした。アシュビーは目をぱちくりさせた。身長のことをからかわれたときにジェンクスが不機嫌そうに黙りこむ以外の反応をするのを見るのは、はじめてだった。ニブは過去に少なからず得点を稼いでいるようだった。だが同時にアシュビーは、このやりとりに熊がおもしろくなさそうな顔をしていることにも気づいていた。どうやらこのむくつけき男は、友人をからかうのは好まないようだ。

それぞれ紹介され、握手をしあった。一行はニブのあとについて玄関ホールから居間のようなところにはいっていった。足を踏み入れたとたん、アシュビーの顔がほころんだ。こういう家には前にも来たことがあった――入植者たちがどうにかかき集めた材料を使って手作りした、無骨で今にもばらばらになりそうな住居だ。周囲の壁には安物の色あせたタペストリーが掛けられ、工業用金属板をかろうじて隠している。室内にはふぞろいな椅子やソファがたくさん詰めこまれ、そのすべてがピクセル・プロジェクター（これは少なくとも新しそうだ）に向けて並べられている。窓辺に並べられているピクセル鉢植え植物は天井にも吊り下げられており、デジタルの葉がまるで呼吸をしているかのように丸まっている。アシュビーの祖母も、こういうピクセル鉢植え植物を並べて、家庭らしい明るい雰囲気を出していた。天井の換気口から流れてくる空気は清浄で涼しかったが、よどんだ煙のような――煤《すす》っぽい木のような――においがしみついていた。ソファのひとつのうしろに作業台が置かれ、その上に手書きのラベルが貼られた容器や箱がずらりと並んでいる。その台のちょっとあいたところに、メックのピッチャーとベリー・フィズのボトルとグラスが数個置かれ、その飲み物の横に、一部つくりかけの機械義肢があった。

「あれは終わることのない試みなんだ」アシュビーの視線に気づいて、熊が言った。機械義肢の腕を上げてみせる。「こいつは動きは速いんだが、思うほどしっかり持ち上げることができない。あっちは試作品だ。物理的な強さとすばやい反射を完璧に兼ね備えた義肢をつくりたいんだ」

「幸運を祈るよ」キジーが笑った。「両方いっしょはまあ無理だろうね」

ジェンクスがローズマリーに顔を寄せて解説した。「バイオテック信号があまりに速すぎると神経が処理しきれなくて、身体の残りの部分が荷重に対して身構えることができない。筋肉が裂けてとんでもないことになるんだ」

熊は顔をしかめて試作品を見やった。「だが何か方法があるはずだ」

「もしやってのけられたら、あんたは銀河《G》共同体《C》一の腕利き技師ってことになるな」ジェンクスが言う。

「そんなことはどうだっていい」熊は言った。「おれはただ、素手でケトリングを投げ飛ばせるようになりたいだけなんだ」

キジーとジェンクスとニブはどっと笑った。アシュビーはケトリングとは何なのかたずねようとしたが、それより先にニブが口を開いた。「何か飲みたいものはあるかね？　残念ながらたいしたものはないが、キジーの友だちだからできるかぎりの歓待をさせてもらうぞ」

「そりゃどうもご親切に。ありがたくフィズをいただこうかな」アシュビーの鼻はメックのピッチャーから立ちのぼる芳香にすでに引きつけられていたが、あまり緊張をゆるめたくはなかった。そもそもここには装備を買うために来ているのだ。気のゆるみと金勘定がいい結果を生むことはめったにない。

ニブが飲み物を注いでいると、玄関ドアが開く音がした。「ちょっと！」女性の声が廊下から聞こえた。若い声だった。「みんなもう来てるの？」

「来てるよ！」キジーが叫んだ。「こんちは！」

「ようこそ！」声が言った。

「よう！」ジェンクスが言った。

「待ってて、いいものを見せてあげる。おおっと、こんちく――」

「エンバー」ニブの声は兄が弟妹に呼びかける響きを帯びていた。「何を持ってきたか知らんが――」

「なかに持ちこんだりはしないわよ、とんま。汁嚢《じゅうのう》を撃っちゃったから緑のくそ汁がそこらじゅうに漏れちゃった。こっちに来てよ、これを見てよ」

熊とニブは顔を見合わせた。「言わんこっちゃない」熊が言いながら玄関に急ぐ。

ニブはため息をついて飲み物を差し出した。「妹はトラブルを探すのが大好きなんだ。特にケトリングがからむとね」

ローズマリーがアシュビーに質問をぶつけてきた。「ケトリングって何?」

「来てくれ」ニブが言った。「飲み物を持ってくるといい。それから、ええと、あんたたちの胃袋がしっかりしてることを願うよ」

一行は外に出た。シールドの呼吸ができる安全な範囲内から出ないように注意する。土の上に生き物の身体が置かれていた。どろどろした体液にまみれて動かず横たわっているそれの上に、ライフルを身につけた若い女性が立っていた——というより、あれは少女か? アシュビーにはよくわからなかったが、彼女は二十歳を超えているようには見えなかった。兄たちとはちがい、テックポートもインプラントも目につくところにはない。長い巻き毛は熊の髪と同じようにぼさぼさに乱れているが、顔は美人と言えなくもなかった。両腕はたくましく、肌は日焼けで黒くなっている。アシュビーですら、ここまで鍛えあげた経験はなかった。

一方、生き物は静かだったが、ぞっとするような姿をしていた。アシュビーはバッタを思い起こした——バッタに細長い口があり、背中に鋭くとがったぎざぎざが並んでいるとすればだが。緑の鋭い翅《はね》が破れて何層にも重なっている。脚はゆがんで折れ、急な角度で内側に丸まっているものも何本かある。口のまわりと腹の下側に細い毛が生えており、なぜかほかの何よりもそこが恐ろしく思えて、アシュビーは身震いした。エンバーはああ言っていたが、顎の下の枕のような嚢は正確には漏れているどころではなかった。ゆっくりとだが体液が噴き出し、油っぽくねばつく、酸《す》いにおいのする緑色のどろどろした液体が、悪夢めいた頭のまわりにたまっていた。

「このくそ野郎を見たかい？」エンバーは満面に笑みを浮かべていた。「あたしと同じくらい大きいよ！」それからみなを見まわした。「それから、こんちは、お客さんたち。握手したいけど、これじゃ……」手袋をはめた手を上に掲げてみせる。手袋は緑色のしみで汚れていた。

「うわあ」シシックスが声をあげた。フィズをすすりながら、しゃがみこんで間近でしげしげと見つめている。同じような熱心さでエンバーに見つめられていることには気づいていない（でなければ、少なくとも気にしてはいない）ようだった。「こいつがケトリングかい？」

エンバーはびっくりしたようにくっくっと笑った。「ケトリングを見るのははじめてかい？」

「そりゃそうだろうよ」熊が言った。「はじめてコオロギに来たんだから」見物人たちのほうを向く。「この衛星の名前の由来はそれだよ。このちくしょうどもから来てるんだ」

ニブはエンバーの獲物を観察した。「それをどこで見つけたんだ？」異様に落ち着いた声で訊いた。

エンバーの笑みが一瞬揺らいだが、すぐさま回復した。「ええと、ほら、井戸のまわりにときどきはぐれ野郎どもがうろついてるじゃ――」

「うそを言うな」熊は腕組みをした。「どこだ？」

エンバーはごくりとつばを呑んだ。「ドライマウス峡谷。でも大丈夫だったよ。そんなに近づいたわけじゃない」

熊はあきれたように息をつき、天を仰いだ。ニブが顔をしかめる。「エンバー、おまえはもうちょっと賢いはずだ」

エンバーの頬が真っ赤になった。すねたように肩をすくめる。「こいつは死んでるんだよ、ね？」

「そういう問題じゃな――」熊が言いかけた。

「この話はあとにしよう」ちらりと客人たちに目を向け、ニブが言った。

ジェンクスはケトリングの頭をしげしげと見つめ、一部をつまみ取って目の前に持ってきた。動かすと、パリッという音が出た。「うっへえ」ジェンクスは言った。「頭を仕留めたんだな。キジー、見てみろよ」ふたつの穴を指さす。ひとつは顎の横に、もうひとつはまぶたのない目の近くにあいていた。

エンバーがふたたび肩をすくめたが、口もとには隠しきれないうれしさが出ていた。「そうだよ。小型艇に突進してきたから、すばやく仕留めなきゃならなかったんだ」

「くそ」熊はそう言って相変わらず首を横に振っていたが、それ以上は何も言わなかった。

「こんなやつに襲ってこられたら、あたしは何ひとつできないだろうね」キジーは割れた甲殻をつつきながら言い、エンバーを見上げた。「ああ、今すぐあんたを思いっきりハグしたいけど、その緑の汁に毒されたくない」

「毒はないんだよ」エンバーは言った。「ただねばねばするだけ」

「ああ、ねばつくのもいやだね」

アシュビーはちらりとローズマリーを見た。彼女は身を守ろうとするように腕組みをしている。「大丈夫か?」訊いてみる。

「ええ、まあ」ローズマリーは首を振った。「この口は……」身震いする。

「そうだ」熊が言った。「そいつらはいったん嚙《か》みついたら離れないんだ。特にひどく怒ってるとな。喉や腹に食いつかれたら、もう助からない。おまけに逆上してるときは何にでも食らいつく。壁でも小型艇でも、金属くずでも燃料ケーブルでも、井戸ポンプでも、なんでもだ」

「だからこいつらが大発生すると大変なことになるんだ」ニブが言った。「こいつらは休眠期には岩場で群れているだけでね、すぐそばまで近づいて怒らせないかぎり、出てくることはない」鋭い目をエンバーに向ける。「だが一、二年ごとに集団で飛び出してきて、いたるところに卵をまき散らして、なんにでも嚙みつくんだ。その期間は二日間だけだが、家や持ち物をちゃんと守らないと何もかもを失うことになる。ここに最初にやってきた入植者たちはそうなった。入植してきたときは休眠期で、最初の大発生のときにはまったく備えができてなかったんだ」

そもそも入植者たちはなぜこんな地でわざわざ住居を再建したのだろうとアシュビーは考えたが、その答えはわかっていた。一部の地球人にとって、土地の所有はいかなる労力をも払う価値があることなのだ。そういう行動は予測できる。地球人は本来自分たちには向かない場所にも無理やり進出した長い歴史を有しているのだ。

「その嚢にはいってる汁の量を見てごらんよ」エンバーが言った。「こいつは確実に、産卵の用意をしてたんだよ」

ニブが同意するようにうなずいた。「次の大発生はもうすぐだな」

エンバーは意気込んで説明をはじめた。「その汁は受精すると卵になるんだ。こいつらは卵を守るために口のすぐ近くに置く。ホントに気持ち悪いったら。ひたすら飛びまわって、頭どうしで交接するんだよ」

「エンバー」熊が妹の肩をたたいた。「お客さんにする話か」

エンバーは兄を無視して、こちらが恐ろしくなるほどうれしそうに話を続けた。「で、交接がすむと、口からねばねばをまき散らすんだ。十日間後《テンディ》には大発生がはじまるだろうね」

「そのとき、あんたたちはどうするんだい?」シシックスが訊く。

「うずくまって過ぎ去るのを待つ」熊が言う。「ニブとおれはここに移住してから、居住地全体を覆うシールドを開発した。ケトリングは燃やせば死ぬ。もちろん、おれたちも外に出ることはできない。大発生は映像なら見ものだぞ」

「卵の処理はどうするの?」

「撃つんだ。でなきゃ、燃やす。卑劣だと思えるかもしれんが、そんなのは問題じゃない。やつらはいつだって何千匹という数になる。それに知覚も何もありはしないんだ」

ニブがケトリングを顎で指した。「傷む前にさばけよ」

「そのつもりだよ」エンバーはベルトから大きな万能ナイフを抜きながら言った。「料理する前にお客さんたちに見せときたかっただけ」

ローズマリーの目が、ケトリングの割れた頭部の下のねばつく液だまりに注がれた。「あれを食べるの?」

「ちっちゃい昆虫と何のちがいもないよ」エンバーが言った。「さばくのもこっちのほうが楽だ」だしぬけにナイフを振り下ろして、ケトリングの頭を切断する。外殻は分厚く、だらんとした頭部を何度かねじってもぎ離さなくてはならなかった。ローズマリーの口がひくついた。

ニブが小さく笑って、ローズマリーの肩を軽くたたいた。「ディナーまでいてくれれば、あんたの気を変えてやれるんだが」

「ああ、そうして、お願い!」キジーが言った。「話したいことが山ほどあるんだ」

熊は一行に笑顔を向けた。「歓迎するよ、泊まっていってくれ。バーベキューでいいなら、くそうまいマリネをこしらえるよ」ちらりとエンバーに目をやると、ケトリングのぞっとするような頭に惚《ほ》れ惚《ぼ》れと見入っている。熊はあきらめのため息をついた。「それを刺す杭《くい》がいるか? 作業場に予備の支柱が何本かあるから、研磨機で先を削ってとがらせればいい」

「ああ、うん、そうする」エンバーはにんまりした。「でもまず解体をすませなきゃ」

「ひとりでやってくれ」ニブはすばやくローズマリーに目を走らせた。「客人がたはもうたっぷりと血糊《ちのり》を見たようだからな」

エンバーは笑みを浮かべてうなずいた。一行が背を向けて数歩離れるや、湿ったベキベキという音が背後から聞こえた。アシュビーは振り返らなかった。お上品な育ちというわけではないが、銀河系には見る必要のないものもあるのだ。

「まったくあの子ってシビれるよね」キジーが言った。「あの子が石ころも撃てなかったころを思い出すよ。そのころあの子は、あたしの半分の大きさしかなかったんだよ」

「それで?」とジェンクス。「おれはいつだっておまえの半分の大きさだが」

「そんな意味じゃないってわかってるよね」

「あいつはおれより射撃がうまくなりそうだ」熊が言った。「それにとんでもなく力があるんだ。おれたちといっしょに作業場で過ごす時間が増えてくれりゃいいんだが、最近は岩を登ったり走りまわったりするのに夢中なんだ」

「それはそれでいいんだ」ニブが言う。「だがケトリングを刺激しないように言い聞かせなきゃならん」

「そうだな、今回はちゃんと聞いてくれるかもしれんな」

ニブは顔をしかめた。やはりニブが長男だとアシュビーは確信した。「五体満足で無事に十七歳の誕生日を迎えてほしいものだ」

アシュビーはあんぐりと口を開けた。「あの子は十六歳なのか?」思わずうしろを振り返る。少女は自信に満ちた手つきでケトリングを解体し、鼻歌交じりで脚をたたき切っていた。

「エイアンドリスク人に置き換えると何歳になる?」シシックスが訊いた。

「まだ半分しか羽根が生えそろってないけど、絶えず脱皮してるようなものだ」

シシックスは目の上の隆起をぐいと上げた。「絶対に怒らせないようにしなきゃ」

「さて」ニブが言った。「あんたたちがここに来た理由に移ろうか」

横たわっている貨物船の貨物室の扉のほうに一行を案内する。手のひら認証ロックを押すと、扉がきしみながら開いた。いくつかの光球が、工具が散らかった作業場を照らし出していた。その向こうに床から天井まで届く陳列ラックが小さな森のように立ち並び、ありとあらゆる形と大きさのシールド発生機が並んでいた。

「おもしろいやつはどこだ？」ジェンクスが言った。

「邪魔にならないように上に置いてある」熊が言った。

「まあ見せてよ」キジーが言う。「ホントにイケてるかどうか見てみよう」

アシュビーは眉を寄せた。この兄弟の仕事をけなしたいわけではないが……「おれはシールド・グリッドを買いたいだけだってことをキジーがはっきり言ってくれてるならいいんだが」

ニブはにやりと笑った。「キジーのメッセージでも、そのくらいはわかったよ」キジーにウインクをしてみせる。「心配するな、無理な押し売りをしたりはしないよ。おれたちは武器商人じゃないからな。シールドの注文製作でおまんまを食ってるんだ。武器をつくるのは純粋な趣味だよ。もっとも、気が変わったっていうなら売ってやれるけどな」コントロール・パネルに身振りでコマンドを入れる。頭上でガチャンという音がして、天井からいくつもの水平ラックが下りてきた。どっしりと重たい、恐ろしい果実のようにたくさんの武器が吊り下げられている。アシュビーは驚愕《きようがく》しながら見まわした。イリュオンの襲撃部隊の装備と言っても通用するだろう。ペイはどう思うだろうと想像する。

「うわあ」シシックスが言った。

「ああ、すごいな？」ジェンクスが言った。

「これが趣味だっていうのか?」

「趣味だよ」熊が言った。「これを売るのはご近所さんたちと信頼のおける友人だけだ。悪いやつらとは取り引きはしない。だが悪いやつらをやっつけるっていうんなら、おうよ、やってやろうじゃないか」

ローズマリーは何も言わなかったが、顔がこわばっていた。彼女の不愉快そうな態度の理由は、アシュビーにはわかる。今立っている倉庫いっぱいに、殺すために設計された武器が詰まっているのだ。ローズマリーはあのアカラク人ども以前に銃を見たことがあるのだろうかと、アシュビーは考えた。

「最初はちょっと圧倒されるだろう、わかるよ」ニブが誇らしげに言う。

ニブは人あたりのよさそうなタイプに見えたので、アシュビーは正直な意見を言うことにした。「気を悪くさせるつもりじゃないが、本当のところ、うちの船に載せる武器がほしいわけじゃないんだ」

「当ててやろうか。あんたは船団《フリート》の出身だな?」

「そんなにわかりやすいか?」

「少々ね」ニブは笑みを浮かべた。「おれたち――あんたとおれとはポリシーがちがう。だがあんたが育った環境は理解できるよ。暴力と聞くといつも落ち着きをなくすんだ、たとえ気配だけでもな。だがこの前あんな目に遭ったんなら――それにあんたたちがこれから行く場所についても言うまでもないが――自衛のための基本的な道具はいくつか備えておいたほうがよさそうだな。防御をかためるだけでいいというなら、それでいい。だが何かする必要があるぞ」

「ああいうやつだな」ジェンクスが言った。「おれはあれが好きだな」アシュビーが彼の視線を追うと、それは銃だった――いや、銃じゃない。把手《とって》のついた小型の大砲だ。筒は赤ん坊を詰められるほど大きかった。

「おれたちはあれを〝大ハンマー〟と呼んでる」熊が言った。「威力は強烈だぜ。あんたたちに必要かどうかは大いにあやしいと思うがね」

「いやいや、必要だ」ジェンクスが言った。「どうしてもあれが必要だね」

熊が笑った。「あんたさえよかったら、あとであれを使って崖に穴をあけにいってもいいぞ」

ジェンクスはキジーを見た。「もっとたびたびここに来なきゃな」

キジーとジェンクスが信じられないような武器類の品ぞろえをめぐって騒いでいる一方で、アシュビーとシシックスは並んでいるシールド発生機をくわしく調べた。モッダーの自家製装備を買うことについてアシュビーが抱いていた懸念は、ニブが話す内容を聞いて消え失せた。ニブはすでに〈ウェイフェアラー〉の仕様《スペック》を手に入れていたが、エンジンの性能や船体の規格にとどまらない詳細な情報をいろいろと求めた――船の製造年はいつか、材料は何か、居住区画に使われている資材は本体に使われている資材とちがうのか等々。燃料に使っている藻類の正確な品種、一度に積むアンビの量（奪われたアンビ・セルのことを思い出し、アシュビーは内心縮みあがった。GCが損失を補償してくれるとはいっても、恐ろしい浪費だったことに変わりはない）。ニブはさらにシシックスの操縦テクニックについてあれこれと慎重な質問をして、その答えを聞いて真剣に考え、うなずいた。しばらくすると熊が会話にはいってきて、兄弟はシールドのメカニクスについて熱心に議論した。そして最終的に、既存のモデルをいくつか解体し、その部品を再構成して〈ウェイフェアラー〉用にあつらえるという結論に達した。アシュビーはまるで服をオーダーメイドしているような気分を味わっていた。このモッダー兄弟はただの技師ではない。芸術家だ。おまけに兄弟の申し出によれば、たった一日の作業が必要なだけで、代金の総額は部品代程度でしかなかった。こういう友だちを持っているキジーに感謝を告げなければ、とアシュビーは肝に銘じた。

くるりと振り向くと、ジェンクスがローズマリーに小さな光線銃を手渡しているところだった。ローズマリーの手には、その武器はいかにも不釣り合いに見えた。沙漠《さばく》生まれのエイアンドリスク人に捕えられた魚のように。「ほら、武器を持つほうの側になると、そんなに恐ろしくはないだろう」ジェンクスが言ったが、ローズマリーの顔はそうは思っていないようだった。

熊がにやりと笑った。「ちょっとためしてみるか?」

ローズマリーはごくりとつばを呑んだ。「撃ち方なんて知らないわ」

「おれたちが教えてやるよ」熊が言った。「お茶の子さいさいだ。何も特別なことは必要ない」

「それにおもしろいよ」背後から声がした。緑色の粘液にまみれたエンバーがケトリングの頭を持ち、貨物室にはいってくると金属支柱の山を探りはじめた。ケトリングの頭の触角をつかんで、次々と支柱にあてていき、串刺しにちょうどいい太さのものを探している。

「エンバー」ニブが言った。「ぶった切ったケトリングを直射日光の下に置きっぱなしにはしてないよな」

「肉は静止庫に入れた」エンバーが言った。

熊があきらめたような視線を妹に向けた。「はらわたの山を直射日光の下に置きっぱなしにはしてないよな」

かわいい妹は手にしていた支柱を床に置き、ばつの悪そうな笑みをちらりと浮かべると、爪《つま》先《さき》立っていかにも大げさな歩き方で貨物室から出ていった。

熊は目の玉をぐるりとまわして天井を仰ぎ、ため息をついた。「早く十代を抜け出してもらいたいもんだ」

「おれはそうは思わんぞ」ニブが言った。「あの子が二十歳になったら、言うことをきかせられると思うか？」

「あんたたちに質問」シシックスが言った。「全然関係ないことだけどさ」

「言ってくれ」

「アカラク人どもに襲われたときに回転スタビライザーのひとつが壊されたんだ。次に市場に寄ったときに新しいのを買おうと思ってたんだけど、それまでのあいだそれなしで飛ぶのもいやでさ。ここにそういうものは置いてないだろうね？」

「おれたちは持ってないが、このコオロギにいる技師はおれたちだけってわけじゃない。ジェスとマイキーに相談してみてくれ」熊が言った。

「そのマイキーは例のＡＩ詐欺師と同じやつ？」

「同じやつだ。だがひるまないでくれ、あのふたりはその手のことを熟知してるんだ。旧式宇宙船のテックのことをな。もう引退してるが、今でも自分ちの作業場によくこもってる。恐れ入るやつらだぜ。家はここから一時間ほどのところだ。よかったら家にいるかどうかコールしてみよう。小型艇を貸すから行ってこい、ディナーの時間までにもどってきてくれればいい」

アシュビーが目を向けると、シシックスはうなずいた。「せっかくだから行ったほうがよさそうだな」アシュビーは兄弟のほうに目をもどした。「本当に小型艇を貸してもらってもいいのかな？」

「ああ、心配はいらんさ。宇宙でトンネルを掘ってるあんたたちなら、おれの小型艇を無事にもどしてくれると信頼してる」

「ねえ」エンバーが外からどなった。「誰か、ケトリングの神経節がどんなだか見たい人はいない？」

「いいや」熊がどなる。

「いいや、誰も見たくない」ニブがどなる。

「見たい見たい」ジェンクスが言い、キジーを引きずって外に走りだした。

ニブはアシュビーに、すまんなというように肩をすくめた。「ごたごたしててすまない」

「大丈夫だよ」アシュビーは言った。貨物室の外側で、キジーとジェンクスがぞっとするような歓喜の声をあげている。「ああいうことには、まあ慣れてるからな」

生きるということについてエンバーは自分よりもよほどよく知っているという印象をローズマリーは抱いていたが、この少女はひとつのことに関してはまちがっていた。大発生まであと数日の余裕はなかった。惨殺されぶった切られたケトリングを熊が火にかけてから一時間ほどたったころ、そのケトリングの類縁が怒りに駆られて渓谷から飛び出した。ものの数分で空は真っ暗になった。遠くのほうに浮かんでいる、ねじれよじれる昆虫の大群は、故障したピクセル画像の雲のように見えた。ケトリングは猛烈な勢いで飛び、たがいに交接し、殺しあい、ときには食らいあっていた。地平線に沿って立て続けにまばゆい閃光が走った。住民たちが住居のまわりのシールドを作動させたのだ。ケトリングどもは次々と頭からシールドにつっこんでいたが、それには明確な理由があるわけではない。岩にも植物にも廃棄された乗り物にも同じようにつっこんでいたし、ケトリングどうしでも同じことをしていた。この昆虫たちは、行きたい方向に向かうのを邪魔するものは何でも憎んでいるかのようだった。

大群が襲ってきたとき、アシュビーとシシックスはまだジェスとマイキーの家にいた。ローズマリーがスクリブのビデオリンクで連絡をとったが、予定外の客人としてその夜泊めてもらう以外の選択肢はなかった。ジェスもマイキーも迷惑がるどころか、よそからの客人を大喜びでもてなしているようだった。アシュビーの話では、この老夫婦はあちこちの戸棚から秘蔵のごちそうを次々と出してくれたうえ、レスキトキシュ語を少し話せることがわかり、即座にシシックスと仲良くなっていた。ビデオリンクの背景で女性たちがしゃべっているのがローズマリーに聞きとれた——シシックスはゆっくりとしゃべり、ジェスはがんばって歯擦音《しさつおん》的な音節を発音している。笑い声から察するに、会話内容は楽しいもののようだ。

モッダー三兄妹もやはり楽しそうだった。「大発生のときにできることは何もないからな」ニブが言った。「てことは、もう一日か二日、われらが友人たちと過ごせるってことだ」

この兄弟は、バタバタあばれまわって嚙みつき、卵を吐き散らすおぞましい昆虫をまるで祝日のごちそうのようにふるまってくれた。エンバーとキジーは地下室から自家製ドリンク（コオロギのほとんどのものと同じく、近隣住民の手でつくられたものだ）のケースを引きずってきていた。熊は安全なシールドの下でエンバーの獲物をあぶり焼きしていた。頭上でものすごい勢いで次々とシールドに激突してバチバチと火花を散らしている生き物と同じものが串刺しローストになり、エプロンをつけた男がマリネ液を刷毛《はけ》で塗っているのは、奇妙な図だった。ケトリングどもは入り口ゲートのわきに突き立てられた仲間の頭にもひるみはしなかった。

最初のうち、ローズマリーはこのモッダー兄妹の家に閉じこめられることに落ち着かなさを感じていた。それは外の昆虫の大群のせいだけではなかった。キジーとジェンクスはこの家族の仲のいい友だちだが、ローズマリーは部外者なのだ。一日二日とはいえ、見知らぬ人々の家に泊まる――同じものを食べ、むさくるしいソファで眠り、内輪のジョークを聞いて過ごす――ことを考えると、きまりが悪かった。だが、この兄妹のにぎやかさに、いつの間にかそういう気分は払拭《ふっしょく》されていた。とりわけ熊はローズマリーが仲間はずれにならないように気をつかい、彼女にはわからない内輪話がはじまったときには（そのほとんどはふたつのグループのどちらかに落ち着いた――『おれたちがあの驚異的なものをつくったとき』、もしくは『おれたちがえっらくラリッてばかなことをやらかしたとき』）そのくわしい事情を教えてくれた。ねばねばの体液にまみれたケトリングの死骸の記憶をいったん乗り切り、火であぶったスパイシーな昆虫の切り身をふわふわのピタパンにくるんで、さわやかなドリンクで流しこむと、心からおいしいと思えた。ディナーが終わるころには、ローズマリーはすっかりくつろいだ気分になっていた。すわっている安楽椅子は埃っぽくてすりきれており、すぐそばでゆらゆらと明滅しているピクセル鉢植え植物はあまり趣味がいいとは言えない。テックやハッキング技術をめぐる熱烈なおしゃべりには参加することはできないが、クルー仲間が楽しげにくつろいでいることははっきりとわかる。お腹がいっぱいで身体も心地いいおかげで、自分もこの場に溶けこんでいるふりをすることができた。

ニブが客人と弟妹にメックの新しいポットを運んできて、全員がピクセル・プロジェクターのまわりに腰を落ち着けた。熊はソファを背もたれがわりにして床にすわり、キジーはそのすぐうしろにすわって、熊のうっそうとした髪の毛で無数の細かい三つ編みをつくっている。ジェンクスはそのそばでくつろぎ、満足げにレッドリードのパイプをふかしていた。エンバーは作業台の椅子にすわり、しかめ面で回路パネルと格闘している。

「ねえ」部屋にはいってきた兄に、少女は言った。「この作業をもっと速く仕上げる方法があるよ」

「ああそうか」ニブの声はにべもなかった。彼はローズマリーに目を向け、ポットを持ち上げて両眉を上げた。「メックはどうかな？」

「ええ、お願い」ローズマリーは言った。メックをおかわりしてお腹を満たすのは申し分ないことのように思えた。そうすれば、外壁ごしに聞こえてくるくぐもった羽音を忘れられそうだ。

「まじめに言ってるんだよ」エンバーが言う。「この接続ピンがひどく見にくくてさ。もしあたしが――」

熊が目を上げた。「もしそれが〝視〟ではじまって〝インプラント〟で終わる言葉だったら、答えはノーだ」

「動かないでよ、熊ちゃん」キジーが言った。「三つ編みがぐしゃぐしゃになっちゃうよ」

エンバーが十代ならではの長年苦しみつづけて疲れたという表情でため息をついた。「偽善者」

「おまえの成長が止まって脳の発達が落ち着いたら、好きなインプラントを入れていい」ニブの口調には保護者めいた押しつけがましさがあり、それがいっそうエンバーをいらだたせるようだった。

「悪者にはなりたくないが、兄さんの言うとおりだ」ジェンクスが言った。「あんまり早い時期にインプラントをあれこれ入れると、やっかいなことになるぞ。十五歳のときにヘッドジャックを入れたやつを知ってるが、成長して脊椎《せきつい》がのびてくると、インターフェースがひどい誤作動を起こすようになっちまったんだ。結局もとにもどして全部またやり直さなきゃならなかった。そんなインプラントを施術したとんま野郎は自分が何をしてるかわかってなかったんだ。かわいそうな坊主は脊髄《せきずい》に細菌感染を起こしてもう少しで死ぬところだった。ふたたび動けるようになるために、手足四本ともを入れ替えなきゃならなかったんだ」

「どこのばかがそんな年の子どもにヘッドジャックを入れたんだ?」熊が言う。

「動かないでったら」とキジー。

熊は小言口調になった。「エンバー、まじめな話、もし十代の子にインプラントをしようってモッダーに出くわしたら、死に物狂いで逃げるんだぞ。モッドってのはイカしたテクに翻弄《ほんろう》されることじゃない、合成物と有機体とのバランスを総合的に美しく構成することだ。有機体の安全を考慮しないとしたら、それは——あ痛ッ!」キジーに髪をひっぱられて、悲鳴をあげる。

「だめ。動くなって」

「わかってるよ」エンバーが熊に言った。「ありきたりな説教はやめて」

「〝ありきたりな説教〟なんて言葉を使うには、おまえさんは若すぎるぞ」ジェンクスに言われ、エンバーは舌を突き出した。ジェンクスは同じことをやり返した。

「それにさ、お嬢ちゃん」キジーが言う。「せっかくきれいな目をしてるのにさ。ヘッド《H》アップ《U》・ディスプレイ《D》をつけりゃすむのに、どうしてインプラントなんかしたいんだい?」

「あの人はインプラントを入れてるもん」エンバーはニブを指さした。

「ニブは〝事故〟に遭ったからな」ジェンクスは自分の顔に向けて銃を撃つ仕草をし、それから目の上で爆発するゼスチャーをした。そしてレッドリードの煙を鼻から噴きながら、笑い声をあげた。

「あんたたちが泊まってくれてて、本当にうれしいよ」ニブが言った。

ジェンクスはマグカップを掲げて軽く返礼した。

ニブは壁の時計に目を向けた。「そろそろニュースのアップロードがはじまるぞ。つけてもいいかな?」

全員がやれやれというように首を振った。「ニブは時事中毒なんだ」熊がローズマリーに言った。「もしくは過去の事件とか。でなきゃ一般のただのできごととか、本当に何でもいいんだ」

「ニブは参照ファイル記録人なんだよ」キジーが言う。

「冗談じゃなしに?」ローズマリーは言った。「ボランティアなの?」

ニブはうなずいた。「世の中には編み物をするやつもいりゃ、音楽を演奏するやつもいる。おれは埃をかぶった古い事実を掘り起こして、それが正確かどうか検証する」椅子に深く埋まり、中央のピクセル・プロジェクターのスイッチを入れる。「おれはいろんなことを知りたいんだ」

ローズマリーは感心していた。ファイル記録人は情熱あふれる人々だ。なかには偏見のない真実の追求に生涯を捧げる人もいる。選別を必要とする情報は膨大な量にのぼるので、専業のファイル記録人は公開ファイルの情報を最新に保つためにボランティアを活用し、大いに依存している。ローズマリーはずっと、ファイル記録人はファンタジー・ビデオに出てくる守護者《ガーディアン》みたいなものだろうと空想していた。正確でないデータや問題ありのデータから銀河系を守ってくれる人々なのだと。

「訊いてもいいかしら？　今は何をあつかってるの？」ローズマリーは言った。

「おれは異種間歴史班のひとつにはいってるんだ。熱中できる仕事なんだが、本当にやっかいな面もある。種族差別者のインチキな主張がどんなにたくさんあるか、信じてもらえないだろうな」

「例を出してよ」キジーが言った。

ニブはため息をついて、顎ひげをかいた。「ここ最近で見た最高のやつは、離郷船団《エクソダス・フリート》があれだけ大勢の人々をこれほど長期間維持できたはずがない、ゆえに地球人種族はそもそも地球起源ではないのだ、という主張だな」

ジェンクスが頭を上げた。「それなら、おれたちはどこから来たんだ？」

ニブはにやりとした。「おれたちはハーマギアン人が遺伝子操作して創り出した種族なんだとよ」

ジェンクスは声をあげて笑った。「うわ、おれのおふくろがそれを読んだら心臓発作を起こしただろうな」

「ホントにばかげた話だよね」エンバーが言った。「地球にあるたくさんの廃墟《はいきょ》や遺跡は何だっていうのよ？　古い都市なんかもたくさんあるのにさ」

「わかってる、わかってるさ」ニブは肩をすくめた。「だがそれでも、客観的に誤りを立証するための検証をひととおりやらなきゃならないんだ。それがおれたちの仕事だ」

「そういうこと、どうしてわざわざ主張するんだろうね？」キジーが言った。

「とんまだからさ」熊が言った。「まあそれはともかく、ニュースがはじまったぞ」

ニブがピクセル・プロジェクターのスクリーンに向かって手を振り、ボリュームを上げた。ピクセル画像のクィン・スティーヴンズがいつものデスクで話をしている。ローズマリーは〈ウェイフェアラー〉に乗りこむ前は離郷人のニュースフィードをチェックしたことはなかったが、アシュビーがいつも見ているので、見るようになっていた。どこの星系にいようと、変わらずクィンがニュースを届けてくれると思うと、心なしか安心できた。信号が弱いため、ピクセル画像がゆらめいている。ここは離郷船団からはるか遠く離れているのだ。

ニュースキャスターの声が流れていた。「――火星からのニュースです。世紀のスキャンダルと呼ばれた裁判がついに今日、結審し、前フォボス燃料ＣＥＯのクウェンティン・ハリス三世への判決が下りました」

心地よく温まっていたローズマリーの気分がドキンという心臓の鼓動と共に消え失せた。あ、まさか。ニュースキャスターの話が続くあいだ、ローズマリーはズボンの折り目に指を食いこませ、表情を顔に出すまいとしていた。

「ハリスは恐喝、詐欺、密輸、及び知的種族に対する犯罪行為を含むすべての罪状に有罪を宣告されました」

息を吸いなさい。考えちゃだめ。外にいる昆虫たちのことを考えなさい。なんでもいいからほかのことを考えるのよ。

「やっぱり有罪だったな」ジェンクスが言った。「なんて悪玉だ」

「誰のことだ?」熊が顎を上げた。

「頭を下げてよ」髪を結ぶゴムをまとめてくわえている口で、キジーがぼやいた。

「フォボス燃料のやつらだよ」ニブが言った。「トレミ人に武器を売ったんだ」

「ああ、そうか」熊が言った。「あの悪玉か」

「誰のことを言ってるのかわかんない」エンバーが言った。

「フォボス燃料って聞いたことがあるか? アンビの巨大配給元だが?」

大手第二位よ、地球人種族のなかではね。ローズマリーは心のなかでつぶやいた。

「あるかも」エンバーが言った。

熊はスクリーンを指さした。「まあ、その会社のオーナー野郎が副業で違法な武器商売をやってたようだ。そいつはそっちで大儲けをしてたんだ」

「兄貴たちだって違法な武器をつくってるじゃん」

ニブが腕組みをした。「エンバー、趣味で武器をつくるのと、血みどろの内戦をしている双方に遺伝子ターゲッターを売りつけるのとは雲泥の差だぞ」

エンバーは両眉をぐいと上げた。「遺伝子ターゲッター? それって……うわあ。それってくそひどいじゃん」

「ああ」熊は言った。「そして今、仲間ともども投獄されるんだ、永遠にな」

ジェンクスが首を振った。「どうして銃弾とエネルギー兵器だけで満足できないかね?」

「そりゃばかな悪玉だからだ」キジーの命令どおり頭を下げたまま、熊が言った。「いろんな問題の九割は、ばかな悪玉どもが原因だからな」

「残りの一割は？」キジーが訊く。

「自然災害だ」ニブが言う。

プロジェクターには、手錠をかけられたクウェンティン・ハリス三世が裁判所から警察艇に歩いていくさまが映し出されていた。表情はまったく読めず、スーツにはしみひとつなかった。怒れる抗議者たちが裁判所を包んでいるエネルギー・バリアに殺到していた。彼らの頭上で安っぽい印刷のプラカードが揺れていた。『**おまえの手は血にまみれている**』と書いてある一枚。別の一枚には、惨殺死体を差し上げている血まみれのトレミ人のピクセル画像が添えられている。その画像の下には、フォボス燃料のスローガンがあった――『**銀河系を動かしつづけろ**』。ほかのプラカードはもっとシンプルだった。『**戦争屋**』。『**守銭奴**』。『**人殺し**』。群衆を受け止めているバリアは詰めこみすぎたポケットのようにたわんでいた。

ニュースキャスターは落ち着いた口調で生物兵器戦争と金銭欲についての話を続けている。

ローズマリーは意志の力をすべて自分の目に集めた。泣いちゃだめ。泣いちゃだめ。絶対に。

「ローズマリー、大丈夫か？」ジェンクスが訊いた。

どういうふうに答えたかよくわからない――大丈夫よ、でもちょっと外の空気を吸ってきたいわ、とかなんとか。ローズマリーは部屋から出てしっかりした足取りで廊下を歩き、住居から出た。

外ではケトリングどもが狂乱騒ぎを続けていた。その向こうで太陽が沈んでいき、この光景を死の舞踏を踊っている影絵人形劇のように見せている。ローズマリーは恐ろしいとは思わなかった。ケトリングどもは現実のものとは思えなかった。この住居も、三兄妹も、自分の足の下にあるこの衛星も、どれひとつとして現実とは思えなかった。頭にあるのはただ、プロジェクターに映っていたピクセル画像の顔だけだった。あの顔から逃れるために、はるばる銀河系をつっきって旅してきたのだ。ゆっくりと呼吸をして、胸の内側に少しずつふくらんでくる、息が詰まるような生々しい感覚を押しもどそうとする。彼女は土の上にすわりこみ、両手を見つめた。歯を食いしばる。火星を出たときに無理やり封印したことがすべて噴きあがってきそうだった。今回は押しもどせるかどうか自信がなかった。でも押しもどさなければならない。何としても。

「ローズマリー?」

ローズマリーは飛び上がった。ジェンクスがかたわらに立っていた。ドアの開閉の音も、足音も聞こえなかった。頭上のケトリングのブンブンいう音もほとんど聞こえていなかった。

「どうかしたか?」ジェンクスは両手をポケットに入れ、眉をぎゅっと寄せている。

彼の目を見たとき、ローズマリーの内部で何かが壊れた。〈ウェイフェアラー〉での自分の居場所とクルーの好意を失うことになるとわかってはいたが、もはやこらえることはできなかった。これ以上うそをつくことはできなかった。

目をそらし、ケトリングどもの向こうに広がるごつごつと岩がそびえる荒野を、そのはるか先にある見慣れない太陽を見つめた。その光が彼女の目に焼きつけられ、目を閉じたあともその濃厚なオレンジ色がそのまま残った。「ジェンクス、わたし……わたしは……ああ、これを話したらあなたたちみんなに嫌われちゃうわ」きっとそうなる。そしてアシュビーにクビを言い渡され、シシックスには二度と口をきいてもらえなくなるだろう。

「まさか」ジェンクスが言った。「おれたちはみんなあんたを大好きだぞ」ローズマリーの横に腰を下ろし、パイプの火皿をブーツに打ちつける。みっちり詰まっていた灰がはずれ、地面に落ちた。

「でもちがうの、あなたは知らないから……こんなこととても言えない」ローズマリーはひたいを手のひらに押しつけた。「絶対船から蹴り出されるわ、でも――」

ジェンクスはパイプをいじる手を止めた。「わかった、今おれに話してくれ」その声は厳しいが冷静だった。「どれだけ時間がかかってもいい、だが話してくれ」

ローズマリーは息を吸いこんだ。「ニュースに出てたあの男。クウェンティン・ハリスだけど」

「ああ」

「わたしの父なの」

ジェンクスは何も言わなかった。息を吐き出す。「なんてこった。ああ、ローズマリー、おれは……ああ。本当にすまん」もう一度、間を置く。「くそ、そんなこと思いもよらなかった」

「そう。誰も知ってるはずがないの。わたしはそもそもここにいてはならないのよ。わたしは

——うそをついていたのよ、ジェンクス。うそをついてだました、いろんなことを隠していたの。でももうこんなことは続けられないわ。こんな——」

「おいおい、落ち着いてくれ。一度にひとつずつといこう」ジェンクスはすわったまま、静かに考えこんでいた。「ローズマリー、ひとつ訊きたいことがある。そしてあんたはおれに本当のことを言わなきゃならない、いいな？」

「ええ」

ジェンクスの口はかたく引き結ばれ、目は真剣だった。「あんたはあの……やつがやったことに関わってたのか？　つまりだ、たとえほんのちょっとでも、書類を改竄《かいざん》したり、警察にうそをついたり——」

「してないわ」それは本当だった。「わたしは何も知らなかったの。わたしの住んでるアパートに刑事たちがあらわれて午前中いっぱいかけていろいろと訊かれるまで、何も知らなかった。刑事たちはわたしはいっさい関係がないことを知って、裁判に出る義務はないと言ったわ。わたしは火星にとどまる義務すらなかったのよ」

ジェンクスはローズマリーの顔を探るように見つめ、うなずいた。「それなら……わかった」短く笑った。「ああ星々《スターズ》よ、安心したよ。一瞬、あんたを憎まなきゃならんかと思ったよ」ローズマリーの太腿《ふともも》を軽くたたく。「よしよし、あんたは何も悪くない。それなら……」ちょっとまごついたような顔になった。「ローズマリー、すまんが何が問題になるんだ？」

ローズマリーは相変わらず打ちひしがれていた。「え？」

「つまりだな、あんたはたった今、いろいろと口走った。たしかにそれほど深刻な事態を乗りきるには何十本も酒瓶を空けなきゃならんだろうが、それのどこがうそだっていうんだ？　あんたが関わっていないんなら、どうしておれたちが気にすると思うんだ？」

こんなことを言われるとは、ローズマリーは思ってもいなかった。何か月ものあいだ心配し恐れてきたというのに、彼は気にしていない？

「あなたは知らないのよ。火星では、わたしが何もしてなくてもまったく関係なかった。わたしが誰か、みんなが知ってたわ。あらゆるニュースでわたしたち家族がさらしものにされた、休日のスナップ写真とかそんなものまでいろいろと。もちろんみんなの目は父に向けられてたけど、その横には小さなわたしもいたのよ、父の隣で笑って手を振っているわたしが。そんなものがどうして流出したのかもわからない。そしてそれらのニュースすべてで医療専門家がターゲッターとは人体にどういう作用を及ぼすものか解説してて、ニューススキャスターはみんな、腐敗だ、堕落だと叫んでいたの。ニュース報道がどんなものか知ってるでしょ、一度爪を食いこませたらけっしてやめることはないわ。友だちもみんな、わたしに声をかけなくなった。外に出ればみんながわたしにいろいろ叫ぶのよ――『おい、おまえの親父は人殺しだぞ』、まるでわたしが父のしたことを知らないとでもいうように。あのころ、いろんな職に応募したけど、どこも返事をくれなかった。この名字のつく人間を雇ってくれるところなんてどこにもなかったの」

「だが、あんたの名字はハーパーだろう」

ローズマリーは唇を嚙みしめた。「逃げたくなったときに、あなたならどうする？　本当に逃げ出すっていうことよ、あなたが以前誰だったか誰も知らないところに」

ジェンクスは考えた。それから、ゆっくりとうなずいた。「ああ。ああ、わかると思うよ」手を差し出す。「見せてくれ」

「何を？」

「あんたのパッチだ」

ローズマリーはおずおずと、右手首を彼の手にのせた。手首のカバーを押して開け、下のパッチを見せる。ジェンクスは顔を近づけてしげしげとそれを見た。

「こいつはくそすごい仕事だな」とうとうジェンクスは言った。「新しいってわかるのはこの皮膚の治り具合からだけだ。おれがろくにものを知らないばかなら、こいつは故障で交換しただけの正規のパッチだと思うだろうな」

「それは本当に正規のパッチだからよ」ローズマリーは言い、ごくりとつばを吞んだ。舌がもつれているように感じられた。

ジェンクスはとまどった顔になった。「いったいどうやって――」顔がぱっと明るくなった。「フォボス燃料か。そうとも。あんたは金持ちだ。それもとんでもない金持ちだ」

「以前はね。それから――」

「それから、誰かの身分を買ったんだな。誰かに金を払って新しいＩＤ一式を買ったんだ。くそ、ローズマリー。口止め料にひと財産払ったんだろうな」

「全財産をはたいたわ。深睡眠ポッドの代金とかホテル代とか、そういうものは別として」ローズマリーはおかしくもないのに笑い声を出した。「わたしの家族はわたしに、銀河系のことなんてほとんど何も教えてくれなかった、教えてくれたのはお金で歓心を買うことばかり。わたしたちはずっとそうやってきたのよ」

「だが、あんたが事務員なのは本当なんだろう？　あんたは事務仕事のやり方をちゃんと心得てる、学校に通ったのは明白だ。そこは本当なんだろう、なあ？」

ローズマリーはうなずいた。「わたしを助けてくれた役人、彼がわたしの記録を全部変えてくれて、わたしが以前いたことのあるすべての場所に結びつけて新しいファイルをつくってくれたの。だから学歴も資格も推薦状もすべて本当のものよ。このIDファイルが改変されたものだってわかるのは、そうね、もしここの誰かが火星に行って、わたしの友だちにわたしのことをたずねた場合ぐらいでしょう。外宇宙での仕事を見つければ、故郷の知り合いに出くわす可能性はかなり低いだろうと思ったの。だから長距離船での仕事の職待ちリストに登録して、ここにいるのよ」

ジェンクスは顎ひげをさすった。「それなら何が悪いんだ？　きちんと正規の教育を受けて技能も身につけてるんなら、この仕事について当然じゃないか。どうして船から蹴り出されるなんて思うんだ？」

「だってわたしはうそをついてたのよ、ジェンクス。アシュビーに身元を言うときにうそをついたわ。あなたたちみんなに、火星での暮らしのことを訊かれるたびにうそをついてたの。わたしはあなたたちの家に踏みこんで、自分が誰かってことにずっとうそを重ねていたのよ」

「ローズマリー」ジェンクスは彼女の肩に手を置いた。「鬼の首を取ったようにあんたを侮辱したりするつもりはない。もしおれの家族の誰かがあんな悪事を働いたら……ああ、自分でもどうするかわからん。ここでアドバイスをすることもできんが、もし泣くための肩が必要なら、おれのを使ってくれ。あんたが誰かってことについちゃ——それでも名前がローズマリーなのは本当だろう、なあ？——それでいいんだ」ジェンクスは背後の住居のほうにうなずいてみせた。「地球人のモッダーたちがどうして珍妙な名前を名乗ってるのか知ってるかい？」

ローズマリーは首を振った。

「とても古い習慣のためだよ、〈大崩壊〉以前のコンピュータ・ネットワークにまでさかのぼる習慣だ。これは大昔のテックの話だが、人々はネットワーク内だけで使う名前を自分で選んでいたんだ。そしてそっちの名前がすっかり個性の一部になってしまって、現実世界の友人たちまでもがそれを使いはじめることがあった。そういう名前が完全にアイデンティティになる場合があるんだよ。本当のアイデンティティと言えるまでになることもある。そもそもモッダーってのは自由でいることにしか興味がないんだ。自分を規定できるのは自分自身だけだというのが彼らの言い分だ。だから熊が新しい腕をつけたのは、生まれついての肉体が気に入らなかったからじゃない、新しい腕のほうが自分にしっくりくると思ったからだ。自分の肉体を改造するのは、肉体的な自分を内面の自己に合わせようとしているだけなんだ。肉体の改造をしなければそれが感じられないというわけじゃない。たとえばおれは自分を飾りたてるのが好きだが、おれの肉体はすでにおれの心根にぴったり合っている。だがモッダーのなかには生涯をかけて自分を変えつづける者たちもいる。そういうのはまずもってうまくいかない。ときには自分の身体を完全にめちゃめちゃにしちまう者もいる。だがそれは、生まれついた小さな箱以上のものになろうとしたときにとらなければならないリスクなんだ。変えるというのはいつだって危険なものなんだよ」ジェンクスはローズマリーの腕を軽くたたいた。

「あんたはローズマリー・ハーパーだ。その名前を選んだのは、古い名前がもうそぐわなくなったからだ。そのためにいくつか法を破らなくちゃならなかったが、そんなのはたいしたこっちゃないさ。人生は公平とは言えない、法律だってたいていはそうだよ。あんたはやらなきゃならないことをやっただけだ。おれはそう思うよ」

ローズマリーは唇を嚙みしめた。「それでもわたしはあなたたちみんなにうそをついたわ」

「ああ、そうだ。そしてこれからそれを告白しなきゃならん。クルー以外の者に話せと言ってるんじゃない、あんたが望まないのならな。だが共に暮らす人たちには話さなきゃならん。それが、償いをして先に進むための唯一の道なんだ」

「アシュビーは――」

「アシュビーはおれが出会ったなかでいちばん合理的な男だ。たしかにこれを聞いて大喜びすることはないだろう」ほんの一瞬、ジェンクスは言葉を切った。ちらりと浮かんだ別の考えに気をそらされたように、ローズマリーには思えた。ジェンクスは咳《せき》ばらいをして、話をもどした。「だがあんたは仕事で目覚ましい働きをしてるし、人柄もいい。アシュビーにとっても、それが何よりも大事なことだろうさ」

ローズマリーは友を見つめ、ぎゅっとかたく抱きしめた。「ありがとう」涙が頬を伝っていた。それがけがれを洗い流してくれるように思えた。

「なあ、何の心配もいらんさ。おれたちは仲間だ。あんたはちゃんとこの件も乗り越えるだろう。おれにはわかってる」ジェンクスは間を置いた。「あんたの父ちゃんを悪玉とか呼んで悪かった」

ローズマリーは信じられない思いで彼を見つめた。「ジェンクス、わたしの父は自分の種族でもない内戦中の種族の双方に生物兵器を売りつけたのよ。しかもそれは、彼らの国境地帯に広がるアンビの採掘権を手に入れるためだった。父を悪玉と呼ぶのはまだ寛大なほうだと思うわ」

「ああ……わかった、そうだな、それが公平ってものか」ジェンクスは顎ひげをさすった。

「ああ星々《スターズ》よ、なんと言っていいかわからんよ。ともあれ船にもどったら、ドクター・シェフと話をしなきゃならないぞ。一対一で」

「何を話すの?」

「彼の種族についてだ」

検印
廃止

訳者紹介　高知大学人文学部文学科卒業。英米文学翻訳家。訳書に、ラッキー『魔法の誓約』『魔法の代償』、パテル『墓標都市』、リュウ『母の記憶に』（幹遙子名義、共訳）など多数。

銀河核へ 上

2019年6月28日　初版

著者　ベッキー・チェンバーズ
訳者　細《ほそ》　美《み》　遙《よう》　子《こ》

発行所　（株）東京創元社
代表者　長谷川晋一

162-0814／東京都新宿区新小川町1-5
電話　03・3268・8231-営業部
03・3268・8204-編集部
URL　http://www.tsogen.co.jp
DTP　キャップス
暁印刷・本間製本

乱丁・落丁本は、ご面倒ですが小社までご送付ください。送料小社負担にてお取替えいたします。

ISBN978-4-488-77601-5　C0197

ヒューゴー賞・ネビュラ賞・英国幻想文学大賞受賞

AMONG OTHERS◆Jo Walton

図書室の魔法

上 下

ジョー・ウォルトン

茂木 健 訳　カバーイラスト＝松尾たいこ

創元SF文庫

◆

彼女を救ったのは、大好きな本との出会い——
15歳の少女モリは邪悪な母親から逃れて
一度も会ったことのない実父に引き取られたが、
親族の意向で女子寄宿学校に入れられてしまう。
周囲に馴染めずひとりぼっちのモリは大好きなSFと、
自分だけの秘密である魔法とフェアリーを心の支えに、
精一杯生きてゆこうとする。
やがて彼女は誘われた街の読書クラブで
初めて共通の話題を持つ仲間たちと出会うが、
母親の悪意は止まず……。
1979-80年の英国を舞台に
読書好きの孤独な少女が秘密の日記に綴る、
ほろ苦くも愛おしい青春の日々。

少女は蒸気駆動の甲冑を身にまとう

KAREN MEMORY◆Elizabeth Bear

スチーム・ガール

エリザベス・ベア

赤尾秀子 訳　カバーイラスト＝安倍吉俊

創元SF文庫

◆

飛行船が行き交い、蒸気歩行機械が闊歩する
西海岸のラピッド・シティ。
ゴールドラッシュに沸くこの町で、
カレンは高級娼館で働いている。
ある晩、町の悪辣な有力者バントルに追われて
少女プリヤが館に逃げこんできた。
カレンは彼女に一目ぼれし、守ろうとするが、
バントルは怪しげな機械を操りプリヤを狙う。
さらに町には娼婦を狙う殺人鬼の影も……。
カレンは蒸気駆動の甲冑をまとって立ち上がる！
ヒューゴー賞作家が放つ傑作スチームパンクSF。

現代最高峰の知的興奮に満ちたハードSF

THE ISLANDS AND OTHER STORIES◆Peter Watts

巨星

ピーター・ワッツ傑作選

ピーター・ワッツ
嶋田洋一 訳 カバーイラスト＝緒賀岳志
創元SF文庫

◆

地球出発から10億年以上、
直径２億kmの巨大宇宙生命体との邂逅を描く
ヒューゴー賞受賞作「島」、
かの名作映画を驚愕の一人称で語り直す
シャーリイ・ジャクスン賞受賞作
「遊星からの物体Ｘの回想」、
実験的意識を与えられた軍用ドローンの
進化の極限をＡＩの視点から描く「天使」
――星雲賞受賞作家の真髄を存分に示す
傑作ハードＳＦ11編を厳選した、
日本オリジナル短編集。

全世界で愛されているスペースオペラ・シリーズ第1弾

THE WARRIOR'S APPRENTICE◆Lois McMaster Bujold

戦士志願

ロイス・マクマスター・ビジョルド

小木曽絢子 訳　カバーイラスト＝浅田隆

創元SF文庫

◆

惑星バラヤーの貴族の嫡子として生まれながら
身体的ハンデを背負って育ったマイルズ。
17歳になった彼は帝国軍士官学校の入試を受けるが、
生来のハンデと自らの不注意によって失敗。
だが彼のむこうみずな性格が道を切り拓く。
ふとしたきっかけで、
身分を隠して大宇宙に乗り出すことになったのだ。
頼れるものは自らの知略だけ。
しかしまさか、戦乱のタウ・ヴェルデ星系で
実戦を指揮することになるとは……。
大人気マイルズ・シリーズ第１弾！